I0632749

REAMSPINNER
PRESS

Veröffentlicht von
DREAMSPINNER PRESS

5032 Capital Circle SW, Suite 2, PMB# 279, Tallahassee, FL 32305-7886 USA
www.dreamspinnerpress.com

Mord auf dem Berg
Urheberrecht der deutschen Ausgabe © 2017 Dreamspinner Press.
Originaltitel: Murder on the Mountain
Urheberrecht © 2014 Jamie Fessenden.
Original Erstausgabe. August 2014
Übersetzt von Teresa Simons.

Umschlagillustration
© 2014 Reese Dante.
http://www.reesedante.com
Die Illustrationen auf dem Einband bzw. Titelseite werden nur für darstellerische Zwecke genutzt. Jede abgebildete Person ist ein Model.

Deutsche ISBN. 978-1-63533-592-7
Deutsche eBook Ausgabe. 978-1-63533-593-4
Deutsche Erstausgabe. Januar 2017
v 1.0

Gedruckt in den Vereinigten Staaten von Amerika.

MORD
AUF DEM Berg

JAMIE FESSENDEN

1

JESSE WUSSTE, dass er niemandem außer sich selbst die Schuld geben konnte. Natürlich hatte Steve die ehrenamtliche Arbeit für das auf dem Mount Washington befindliche Observatorium als romantisch dargestellt, was eine Lüge gewesen war. Für sieben Leute aufzuräumen, Geschirr zu spülen und Toiletten zu putzen war kein bisschen romantisch – und die Flamme zwischen ihnen war bereits vor Monaten erloschen. Zugegeben, der Ausblick war atemberaubend. Doch nachdem sie jetzt nur noch Freunde waren, reichte er nicht aus, um Jesse für die eintönige Arbeit zu entschädigen.

Trotzdem musste er sich eingestehen, dass Steve ihn zu nichts gezwungen hatte und Jesse sich der Stellenbeschreibung bewusst gewesen war: eine Woche auf dem Mount Washington mit zwei Angestellten und zwei Praktikanten. Das Observatorium diente der Beobachtung des Wettergeschehens und Klimas auf dem Berg, dem das schlechteste Wetter der Welt nachgesagt wurde. Um den Forschern Zeit für ihre Aufgabe zu geben, sorgten Freiwillige in einwöchigen Schichten von Mittwoch bis Mittwoch für Essen und Ordnung. Jesse hatte seine beinahe hinter sich und konnte es kaum erwarten, seine Sachen zu packen und am nächsten Tag von diesem Berg zu verschwinden. Er war einfach kein Bergmensch. Das wusste er jetzt. Auch wenn die Landschaft eine schroffe Schönheit besaß, vor allem an klaren Tagen, die einem den Ausblick über die gesamte Presidential Range erlaubten, war es hauptsächlich windig und schweinekalt. Er hatte sich die ganze Woche danach gesehnt, es sich mit einem guten Krimi vor einem der Gasöfen gemütlich zu machen.

Leider war er zurzeit damit beschäftigt, Wels mit Zitronenbutter aus den in der Küche eingesetzten Gastronomiepfannen zu kratzen. Nachdem Steve ihn gekocht hatte, war Jesse für die Reinigung zuständig. Beschweren konnte er sich darüber allerdings nicht, denn der Fisch war köstlich gewesen. Steve war ein ausgezeichneter Koch, weshalb Jesse damit leben konnte, das Spülen zu übernehmen. Dennoch war er froh, als er seine Arbeit beendet hatte und sich für eine Weile zurückziehen konnte.

Er durchquerte den Gemeinschaftsbereich, in dem einer der Forscher – Leo – auf einem der drei braunen Sofas ein Nickerchen machte. Bandit, die schwarz-weiße Angorakatze, schaute von ihrem Platz zwischen seinen Füßen auf, bevor sie beschloss, dass Jesse nicht interessant genug war, um seinetwegen aufzustehen. Kurz verspürte er die Versuchung, sich ebenfalls ein

1

Schläfchen auf einem Sofa zu gönnen, entschied dann jedoch, dass er frische Luft brauchte – auch wenn er sich dafür erst dick einpacken musste. Es war Oktober und die Bildschirme in der Station zeigten am Fuße des Berges einen milden Herbsttag an. Hier oben auf der Aussichtsplattform herrschte dagegen eine um mindestens fünfzehn Grad niedrigere Temperatur. Kein vernünftiger Mensch wagte sich ohne Skijacke ins Freie.

Er verbrachte einige Zeit auf der Aussichtsplattform des großen halbmondförmigen Sherman-Adams-Gebäudes, in dem sich nicht nur das Observatorium, sondern auch der Stützpunkt der Ranger und das Museum befanden. Durch den Nebel war die Sicht allerdings nicht besonders beeindruckend, worüber ein Ehepaar, das mit Ferngläsern gekommen war, um den Blick über die Presidential Range zu genießen, lautstark schimpfte. Die einzige andere Person war ein junger Mann, der kaum älter als Jesse wirkte. Er war nicht unansehnlich – schlank und blass mit kühlen blauen Augen. Jesse näherte sich ganz ungezwungen, um zu sehen, ob er sich vielleicht mit ihm unterhalten konnte.

Der Mann verschwendete seine Zeit nicht damit, in den Nebel zu schauen. Stattdessen hatte er den Blick auf die Zahnradbahnstation etwa dreißig Meter unter der Plattform gerichtet, auch wenn Jesse nicht sicher war, was es dort zu sehen gab. Möglicherweise wartete er auf die nächste Bahn.

„Hallo", sagte Jesse, als er neben ihm angelangt war. Sie standen dicht am Rand, was bei starkem Wind nicht ungefährlich war, jedoch bei so ruhigem Wetter kein Problem darstellte.

Der Fremde schaute auf und erwiderte abgelenkt Jesses Hallo.

„Warten Sie auf die Bahn ins Tal?"

Der junge Mann warf Jesse einen leicht missmutigen Blick zu, bevor er wieder wegschaute. „Nein, ich campe hier."

Das war eine Lüge. Jesse wusste, welche Ausrüstung für Camping auf dem Berg notwendig war, da er es mit Steve während ihrer Beziehung selbst einige Male getan hatte. Und dieser Mann war dafür einfach nicht richtig angezogen. Zwar trug er eine hochwertig wirkende Skijacke und eine warme Pudelmütze, hatte allerdings weder Schal noch Handschuhe bei sich. Und wo war sein Rucksack? Selbst wenn er den größten Teil seines Eigentums im Zelt zurückgelassen haben sollte, war seine Kleidung unpassend. Natürlich war es möglich, dass es sich um einen Idioten handelte – die gab es schließlich auch. Ehrenamtliche Mitarbeiter des Naturparks mussten nicht selten ihr Leben riskieren, um in plötzlichen Schneestürmen gefangene oder durch Temperaturstürze unterkühlte Wanderer zu retten. Bei dem Mann auf der Plattform vermutete Jesse allerdings eher, dass er früher am Tag mit der Bahn heraufgekommen war und Jesse schlicht loswerden wollte.

Sein Problem.

Mit einem „Cool" entfernte Jesse sich, um ihn seinen Beobachtungen zu überlassen. Die Bahn würde bald eintreffen und es würde sich vielleicht lohnen, die Neuankömmlinge zu begutachten. Mit etwas Glück befand sich unter ihnen der eine oder andere niedliche Typ, mit dem er leichter ins Gespräch kommen konnte, bis er sich mit Steve den Vorbereitungen für das Abendessen widmen musste.

Er stieg die Stufen von der Plattform hinab und gelangte zum Bahnsteig, als sich bereits die Bahn näherte. Sie war ein seltsamer Anblick, denn wegen der starken Steigung war die Lok mit dem Wassertank nach vorn geneigt, damit sie sich während des Aufstiegs waagerecht befand. Auf ebenen Streckenteilen zeigte sie daher mit der Vorderseite auf den Boden.

Erst war das Rattern der Metallräder zu hören, bevor sich die dampfspeiende Lok langsam aus dem Nebel löste. Sie bewegte sich kaum schneller als ein gehender Mensch auf ebener Strecke, doch für den steilen Aufstieg, den sie in weniger als einer Stunde bewältigte, brauchte ein Wanderer gerade im Winter wesentlich länger. Die Fahrkartenpreise waren allerdings gesalzen und Jesse hatte die Bahn bisher nicht benutzt.

Er warf einen Blick zur Plattform hinauf, konnte den jungen Mann jedoch nicht mehr entdecken. Vielleicht befand er sich ebenfalls auf dem Weg nach unten.

Bei dieser Fahrt hatte die Bahn lediglich elf Personen auf den Berg gebracht, wobei ihn sechs davon nicht sonderlich interessierten. Zwei vielleicht neun- oder zehnjährige Kinder stiegen begleitet von einem älteren Paar aus. Vermutlich handelte es sich um die Enkel. Dazu kam ein jüngeres Ehepaar um die dreißig – Mann und Frau, auch wenn New Hampshire seit einigen Jahren die gleichgeschlechtliche Ehe erlaubte. Ihrem Geturtel nach zu urteilen waren die Eheringe an ihren Fingern noch ziemlich frisch.

Vier Fahrgäste waren etwa in Jesses Alter, eine junge Frau und drei Männer. Da sie als Gruppe ausstiegen, nahm Jesse an, dass es sich um befreundete Studenten bei einem gemeinsamen Ausflug handelte. Bei ihnen befand sich ein jüngeres Mädchen, das Jesse auf sechzehn oder siebzehn schätzte und das die gleichen blonden Haare und feinen Gesichtszüge wie die junge Frau besaß, weshalb er vermutete, dass es sich um Schwestern handelte. Einer der Männer sah nicht übel aus, wenn auch etwas ungepflegt, doch die anderen beiden – eindeutig Brüder – waren Jesse am meisten aufgefallen. Sie waren rothaarig und dermaßen gut aussehend, dass sie Models hätten sein können.

„Schau nicht so gierig", sagte eine Stimme hinter ihm. Jesse drehte sich um und sah Steve, der ihm frech zugrinste. Glücklicherweise standen sie zu weit vom Bahnsteig entfernt, um von den Neuankömmlingen gehört zu werden.

3

„Schauen ist erlaubt."

Steve musste nicht fragen, wem Jesses Blicke galten. „Glaubst du, sie sind Zwillinge?"

„Nein." Jesse wandte sich wieder den Brüdern zu, um sie möglichst unauffällig zu betrachten. Zugegeben, sie sahen sich sehr ähnlich. „Der mit dem grünen Schal ist älter. Ein oder zwei Jahre vielleicht."

„Für mich sehen sie gleich alt aus."

Jesse schüttelte den Kopf. „Er klopft immer wieder seinem Bruder auf den Rücken und kommandiert die anderen herum." Der junge Mann zeigte in verschiedene Richtungen, stellte Fragen und wartete auf das zustimmende Nicken seiner Begleiter.

„Vielleicht hat er einfach nur mehr Durchsetzungsvermögen", widersprach Steve. „Bei Zwillingen ist häufig einer dominanter."

„Möglich", sagte Jesse. „Aber ich glaube es nicht."

Steve lachte. „Wenn du meinst, Jessica." Jesse hasste diesen Spitznamen – nach Jessica Fletcher aus *Mord ist ihr Hobby*, weil er wie die Hauptfigur ebenfalls Kriminalromane schreiben wollte und ein guter Beobachter war. „Ich gehe wieder rein. Vergiss nicht, dass du noch Schokoladenkekse backen musst."

„Das werde ich nicht." Nachdem Steve gegangen war, setzte Jesse seine Beobachtung der Touristen fort.

Der jüngere Bruder wirkte seltsam gleichgültig, als kümmerte ihn nicht, was um ihn herum geschah. Er schien nicht nur die Anweisungen seines Bruders zu befolgen, sondern auch die der jungen Frau. Nicht, dass diese ihn dazu zwang, auf dem Bahnsteig auf und ab zu marschieren, aber sie ließ ihn ihre Handtasche festhalten, als sie auf die verrückte Idee kam, dringend ihren Lippenstift auffrischen zu müssen.

Seine Freundin. Eindeutig. Falls sie nicht sogar verheiratet waren. Allerdings trug nur sie einen Ring, weshalb eine Verlobung wahrscheinlicher war.

„Musst du das verdammte Ding halten?", fragte der ältere Bruder so laut, dass Jesse ihn hörte. „Damit siehst du wie eine Schwuchtel aus."

Die junge Frau warf ihm einen vernichtenden Blick zu, doch sein Bruder streckte lediglich den Arm mit der Tasche von sich, als wäre ihm egal, was damit passierte.

Die junge Frau griff gereizt danach. „Sei nicht so ein Macho."

Was sie danach sagten, konnte Jesse nicht verstehen. Bevor sich die Gruppe auf den Weg zur Aussichtsplattform machte, sah sich der jüngere Bruder um und sein Blick fiel auf Jesse. Auch wenn sich ihre Blicke nur für einen kurzen Moment trafen, störte Jesse etwas … beunruhigte ihn. Zwar lächelte der Mann, doch selbst aus solch großer Entfernung konnte Jesse sehen, dass keinerlei Freude darin lag. Er wirkte nicht einfach traurig. Er wirkte wie ein Mensch, dem alles egal geworden war. Und seine Augen …

Sie sahen vollkommen leblos aus.

FÜR DAS Abendessen war ein Tortilla-Auflauf geplant, ein weiteres von Steves besten Gerichten. Jesse hatte die Kekse für den Nachtisch gebacken und sie zum Abkühlen auf die Arbeitsplatte gestellt. Nun half er, Tomaten und Salat für das Hauptgericht zu zerkleinern.

„Sie waren süß", kam Steve auf die Brüder am Bahnsteig zurück, „aber wenn du mich fragst, war der Freund wesentlich süßer." Steve bevorzugte den raueren Typ, was einer der Gründe war, aus denen sie sich getrennt hatten. Jesse war ein wenig strenger, was sein Äußeres anging – sein schwarzes Haar war immer relativ kurz geschnitten und seinen Bart ließ er niemals über einige Stoppeln hinausgehen, selbst wenn alle anderen Männer im Observatorium sich zu einem Vollbart hatten hinreißen lassen.

„Glaubst du, er ist schwul?", fragte Jesse. Obwohl es ihn nicht besonders interessierte, waren Spekulationen über die Neigungen süßer Männer immer unterhaltsam.

Steve rührte mit einem Schulterzucken den Topf mit sämigem Bohnenmus um. „Ich konnte mich nicht mit ihm unterhalten, aber er hat nicht schwul *ausgesehen* …" Anders ausgedrückt hatte er nicht ausgesehen wie ein Discoboy – perfekt gestylt und sündhaft teuer eingekleidet. Steve hasste solche Typen.

Bevor Jesse antworten konnte, kam Reggie in die Küche gestürzt. Er war noch warm angezogen und keuchte, als wäre er gerannt. „He, hat einer von euch Zeit?"

Nachdem sie ihn kurz überrascht angestarrt hatten, fragte Steve: „Warum?"

„Wir haben einen Vermissten", antwortete Reggie und wischte sich mit einem dicken gefütterten Handschuh über den Mund. „Einer von den Jungs, die heute mit der Bahn angekommen sind. Seine Freunde sind außer sich. Die Sonne geht bald unter, also können wir jeden Helfer gebrauchen. Carol und Leo sind schon mit Rory auf der Suche."

Steve sah Jesse an. „Ich habe Maisbrot im Ofen …"

„Dann bleib du hier", sagte Reggie. „Jesse, wenn du kannst, komm mit raus. Denk an ein Funkgerät."

Er verließ die Küche und Jesse folgte ihm, wobei er neben der Tür Halt machte, um sich warm anzuziehen. Er trug bereits lange Unterwäsche und einen dicken Pullover über einem dünneren; die typische Kleidung im

5

Observatorium. Jetzt schlüpfte er in Stiefel und eine Skijacke, fügte seiner Mütze allerdings eine Balaklava hinzu, um sein Gesicht zu schützen, und wählte warme Fäustlinge anstelle von Fingerhandschuhen.

Draußen war der Nebel dichter geworden, was einem unerfahrenen Touristen auf der Bergspitze gefährlich werden konnte. Das Observatorium und die umstehenden Gebäude befanden sich inmitten einer kahlen Felsfläche – nicht eben, sondern eine Mondlandschaft mit riesigen Gesteinsbrocken und losem Geröll, in der man selbst bei guter Sicht schwer vorwärtskam. Unter den jetzigen Bedingungen konnte man allzu leicht stolpern und sich verletzen oder sogar in eine Felsspalte oder von einer Klippe stürzen. Während die Sonne unterging, nahmen die Temperaturen drastisch ab. Für jemanden, der nicht passend gekleidet war, konnte es sich als fatal erweisen, sich zu verirren.

Als Jesse Reggie eingeholt hatte, sagte dieser: „Sein Name ist Stuart. Er ist vor ein paar Stunden mit seinem älteren Bruder und drei Freunden angekommen und wird seit ungefähr einer Stunde vermisst. Er hat kaum Erfahrung mit Bergen und ist nicht für mehr als einen Tagesausflug ausgerüstet. Grau-gelbe Jacke und eine gelbe Wollmütze. Ted hat es nicht leicht mit seinen Freunden." Ted war einer der Ranger, die zurzeit auf dem Gipfel stationiert waren. „Sie drehen total durch – was man ihnen nicht vorwerfen kann. Aber in einer halben Stunde fährt die letzte Bahn nach unten und die müssen sie nehmen, auch wenn wir ihren Freund bis dahin nicht gefunden haben."

Jesse war schockiert, dass es sich bei dem Vermissten um den jungen Mann vom Bahnsteig handelte. Auch ohne mit ihm gesprochen zu haben, hatte er doch beinahe das Gefühl, ihn zu kennen. Jesse stellte sich vor, wie der Bruder und die anderen mit Ted diskutierten. Er konnte verstehen, dass sie den Berg in dieser Situation nicht verlassen wollten, doch es gab hier keine Übernachtungsmöglichkeit für sie – das gesamte Sherman-Adams-Gebäude war außerhalb der Öffnungszeiten für die Öffentlichkeit unzugänglich. Und das Letzte, was sie jetzt gebrauchen konnten, war ein weiterer verirrter Tourist, der sich nicht ausreichend auf das Wetter vorbereitet hatte. Das Sicherste war, die Suche den Rangern und den Leuten aus dem Observatorium zu überlassen, während Stuarts Freunde und Familie unten im Hotel auf Neuigkeiten warteten.

Natürlich war das leichter gesagt als getan. Jesse konnte sich nur schwer vorstellen, wie es sein musste, ein Familienmitglied zurückzulassen und Fremden die Suche anzuvertrauen. Jedenfalls erinnerte er sich an Stuarts Kleidung und wusste, wonach er suchen musste. Er hatte nicht vor, untätig im Observatorium zu bleiben.

„Aber spiel bloß nicht den Helden, nur weil du eine Woche mit uns hier oben warst", warnte Reggie, als sie die graue Landschaft nördlich des

Observatoriums betrachteten. „Du bist unerfahren und ich habe keine Lust, am Ende auch noch nach *dir* suchen zu müssen. Verstanden?"

„Ja."

„Selbst durch den Nebel kann man das Licht des Turms sehen, also behalte es im Auge. Sei vorsichtig beim Klettern und tu nichts Riskantes."

Jesse schluckte eine patzige Antwort hinunter und nickte stattdessen. „Ich weiß."

Reggie stieß ein zweifelndes Schnauben aus, ließ ihn aber allein.

Während der Himmel dunkler wurde, arbeitete Jesse sich durch die Felsen vor, wobei er die meiste Zeit seine Hände einsetzen musste. Auch nach der Woche im Observatorium und seinen vorhergehenden Ausflügen zum Gipfel mit Steve wusste Jesse, dass Reggie recht hatte: Er kannte die Gegend nicht gut genug und achtete daher darauf, den Turm nicht aus den Augen zu verlieren. Hin und wieder rief er Stuarts Namen und hörte, wie andere ihn weiter entfernt ebenfalls riefen, doch es gab keine Antwort.

Als auch der letzte Rest des Tageslichts aus dem grauen Himmel schwand, knisterte sein Funkgerät. Er antwortete durch den warmen Stoff seiner Balaklava und hörte Reggies Stimme: „Die Bahn hat gewartet, so lange es ging. Stuarts Freunde sind jetzt nach unten gefahren, um im Hotel zu warten. Bis jetzt haben wir nichts gefunden."

„Verstanden. Ich suche weiter."

„Geh rein, falls dir zu kalt wird, und verirr dich um Gottes willen nicht."

„In Ordnung."

Es war vielleicht eine halbe Stunde später, nachdem die Temperaturen so weit gesunken waren, dass Jesse eine Pause zum Aufwärmen in Erwägung zog, als er etwas entdeckte, und zwar einen dunklen Fleck auf einem erhöht liegenden Felsbrocken. Als er sich mit seiner LED-Taschenlampe näherte, glänzte der Fleck im bläulich-weißen Licht.

Es handelte sich um Blut. Ein ungleichmäßiger Fleck, vielleicht acht Zentimeter groß, der in der Kälte gefroren war.

Jesse spähte hinter den Felsen und sah am Fuß eines steilen Abhangs Stuart liegen, als wäre er hinuntergerollt. Er lag mit dem Gesicht nach oben regungslos da.

„Stuart!", rief Jesse, erhielt jedoch keine Antwort. So schnell er konnte, ohne dabei auszurutschen, kletterte er hinunter. Erst als er bereits neben dem jungen Mann auf dem Boden kniete, fiel ihm sein Funkgerät ein. „Reggie! Ich habe ihn gefunden!"

„Wie geht es ihm?"

Stuart sah nicht gut aus. Genau genommen sah er nicht einmal lebendig aus. Seine Mütze fehlte und in der rechten Seite seines Kopfes klaffte im rotblonden Haar ein mit gefrorenem Blut verklebtes Loch. Jesse war nicht ganz sicher, glaubte jedoch, durch das Blut einen Teil seines Gehirns erkennen zu können. Stuarts Augen waren schmale Schlitze und seine blasse Haut hatte einen bläulichen Farbton. Er schien nicht zu atmen. Jesse zog einen Fäustling aus, um an Stuarts Hals nach einem Puls zu suchen. Der eisige Wind stach seine Haut wie Nadelstiche und er konnte keinen Puls entdecken. Stuart fühlte sich eiskalt an. Jesse musste ein Schaudern unterdrücken, als ihm klar wurde, dass er vermutlich gerade eine Leiche berührte.

„Ich glaube, er ist tot."

„Großer Gott! Wo bist du?"

Während er seinen Fäustling überstreifte, schaute Jesse sich um. *Fuck.* Vom Fuß des Abhangs aus war der Turm nicht zu sehen. „Moment!" Er ignorierte Reggies Tirade über seine Unvorsichtigkeit und hielt die Taschenlampe hoch über den Kopf. Das Licht wurde durch den dichten Nebel zu einer leuchtenden Säule, die den Himmel durchschnitt, obwohl es nicht besonders hell war. „Siehst du meine Lampe?"

„Ja!"

Gott sei Dank.

„Bleib, wo du bist, und lass das Licht an", befahl Reggie. „Wir kommen zu dir." Jesse lehnte die Taschenlampe so gegen einen Felsen, dass sie weiterhin in den Himmel leuchtete, bevor er sich mit der kleinen LED-Lampe an seinem Autoschlüssel wieder Stuart zuwandte. Jesse war ziemlich sicher, dass er nicht mehr lebte. Da er allerdings kein Arzt war, konnte er sich natürlich irren.

Mit der Versorgung von Kopfverletzungen kannte er sich nicht aus, aber eins wusste er: Kein Mensch konnte lange ohne Herzschlag überleben. Obwohl es wahrscheinlich zu spät war, musste er es wenigstens versuchen. So kramte er in seinem Gedächtnis nach Erinnerungen an den Erste-Hilfe-Kurs, an dem er vor einigen Jahren teilgenommen hatte, und machte sich an die Arbeit.

„Er ist eindeutig tot", sagte Ted, der sich im Licht der Taschenlampen über Stuart beugte. Er und Rory, der andere Park Ranger, hatten sich zusammen mit Reggie und Carol aus dem Observatorium zu Jesse gesellt. Ted hatte Jesse bei seinen ungeschickten Wiederbelebungsversuchen abgelöst, doch auch bei ihm zeigte Stuart keine Reaktion. „Da lege ich mich fest. Sagt mir jemand die Uhrzeit?"

Jesse zog einen Handschuh aus, um sein Handy aus der Hosentasche zu holen. „Dreizehn nach sechs."

„Wir können ihn nicht hierlassen", sagte Rory. „Lasst ihn uns reinbringen."

8

Ted erhob sich kopfschüttelnd. „Wir sollten ihn lassen, wo er ist. Ihn reinzubringen, macht ihn nicht wieder lebendig."

„Ich halte es nicht für sinnvoll, ihn festfrieren zu lassen."

Ted ignorierte ihn, um sich stattdessen mit seiner Taschenlampe dem Abhang zuzuwenden, den Stuart heruntergestürzt sein musste.

„Da oben ist ein Felsen mit einem großen Blutfleck", informierte ihn Jesse und beleuchtete den Stein mit seiner Taschenlampe. „Daher stammt wohl die Kopfverletzung."

Ted machte sich brummend daran, hinaufzuklettern und ihn sich anzusehen. Die anderen blieben bei der Leiche.

„Komisch, dass er keine Mütze getragen hat", bemerkte Carol.

Darüber hatte Jesse sich ebenfalls gewundert. „Als er heute Nachmittag aus der Bahn gestiegen ist, hatte er eine."

Ted musste sie gehört haben, denn als er oben angekommen war, rief er ihnen zu: „Die Mütze ist hier oben! Ich sehe sie zwischen ein paar Felsen, vielleicht ... drei Meter von dem Blutfleck entfernt."

Jesse warf einen nachdenklichen Blick auf Stuart, dessen tote Augen ausdruckslos zurückschauten. Hatte er die Mütze abgenommen, bevor er ausgerutscht und mit dem Kopf auf den Felsen geprallt war? War sie dabei durch die Luft geflogen? Es war möglich, kam ihm jedoch nicht sehr wahrscheinlich vor.

Dann rief Ted: „An der Mütze ist ein bisschen Blut."

Das überzeugte Jesse.

„Er wurde ermordet", sagte er.

2

KYLE SASS in engen Boxershorts auf der Couch und trank Bier zu einer Tüte Mikrowellenpopcorn, während er sich *Die Frau des Zeitreisenden* ansah, als sein Handy klingelte. Brummend stand er auf, um es aus der Tasche seiner Jeans zu fischen, die er auf den Boden geworfen hatte. Als er sah, wer der Anrufer war, knurrte er: „Das darf doch nicht wahr sein!", bevor er den Film anhielt.

„Was ist los, Roberts?" Wesley Roberts arbeitete mit Kyle zusammen, seit er vor drei Jahren zum Detective befördert worden war.

Wesley lachte. „Was für eine Laune. Habe ich ein heißes Date gestört?"

„Ich schaue mir nur einen Film an. Allein."

„Welchen?"

„*Hangover*", log Kyle. „Rufst du deshalb an? Um über Filme zu reden?"

„Schön wärs. Ein Student musste heute auf dem Berg dran glauben. Die Ranger haben es gemeldet und denken, dass es vielleicht kein Unfall war. Willst du raten, wer es sich ansehen soll?"

Kyle stellte das Bier ab und fuhr sich mit der Hand durch sein braunes Haar, das etwas länger war, als es im Polizeidienst sein sollte. „Meine Güte. Wir sollen wirklich um diese Zeit hochfahren?" Es war bereits nach sieben Uhr und im Dunkeln war der Gipfel um diese Jahreszeit kein besonders einladender Ort.

„Dafür ist es zu neblig. Wir werden mit der Zahnradbahn hingebracht."

Tja, dann wurde für Kyle wohl nichts daraus, wie ein kleines Mädchen über Rachel McAdams und Eric Bana zu heulen. Was die Jungs vom Revier wohl von dieser Freizeitbeschäftigung gehalten hätten?

„Na gut", sagte er. „Ich bin in einer halben Stunde da."

NORMALERWEISE FUHR die Bahn um diese Zeit nicht mehr, doch bei diesem Wetter war sie sicherer, als mit dem Auto die kurvenreiche Straße zu nehmen, die teilweise von steilen Abhängen begrenzt wurde. Glücklicherweise waren die Fahrer bei einer so ernsten Angelegenheit bereit, sie hinaufzubringen.

Als Kyle und Wesley aus Concord eintrafen, war die Bahnstation in Nebel gehüllt, weshalb man davon ausgehen konnte, dass auf dem Gipfel kaum noch etwas zu sehen sein würde. Es war bereits beinahe neun Uhr und die Fahrt dauerte eine knappe Stunde, ganz zu schweigen davon, wie lange sie für ihre Nachforschungen in der eisigen Kälte brauchen würden. Kyle stellte sich auf eine lange, lange Nacht ein.

Kyle und sein Partner wurden von zwei Rettungssanitätern aus dem Androscoggin Valley Hospital sowie dem Ranger Larry Turner begleitet. Die Sanitäterin kam Kyle bekannt vor und nach einigem Nachdenken erinnerte er sich daran, dass er ihr bereits bei einem Einsatz wegen eines Selbstmordversuchs in Berlin begegnet war – Claire, wenn er sich nicht irrte. Den männlichen Sanitäter kannte er nicht.

Tagsüber konnte die Fahrt hinauf atemberaubend schön sein. In der nebligen Dunkelheit war sie schlicht kalt und langweilig. Kyle und Wesley saßen nebeneinander auf den an Schulbusse erinnernden gepolsterten Sitzen, während Turner vor ihnen Platz genommen hatte. Er drehte sich mit einem Arm auf der Lehne zu ihnen um und verbrachte den ersten Teil der Fahrt damit, sie über den verstorbenen Touristen zu informieren.

„Er war einundzwanzig und Student. Hauptfach Liberal Arts. Er hat mit seiner Verlobten und einigen Familienmitgliedern eine Woche im Mount Washington Hotel gebucht. Der arme Kerl hätte diesen Samstag heiraten sollen."

Gott. Kyle hasste solche Ironien des Schicksals. „Warum zweifelst du an einem Unfall?"

„Ich?" Larry zuckte mit den Schultern. „Ich habe die Leiche nicht gesehen. Ted sagt, wie er sich verletzt hat, wirkt verdächtig. Aber die Wahrheit werdet ihr herausfinden müssen."

„Großartig", brummte Wesley. Obwohl die Bahn beheizt wurde, war die Luft kühl. Wesley wirkte selbst in Wintermantel, Mütze, Schal und Handschuhen unglücklich – was Kyle ihm nicht verdenken konnte. Wäre er gern in der Kälte auf dem Berg umherspaziert, hätte er sich beim Park als Ranger beworben, anstatt Polizist zu werden.

„Ted hat die anderen nach unten ins Hotel geschickt. Dort sollten sie warten, bis wir sie benachrichtigen."

„Und hat sie jemand benachrichtigt?", erkundigte sich Kyle.

„Nein", antwortete Larry. Dann grinste er. „Das überlassen wir euch."

„Na, vielen Dank."

„Keine Ursache."

„Gibt es eine Liste mit Personen, die zum Todeszeitpunkt auf dem Gipfel waren?"

„Natürlich", antwortete Larry. Er zog ein zusammengefaltetes Stück Papier aus seiner Jackentasche. „Das hat mir Ted gefaxt. Mit seiner Bahn sind elf Fahrgäste angekommen und sieben sind nach unten gefahren. Die nächste

11

Bahn war die letzte des Tages und sie hat vier Leute hochgebracht. Diese vier und Stuarts vier Freunde haben später die letzte Bahn ins Tal genommen. Vermutlich waren schon vier oder fünf Personen auf dem Gipfel. Es ist schwer zu sagen, weil Wanderer kommen und gehen, wie sie wollen."

Kyle nahm den Zettel entgegen und betrachtete ihn. Leider standen darauf nicht viele Namen – nur die der Begleiter und der anderen vier, die mit der letzten Bahn den Berg verlassen hatten. Hoffentlich würden sie am Morgen noch einige vom Fahrkartenschalter erfahren.

„Danke", sagte er trotzdem.

Als sie das Halfway House an der Mitte der Strecke passierten, hatte der Ranger ihnen bereits alles erzählt. Da sie anschließend in Schweigen verfallen waren, zückte Kyle seinen beleuchteten Kindle, um etwas zu lesen. Er wählte eine alte Kurzgeschichte von Agatha Christie, denn sein Partner saß dicht neben ihm, weshalb er auf keinen Fall riskiert hätte, das Buch zu öffnen, das er früher am Tag gelesen hatte – eine erotische Liebesgeschichte über einen „heterosexuellen" Witwer, der einem Mann verfiel.

Kyle hatte schon sehr lange Fantasien über Sex mit einem Mann, hatte sie sogar bereits während seiner Ehe gehabt – wobei er nie auf den Gedanken gekommen wäre, Julie zu betrügen. Sie hatte von seinen Fantasien gewusst und sie glücklicherweise nur sexy gefunden. Sie waren nicht die Art von Paar gewesen, die jemals einen Dreier in Erwägung gezogen hätte, doch es hatte Spaß gemacht, gelegentlich so zu tun.

Jetzt, wo sie nicht mehr bei ihm war, hatte seine Sehnsucht nach Männern zugenommen. Auch wenn er selbst fünf Jahre nach Julies Tod noch nicht bereit für eine neue Beziehung war, dachte er immer öfter darüber nach. Und wenn er es tat, dachte er sowohl an Frauen als auch an Männer.

Zwar schämte er sich nicht für seine Bisexualität, fühlte sich jedoch nicht wohl dabei, seinen Arbeitskollegen davon zu erzählen. Und er wollte ganz bestimmt nicht, dass Wesley von seiner Vorliebe für heiße Liebesromane erfuhr. Nicht, dass er glaubte, sie machten ihn weniger männlich – er war nur ziemlich sicher, dass die nervigen Witze darüber kein Ende nehmen würden.

Als die Bahn das Denkmal für die 1855 in der Nähe des Gipfels verstorbene Lizzie Bourne passierte – durch Dunkelheit und Nebel war es nur zu erahnen, doch Kyle hatte die Fahrt schon mehrmals gemacht –, schaltete er seinen Kindle aus und verstaute ihn in einer Innentasche seiner Jacke, bevor er den Reißverschluss zuzog.

Bald waren sie angekommen und traten in den eisigen grauen Nebel hinaus. Auch wenn sich der Wind in Grenzen hielt, war es wesentlich kälter als in Littleton. Mit jedem bisschen nackter Haut riskierte man Erfrierungen.

„Verdammt!", beschwerte sich Wesley, der seinen Schal möglichst weit nach oben über das Gesicht zog. „Es ist schweinekalt!"

Kyle grinste. „Gut beobachtet. Kein Wunder, dass du Detective geworden bist."

„Fick dich."

„Klingt spaßiger als das hier."

Kyle ging auf das Observatorium zu, aus dem ihnen Ted und Rory entgegenkamen, um sie zu begrüßen. Ihnen folgten drei weitere Personen, die wohl für das Observatorium arbeiteten. Obwohl man unter der dicken Kleidung nicht viel von ihnen sah, schien es sich um eine Frau und zwei Männer zu handeln.

„Hi, Kyle", begrüßte ihn Ted und reichte ihm eine behandschuhte Hand, bevor sich alle Anwesenden kurz vorstellten. Es zeigte sich, dass Kyle zwei der Mitarbeiter bereits kannte – Carol und Reggie –, während es sich bei dem dritten um einen freiwilligen Helfer handelte. Letzterer hätte eigentlich nicht dort sein sollen. Ein Tatort war nicht der richtige Platz für einen gaffenden Studenten. Doch als Ted den jungen Mann als Jesse vorstellte und er seine Balaklava hinunterschob, um sein Gesicht zu zeigen, vergaß Kyle diese Bedenken beinahe.

Er war umwerfend. Nicht auf raue, männliche Weise gut aussehend, sondern wunderschön. Er hatte große braune Augen und volle, sinnliche Lippen, die Kyle irgendwie bekannt vorkamen, obwohl sie sich ganz sicher niemals zuvor begegnet waren. Dann schaute der junge Mann mit leicht geöffneten Lippen zu ihm auf und ihm fiel es ein: Ingrid Bergman. Wie Jesse mit diesen wunderschönen, großen braunen Augen zu ihm hochsah, erinnerte Kyle an Ingrid Bergman in *Casablanca*, die sich an der Landebahn von Bogart verabschiedete.

Meine Güte, ich muss wirklich einsam sein, dachte Kyle.

„Jesse, das ist Detective Dubois", sagte Ted, als Kyle ihm die Hand reichte.

Jesse schien an Kyles Gesicht irgendetwas faszinierend zu finden, denn er musterte ihn genau. „Detective."

Ich seh dir in die Augen, Kleines, kam Kyle in den Sinn, doch er nickte nur und sagte: „Jesse."

Während die anderen noch Begrüßungen austauschten, nahm Rory Kyle kurz beiseite und fragte: „Willst du, dass wir ihn reinschicken?"

„Den Jungen?"

„Ja. Er ist irgendwie verrückt nach Mordfällen – er will nämlich Krimiautor werden – und deshalb durfte er bei uns bleiben. Er hat auch die Leiche gefunden, aber mir wurde schon bestätigt, dass er mit einem der anderen

Freiwilligen im Observatorium gearbeitet hat, seit Stuart Warren aus der Bahn gestiegen ist und bis wir mit der Suche begonnen haben." Normalerweise wäre er ein Verdächtiger gewesen, denn Mörder gaben oft vor, die Leiche zu finden, um den Verdacht von sich abzulenken. Jesse schien jedoch ein ziemlich gutes Alibi zu haben. „Jedenfalls können wir ihn reinschicken, wenn ihr wollt", fuhr Ted fort.

Kyle sah zu dem jungen Mann hinüber und ihre Blicke trafen sich ein zweites Mal. Er spürte ein schmerzhaftes Ziehen in seiner Brust. *Gott, er ist wunderschön ...* „Na ja ... glaubst du, er wird uns stören?"

Ted zuckte mit den Schultern. „Ich denke, er wird euch nicht im Weg sein, wenn du ihn daran erinnerst. Er ist ein guter Junge."

Eigentlich mussten Zivilisten erst ein Formular ausfüllen und eine Genehmigung beim Revier einholen, wenn sie Ermittlungen beiwohnen wollten. Andererseits war der junge Mann bereits am Tatort gewesen. Wenn er sich im Hintergrund hielt, würde Kyle ihn das Formular einfach morgen ausfüllen lassen. Das verstieß zwar noch immer gegen die Regeln, aber solange dem Jungen nichts passierte, würde Kyle dafür keinen allzu großen Ärger bekommen.

Das hoffte er zumindest.

„Also gut." Kyle nickte Jesse zu, der sich hastig zu ihnen gesellte. „Ted sagt, du hast die Leiche entdeckt?"

„Ja, Sir."

„Und du willst für einen Kriminalroman etwas über unsere Arbeit lernen?"

„Ich habe ein paar Kurzgeschichten geschrieben", gab Jesse zu. „Aber jetzt will ich es mit einem Roman versuchen."

Kyle nickte ohne großes Interesse. Ungefähr die Hälfte der Bevölkerung behauptete, an einem Buch zu arbeiten. Aber sollte er doch träumen. „Wenn du versprichst, uns nicht im Weg zu sein – halt Abstand und fass nichts an –, kannst du mitkommen und zusehen."

„Das wäre toll!", antwortete Jesse. „Ich störe nicht, versprochen."

Kyle lächelte ihm zu und wurde seinerseits mit einem wunderschönen Lächeln belohnt. Hinter Jesse warf Wesley ihm einen Blick zu, der klar und deutlich „Spinnst du?" sagte, doch Kyle zuckte nur mit den Schultern und konzentrierte sich wieder auf die Arbeit. Wenn sie sich nicht die ganze Nacht auf dem Berg den Arsch abfrieren wollten, mussten sie endlich anfangen. So sagte er zu Ted: „Lass uns gehen."

Jemand hatte die Stelle mit einer sehr hellen LED-Laterne markiert, die so zwischen den Steinen platziert worden war, dass der Wind sie nicht fortwehen konnte. Sie sorgte für ein bläulich-weißes Lichtsignal, dem sie folgen konnten. Den Sanitätern fiel es am schwersten, über die Felsen zu klettern. Sie mussten ihre Ausrüstung transportieren, unter anderem eine Schleifkorbtrage aus Metall, die ständig vom Wind gepackt und ihnen beinahe entrissen wurde. Die Ranger nahmen sie zwischen sich und beleuchteten so gut es ging den Weg.

Da sich die Laterne oberhalb eines Abhangs befand, sorgte Ted dafür, dass sich alle vorsichtig näherten. In der Dunkelheit wirkte es, als führte der kurze Hang ins Nirgendwo. Alles jenseits davon wurde vom Nebel verdeckt, der in tief hängende Wolken überging, sodass der Eindruck entstand, sie befänden sich am Rand der Welt.

Kyle musste an alte Weltkarten denken, auf denen ab einem bestimmten Punkt nur noch Ungeheuer eingezeichnet waren.

Die Ranger richteten das Licht ihrer Lampen über den Rand und winkten Kyle und Wesley zu sich. Als Kyle sich näherte, konnte er am Fuß des steilen Stücks, etwa zehn Meter entfernt, den Körper eines jungen Mannes erkennen. Er lag mit dem Gesicht nach oben da und hatte die Glieder von sich gestreckt wie ein Seestern – ein Eindruck, der durch die leuchtend gelben und roten Muster auf seiner Skijacke noch verstärkt wurde. Sein rechter Arm lag etwas erhöht auf einem Stein und die behandschuhte Hand schien in die Luft zu greifen, als der Wind sie leicht bewegte. Der junge Mann war eindeutig tot – Augen und Mund waren leicht geöffnet und mit Eis bedeckt.

Ted kletterte als Erster hinunter, um den anderen Hilfestellung geben zu können, falls sie ausrutschten. Kyle ging als Nächster, dann folgte Wesley. Die Sanitäter wies er an, vorerst oben zu bleiben. Für den jungen Mann gab es ohnehin keine Hilfe mehr und ihre Arbeit würde sich darauf beschränken, ihn später vom Berg hinunter und ins Leichenschauhaus zu transportieren.

Unten angekommen kniete Kyle sich neben den Toten, um ihn zu betrachten. „Ich bezweifle, dass er nach dem Sturz lange gelebt hat", teilte er Ted mit. „Der arme Junge."

„Warum glaubt ihr, dass es sich um mehr als den Unfall eines unerfahrenen Touristen handelt?", erkundigte sich Wesley.

„Das kann ich euch zeigen, aber dafür müssen wir wieder hoch."

Sie kletterten wieder hinauf zu den anderen, bei denen auch Jesse stand und sich bemühte, etwas zu sehen, ohne ihnen im Weg zu sein. Kyle überlegte kurz, ob er den Jungen mit hinunternehmen und aus der Nähe zusehen lassen sollte.

Ja, antwortete er sich selbst. *Und später wirst du dann dafür auseinandergenommen, einer Zivilperson erlaubt zu haben, einen Tatort zu beeinträchtigen.* Warum machte er sich überhaupt so viele Gedanken um ihn? Jesse war unübersehbar attraktiv, doch sie hatten kaum ein Wort miteinander gesprochen. Und trotzdem musste Kyle sich laufend zusammenreißen, um ihn nicht anzustarren.

„Seht euch das an", sagte Ted, der seine Taschenlampe benutzte, um einen Felsbrocken am oberen Ende des Abhangs zu beleuchten. Im Licht war ein großer Fleck aus gefrorenem Blut zu erkennen.

Kyle beugte sich darüber, um ihn genauer zu betrachten, während er finster sagte: „Dann ist er also erst mit dem Kopf auf den Felsen geschlagen und dann gefallen."

„Sieht so aus."

„Und warum kann er nicht einfach gestolpert sein?", wollte Wesley wissen.

„Deshalb." Ted deutete auf Rory, der sich näherte, um Kyle einen Plastikbeutel zu reichen. Darin befand sich eine Strickmütze, die wie die Jacke des Verstorbenen leuchtend gelb und rot war. Als Kyle sie umdrehte, entdeckte er über dem inneren Rand einen kleinen Blutfleck.

„Die haben wir zwischen den Steinen da drüben gefunden", fuhr Ted fort, während er mit dem Lichtstrahl auf eine etwa drei Meter entfernte schmale Spalte zwischen zwei kniehohen Felsen deutete. „Ich habe sie sichergestellt, damit der Wind sie nicht wegweht."

Kyle nickte. Es handelte sich um einen der Beutel, die üblicherweise zur Sicherung von Beweisstücken benutzt wurden, da die Ranger auf dem Berg und im restlichen Naturpark häufiger mit Verbrechen zu tun hatten. Ted hatte ihn sorgfältig mit seinem Namen und dem Zeitpunkt der Sicherstellung beschriftet. Kyle konnte verstehen, warum Ted die Mütze nicht an ihrem Platz gelassen hatte. Es wäre ausgesprochen schwer gewesen, sie vor dem Wind zu schützen, da schützende Gegenstände vermutlich ebenfalls fortgeweht worden wären.

„Habt ihr Fotos von der ursprünglichen Position gemacht?", fragte er hoffnungsvoll.

„Jesse hat welche." Ted wirkte leicht verlegen. „Ich hatte keine Kamera – Rory hat sie vor zwei Wochen fallen lassen und wir sind noch nicht dazu gekommen, sie zu ersetzen. Also habe ich ihn gebeten, ein paar Fotos zu machen."

Leider machte das die Aufnahmen nahezu wertlos, was Ted sicher ebenfalls wusste. Kyle und Wesley würden sie vielleicht etwas helfen, aber als Beweise konnte man sie nicht verwenden, da sie nicht von einer offiziell zuständigen Person gemacht worden waren.

Jesse kam auf sie zu, um Kyle ein mit seinem Handy aufgenommenes Foto der Mütze zwischen den Steinen zu zeigen. Dann folgten noch einige aus größerer Entfernung gemachte, damit man ihre Lage besser erkennen konnte. Kyle sagte etwas brummig: „Danke, Junge." Er war nicht begeistert davon, dass

Jesse sich mit den Fotos erneut in die Ermittlungen eingeschlichen hatte, auch wenn es im Grunde nicht seine Schuld war. „Kannst du mir die bitte schicken?" „Klar."

Kyle sagte ihm die E-Mail-Adresse, die er für die Arbeit nutzte, fühlte sich allerdings gleich schuldig, als der junge Mann einen Fäustling auszog, um sie mit nackten Fingern einzutippen. „Nicht ... Warum wartest du nicht lieber, bis wir wieder im Warmen sind, damit du dir keine Erfrierungen holst?"

„Okay." Jesse streifte den Handschuh über.

Kyle wandte sich wieder an Ted, auch wenn ihm dabei nicht entging, dass Jesse noch neben ihnen stand und zuhörte. Er ließ es ihm vorerst durchgehen – schließlich hatte er dem jungen Mann erlaubt, sie zu beobachten. „Also gut. Der Verstorbene hat die Mütze getragen, als er auf den Felsen geprallt ist. Dabei hat sich die Mütze von seinem Kopf gelöst und wurde weggeweht."

Zu Kyles Entsetzen sagte Ted: „Jesse hatte da eine ziemlich gute Theorie."

Kyle runzelte die Stirn, was dank seiner Mütze vermutlich nicht zu sehen war. Kurz dachte er darüber nach, die Spielereien für beendet zu erklären und den Jungen reinzuschicken, verwarf den Gedanken allerdings wieder. Auch wenn es unwahrscheinlich war, dass so ein Bursche, der gerade die Schule – oder vielleicht das College – beendet hatte, bei ihren Ermittlungen helfen konnte, wenn sein Wissen über Kriminalfälle sich vermutlich auf das Fernsehen beschränkte, konnte er sich die Zeit nehmen, ihm kurz zuzuhören.

„Na gut", sagte er an Jesse gewandt. „Welche Theorie?"

Es war, als hätte er eine kräftig durchgeschüttelte Flasche mit einem kohlensäurehaltigen Getränk geöffnet. Jesses Worte sprudelten nur so aus ihm hervor. „Auf dem Felsen ist zu viel Blut", begann er. „Hätte er die Mütze getragen, als er ihn getroffen hat, wäre das meiste davon in der Mütze geblieben. Um so viel Blut auf dem Stein zu hinterlassen, hätte er die Mütze verlieren und ihn dann ein *zweites* Mal treffen müssen."

Kyle zog eine Augenbraue hoch, bereit, ihn als Angeber abzutun, der sich zu oft *CSI* ansah. „Dann soll er also zweimal gestolpert sein?"

„Ich führe es kurz vor", sagte Jesse. Er winkte Rory zu, der sich mit einem gutmütigen Seufzer vor den Jungen stellte, sodass er ihm zugewandt war. Kyle beschlich der Verdacht, dass sie das Ganze vorher eingeübt hatten.

„Er und der Mörder müssen sich angesehen haben", sagte Jesse. „Die Wunde befindet sich an der rechten Seite des Kopfes, also stand Stuart mit dem Rücken zum Abhang, als er ermordet wurde. Der Mörder hatte nur direkt vor ihm Platz zum Stehen."

„Falls es überhaupt einen Mörder gab."

17

„Es gab ihn", antwortete Jesse überzeugt. Er streckte einen Arm aus, um seine Hand an Rorys Schläfe zu legen. „Aber er – oder möglicherweise sie – hatte keine Waffe griffbereit. Vielleicht war es nicht geplant. Also hat der Mörder Stuarts Kopf gepackt ..." Er krallte die Finger in Rorys Wollmütze. „... und ihn auf den Felsen gestoßen."

Er führte es langsam vor, wobei der Ranger geduldig mitmachte und seinen Kopf nach unten schieben ließ. Auf ungefährer Höhe des blutigen Felsens riss Jesse Rorys Kopf zurück, wobei sich die Mütze des Rangers löste. „Als er neu ausholen wollte, hat er Stuart die Mütze vom Kopf gerissen, aber er hat sie einfach zur Seite geworfen ..." Jesse wartete, bis Rory ihm die Mütze aus der Hand genommen hatte. „... damit er seinem Opfer den Rest geben konnte. Wahrscheinlich hat er überhaupt nicht gesehen, wo sie gelandet ist."

Jesse packte Rorys Haar und schob seinen Kopf ein zweites Mal nach unten. „Diesmal fehlte die Mütze und Stuart hat schon geblutet, sodass er einen großen Blutfleck auf dem Felsen hinterließ. Dann hat der Mörder ihn losgelassen und er ist den Berg hinuntergerollt."

Am liebsten hätte Kyle das Ganze als die verrückte Idee eines unerfahrenen Jungen mit blühender Fantasie abgetan. Nur klang es gar nicht so unwahrscheinlich. Er dachte darüber nach, während Rory seine Mütze aufsetzte. Wenn die Theorie des Jungen stimmte, musste es weitere Hinweise darauf geben – zum Beispiel ausgerissene Haare auf der unverletzten Seite des Kopfes –, die vielleicht im Autopsiebericht auftauchen würden. Es konnte nicht schaden, der Sache nachzugehen.

Mit einem Schulterzucken sagte Kyle: „Na gut, Jesse Fletcher. Ich ziehe es in Erwägung."

Was als freundlicher Scherz gemeint gewesen war, sorgte dafür, dass sich Jesses Augen in der Lücke der Balaklava deutlich verfinsterten. Er war offensichtlich nicht begeistert von Kyles Witz.

„Danke", sagte er, doch jeglicher Enthusiasmus war aus seiner Stimme gewichen. Kyle fühlte sich ein wenig schuldig, den Jungen vor den Kopf gestoßen zu haben, obwohl es ein Versehen gewesen war. Allerdings war es nicht seine Aufgabe, Jesse den Kopf zu tätscheln und ihn für seine klugen Einfälle zu loben. Seine Aufgabe bestand darin, den Mörder des armen Jungen zu finden, der dort steifgefroren auf dem Boden lag.

Kyle nickte und ging zu den Sanitätern hinüber, um mit ihnen zu reden.

KYLE UND der Rest des Teams arbeiteten bis Mitternacht, untersuchten den Tatort und befragten die Personen, die zum geschätzten Tatzeitpunkt dort gewesen waren. Nachdem Jesse seine Fragen beantwortet hatte, war er von

Reggie hineingeschickt worden, damit er sich um den Abwasch kümmern konnte. Kyle sah ihn nur ungern gehen – erst recht, als der Junge dabei seinem Blick auswich.

Was mache ich da? Ich habe keine Zeit für diesen Kinderkram.

Als sie endlich ihre Arbeit beendet und die Stelle so gut es ging durch mit Steinen beschwertes Flatterband abgesperrt hatten, brachten Wesley und er gemeinsam mit den Sanitätern den Toten ins Tal. Larry blieb mit Ted und Rory in der Ranger-Station.

Die Fahrt hinunter dauerte dank Unterstützung der Schwerkraft etwas weniger lange – etwa fünfundvierzig Minuten. Unten wartete bereits ein Krankenwagen, um die Leiche für eine Autopsie zur Gerichtsmedizinerin in Concord zu bringen. Kyle und Wesley begaben sich zu Kyles Subaru, denn leider war ihre Nacht noch nicht vorbei.

Da niemand die Freunde und Familie des Toten über sein Ableben informiert hatte, war es nun ihre Aufgabe. Trotz der späten Uhrzeit war Kyle sicher, dass ihre Sorge um Stuart sie wach gehalten hatte. Bis zum Morgen zu warten, wäre grausam gewesen und es ihnen mit einem Anruf mitzuteilen, war beinahe genauso schlimm. Ihnen die schlechten Nachrichten persönlich zu überbringen war das Mindeste, was sie tun konnten. Also fuhren sie zum Mount Washington Hotel in Bretton Woods, in dem sie übernachteten.

Bei dem Hotel handelte es sich um eine viktorianische Sehenswürdigkeit etwa sechs Meilen von der Zahnradbahn entfernt und Kyle musste ohnehin daran vorbeifahren, um zum Highway zu gelangen. Es war wunderschön, prunkvoll und ausgesprochen teuer. Kyle hatte sein gesamtes Leben in der Gegend verbracht und dennoch nie auch nur daran gedacht, dort zu übernachten. Selbst außerhalb der Saison musste man pro Nacht mit dreihundert Dollar rechnen. Zu anderen Jahreszeiten konnte es das Doppelte sein. Das Hotel war ein echter Erholungsort, der mit unzähligen Aktivitäten aufwartete, von Golf über Skifahren bis hin zu Tennis und Reiten. Es besaß ein überdachtes Schwimmbad und eines im Freien sowie Whirlpools und ein Wellness-Center.

Kurz gesagt: Es war protzig. Wesley pfiff anerkennend, als sie vor dem Vorbau anhielten und ihnen gleich ein Angestellter entgegenkam, um das Auto zu parken. „Unsere jungen Leute müssen aus einer reichen Familie kommen, wenn hier die Hochzeit stattfindet."

„Kann sein", antwortete Kyle zurückhaltend.

Sie stiegen aus dem Subaru Outback und Kyle übergab den Schlüssel. Ein Pförtner hielt ihnen die Tür zur vornehmen Lobby auf, ein riesiger Raum mit hohen Decken und Reihen aus weißen eckigen Säulen, der sich in hundert Jahren kaum verändert hatte. Orientteppiche grenzten kleine Sitzgruppen mit weich gepolsterten Sofas und Sesseln ab, während in einem großen Steinkamin, über dem ein Elchkopf angebracht war, ein warmes Feuer knisterte.

Kyle und sein Partner durchquerten das Foyer, bis sie zur neben einer breiten Treppe befindlichen Rezeption gelangten. Kyle präsentierte seine Dienstmarke. „Wir müssen Todd Warren sprechen. Uns wurde gesagt, er sei hier Gast." Todd hatte Ted seine Kontaktdaten gegeben, bevor er mit seinen Freunden den Berg verlassen hatte. Unter ihnen schien er der einzige Verwandte von Stuart zu sein.

„Ich werde nachsehen, ob er zu sprechen ist."

Der Rezeptionist wechselte am Telefon einige Worte mit jemandem, bevor er fragte: „Soll er herunterkommen, Officer?"

Eine Hotellobby war nicht unbedingt der geeignete Ort, um einen Mann vom Tod seines Bruders zu unterrichten. „Nein. Wie ist die Zimmernummer? Wir gehen hoch."

NACHDEM SIE im dritten Stock das richtige Zimmer gefunden hatten, klopfte Kyle an die Tür. Der junge Mann, der sie öffnete, sah nicht wie Stuarts Bruder aus. Er war mindestens einen Kopf kleiner und hatte zerzaustes braunes Haar. An seinem Kinn befand sich etwas, das wie der nicht besonders erfolgreiche Versuch eines Barts wirkte und er schaute mit ängstlichen grünen Augen zu Kyle hoch. Ob er sich vor Kyle oder vor schlechten Nachrichten fürchtete, war schwer zu sagen. Es handelte sich wohl um Joel, der in Teds Notizen als Freund der Familie vermerkt war.

„Ich bin Detective Dubois von der Staatspolizei", teilte Kyle ihm mit. Er deutete auf Wesley. „Das ist mein Partner, Detective Roberts."

Der junge Mann murmelte etwas Unverständliches, ließ sie jedoch hinein. Als sie den Raum betraten, standen sie Todd Warren gegenüber.

Im Gegensatz zu seinem Zimmergenossen war Todd groß und auffällig gut aussehend, sogar noch mehr als Stuart, mit dem er allerdings eine, in dieser Situation beunruhigende, Ähnlichkeit hatte. Trotz der zwei Jahre Altersunterschied hätten sie Zwillinge sein können und einen Moment lang kam es Kyle vor, als wäre der tote Mann mit einem „Reingelegt" von der Trage gesprungen.

Todd stand mit nacktem Oberkörper neben seinem Bett und war gerade dabei, in ein marineblaues T-Shirt zu schlüpfen. Er war barfuß und trug eine verwaschene Jeans, die Kyle überdenken ließ, ob die Warrens wirklich eine reiche Familie waren. Vielleicht hatte die Familie der Braut den Ausflug bezahlt, denn weder Todd noch Joel trugen etwas, das man nicht billig im nächsten

Walmart bekommen hätte. Joels Jeans wirkte ebenfalls abgetragen und sein brauner Pullover war am Ende eines Ärmels leicht ausgefranst.

„Haben Sie ihn gefunden?", fragte Todd gleich, nachdem er seinen Kopf aus dem Halsausschnitt geschoben hatte. Er wirkte weder zögerlich noch ängstlich. Er sah Kyle direkt an, als wollte er ihn warnen, ihm keine schlechten Nachrichten zu überbringen.

„Ich fürchte, ja", antwortete Kyle, ohne seinem Blick auszuweichen. „Wir haben Stuart gefunden. Aber … es tut mir leid. Ihr Bruder ist tot."

Joel reagierte als Erster. Er schien in sich zusammenzusinken und schlang die Arme um seinen Körper, wie um sich zu schützen oder zu trösten. „Ich wusste es doch."

Dann überraschte Todd Kyle, indem er laut knurrte, ein Wasserglas vom Nachttisch nahm und es mit einem wortlosen Schrei an die Wand schleuderte. Sein Gesicht war wutverzerrt. „*Verdammte Scheiße!*"

Wesley wich zurück, als rechnete er mit einem Angriff, während Kyle sich zwang, ruhig stehen zu bleiben. Man konnte Todd seinen emotionalen Ausbruch in dieser Situation nicht vorwerfen – auch wenn Kyle hoffte, dass er sich beruhigen würde, bevor sie eingreifen mussten. Und Todds aufbrausendes Wesen war ein interessantes Detail, das er sich gedanklich notierte.

Sie warteten geduldig, bis die beiden jungen Männer sich wieder gefasst hatten, um zu sehen, ob sie noch Fragen hatten oder lieber mit ihrer Trauer allein sein wollten. Sollte Stuart wirklich ermordet worden sein, würden sie sowieso jeden von ihnen befragen müssen, aber das hatte Zeit bis zum nächsten Tag.

„Die ganze verdammte Sache war ein riesiger Fehler", sagte Todd wütend, während er wie ein Tiger im Käfig neben seinem Bett auf und ab ging. „Wir hätten niemals herkommen sollen!"

Joel starrte noch schockiert ins Leere. „Wie … wie ist er gestorben?"

Kyle wollte nicht zu viel über den Tatort verraten, bevor sie alle befragt hatten, antwortete also nur: „Es sieht aus, als wäre er gefallen und hätte sich dabei am Kopf verletzt."

„Er hätte nicht alleine weggehen sollen", brummte Todd.

„Du Arschloch!", fauchte Joel. „Glaubst du etwa, er hat den Tod verdient, nur weil er ein bisschen alleine sein wollte?"

Todd machte mit geballten Fäusten ein paar Schritte auf ihn zu und knurrte: „Er war mein verdammter Bruder! Und diese beschissene Hochzeit hat ihn gerade umgebracht! Also schreib mir nicht vor, was ich empfinden soll!"

Joel sah neben ihm so klein und hilflos aus, dass Kyle vorsichtshalber zwischen sie trat und eine Hand gegen Todds Brust presste. „Okay", sagte er beschwichtigend. „Okay. Niemand ist daran schuld. Manchmal …"

„An dem Ausflug ist Corrie schuld", unterbrach ihn Todd. Doch er atmete tief durch und öffnete die Fäuste. Nach einem Blick auf Joel, den dieser finster erwiderte, sah er Kyle an. „Kann ich gehen?"

„Wohin wollen Sie gehen, Todd?", fragte Kyle, da er die noch immer von dem jungen Mann ausgehende Wut praktisch spüren konnte.

„Nur nach draußen. Ich muss ein bisschen allein sein." Er fügte hinzu: „Ich lasse auch alles ganz."

Kyle nickte. Er konnte es ihm schlecht verbieten. Dass er ein Glas zerbrochen hatte, war unter diesen Umständen verständlich. Das Hotel konnte es ihm in Rechnung stellen. Ihm kam in den Sinn, dass Todd möglicherweise einen anderen Grund für sein schnelles Verschwinden hatte, doch da es keine konkreten Hinweise gab, beschloss er, ihn gehen zu lassen. Vielleicht wollte er sich wirklich nur beruhigen. „Keine Dummheiten, okay?"

Er sah zu, wie Todd seine dicke Skijacke nahm und an Wesley vorbei durch die Tür trat. Als seine Schritte nicht mehr auf dem Teppichboden des Flurs zu hören waren, wandte er sich an Joel und fragte: „Kommen Sie zurecht?"

„Meinen Sie mit dem Tod meines besten Freunds oder mit seinem durchgedrehten Bruder in einem Zimmer?"

„Beides."

Joel löste seufzend seine um den Körper geschlungenen Arme, damit er sich mit den Fingern durch seinen wilden Haarschopf fahren konnte. „Keine Sorge. Er ist ein Arschloch, aber ich bezweifle, dass er gewalttätig werden würde. Er ist nur … Er war schon immer überfürsorglich, was Stuart angeht."

„Hatte Stuart ein eigenes Zimmer?", erkundigte sich Kyle.

„Nein, er war hier bei uns." Er verzog das Gesicht. „Bei Todd, um genau zu sein. Mit *mir* hätte er niemals in einem Bett schlafen dürfen."

Das klang seltsam. Joel musste ihm seine Verwirrung angesehen haben, denn er verzog das Gesicht und deutete mit einem Finger auf sich selbst. „Schwuchtel."

„Oh." Trotzdem wunderte sich Kyle über die Formulierung – nicht „Er hätte niemals mit mir in einem Bett geschlafen", sondern „Hätte niemals *dürfen*". Vielleicht hatte Stuart kein Problem mit Joels Sexualität gehabt – laut Joel waren sie schließlich beste Freunde gewesen –, aber Todd schon.

„Uns wurde gesagt, dass Stuarts Hochzeit geplant war, und zwar mit …" Er warf einen Blick auf die Liste mit Namen, die Larry ihm in der Bahn gegeben hatte. „Corrie Lassiter?"

„Samstag", antwortete Joel. Er setzte sich, noch immer verloren und verwirrt wirkend, auf sein Bett. „Der Urlaub hier war eine Art Hochzeitsgeschenk für die beiden von Corries Eltern."

„Das ist wirklich tragisch."

Joel lachte bitter. „Ja." Eine lange, unangenehme Stille folgte, bis Kyle sich räusperte und fragte: „Können Sie uns sagen, in welchem Zimmer wir Corrie finden? Wir sollten mit ihr reden."

Es BESTAND kein Zweifel daran, dass Corrie zu einer reichen Familie gehörte. Das Zimmer der jungen Männer war schön gewesen, jedoch ein ziemlich normales Hotelzimmer mit zwei großen Betten. Die Lassiters bewohnten eine Luxus-Suite mit drei Schlafzimmern, einem Wohnraum mit Kamin, Widescreen-Fernseher und Bar sowie einem zweiten Badezimmer neben dem größten Schlafzimmer. Die Lassiters selbst waren ziemlich gut gekleidet. Auch wenn Kyle kein Experte war, konnte er sehen, dass Mr. und Mrs. Lassiter ihre Kleidung nicht bei Sears von der Stange kauften. Die Kleidung der drei Kinder – offenbar gab es einen Bruder, den Ted nicht erwähnt hatte – wirkten etwas weniger maßgeschneidert, doch von losen Fäden oder Abnutzungen war nichts zu sehen.

Die Familie war im Wohnzimmer versammelt, als die jüngere Schwester sie einließ. Sie war ein hübsches, zierliches Mädchen um die fünfzehn Jahre mit blondem Haar und großen blauen Augen. Laut Ted war ihr Name Lisa.

„Corrie …", sagte das Mädchen mit zögerlicher, ängstlicher Stimme.

Die junge Frau, die sich von ihrem Stuhl erhob, war ausgesprochen hübsch. Wie ihre Schwester besaß sie langes, blondes Haar, makellose Haut und blaue Augen. In anderer Hinsicht sorgten die zehn Jahre zwischen ihnen allerdings für Unterschiede. Corries strahlend weißer Pullover schmiegte sich an eine schlanke Figur mit attraktiven Kurven. Kyle konnte verstehen, warum ein junger Mann – zumindest einer, der auf Frauen stand – sich glücklich schätzen würde, sie zu heiraten.

Sie wusste, warum Kyle und sein Partner gekommen waren. Er sah es an ihren Augen. Doch vielleicht wollte sie nicht, dass die Worte laut ausgesprochen wurden, denn sie schwieg, bis Kyle sie letztendlich ansprach.

„Sind Sie Corrie?"

„Ja."

„Es tut mir leid. Ich habe schlechte Nachrichten zu Ihrem Verlobten, Stuart Warren." Corries Mutter trat stumm neben ihre Tochter und legte tröstend einen Arm um sie. „Bedauerlicherweise … wurde er tot aufgefunden."

Corrie schien bereits den Tränen nahe gewesen zu sein, als sie den Raum betreten hatten. Nun ließ sie ihnen freien Lauf und ihr Gesicht verzerrte sich zu einer Maske des Schmerzes. Mrs. Lassiter schloss sie in die Arme, während Mr. Lassiter sich näherte, um ihr eine Hand auf die Schulter zu legen. Lisa lief hinüber, um alle drei zu umarmen.

Nur der Bruder blieb mit gesenktem Blick abseits stehen. Er war älter als Corrie und wie die beiden jungen Männer im anderen Zimmer vielleicht Ende zwanzig. Sein blondes Haar war etwas dunkler, doch er besaß die gleichen blauen Augen und zarten, attraktiven Gesichtszüge wie seine Schwestern. Er war groß und schlank.

Warum war er bei dem Ausflug auf den Berg nicht bei ihnen?, fragte sich Kyle. Vielleicht war er zu alt, um Zeit mit den Freunden seiner Schwester zu verbringen.

Da die Familie sie vergessen zu haben schien, dachte Kyle darüber nach, sie vorerst mit ihrer Trauer allein zu lassen. Doch dann löste sich Mr. Lassiter, nachdem er seiner Tochter ein letztes Mal sanft den Rücken getätschelt hatte, von seiner Familie und wandte sich an Kyle.

„Ich glaube nicht, dass Corrie im Moment besonders gut mit Ihnen reden kann, falls das Ihre Absicht war", sagte er leise. Er war ein vornehmer älterer Herr, gut aussehend und gepflegt mit einem verhältnismäßig jung wirkenden Gesicht, aber grauem Haar. Auch seine Frau war nicht mehr so jung, wie Kyle erwartet hatte. Das Paar schien sich mit der Familiengründung Zeit gelassen zu haben.

„Das verstehe ich", antwortete Kyle.

Mr. Lassiter senkte die Stimme und beugte sich etwas vor. „Darf ich fragen … wie …?"

„Es wird eine Autopsie geben. Bisher deutet allerdings alles darauf hin, dass er gestürzt ist und sich eine Kopfverletzung zugezogen hat."

„Oh Gott", keuchte Mr. Lassiter leise. „Der arme Junge. Haben Sie mit seinem Bruder Todd gesprochen?"

„Ja."

„Er muss am Boden zerstört sein."

Kyle nickte vage. „Mr. Lassiter, wie lange werden Sie im Hotel bleiben?"

„Die Zimmer sind bis Sonntag gebucht", antwortete er mit einem müden Kopfschütteln. „Für Samstagnachmittag war die Hochzeit geplant."

„Es wäre uns lieb, wenn Sie vorerst in der Nähe bleiben könnten."

Lassiter wirkte verblüfft, als hätte Kyle ihn soeben des Mordes an Stuart bezichtigt. „Wir werden bis zum geplanten Abreisetag bleiben. Ich hoffe, das genügt."

„Was ist mit Todd und Joel?"

„Ihr Zimmer ist ebenfalls bis Sonntag bezahlt", sagte er mit einer wegwerfenden Handbewegung.

„Von Ihnen?"

Lassiter runzelte die Stirn, als wäre ihm das Gerede über Geld lästig. „Natürlich."

„Dann lassen wir Sie jetzt allein", sagte Kyle mit einem Nicken. „Sie haben mein tiefstes Mitgefühl. Wir melden uns."

Lassiter öffnete ihnen die Tür. Kyle konnte sich nicht des Eindrucks erwehren, dass er sie am liebsten hinter ihnen zugeschlagen hätte. Doch er tat es nicht.

Während er mit Wesley das Hotel verließ und darauf wartete, dass sein Auto gebracht wurde, dachte Kyle darüber nach, wie Stuart Warren – ein junger Mann, der, wenn man sich Todd und Joel ansah, vermutlich nicht besonders wohlhabend gewesen war – es zu einer Verlobten wie Corrie Lassiter gebracht hatte. Ihre Familie schien die Heirat gutgeheißen zu haben, hatte eine teure Woche in einem der vornehmsten Hotels in New England organisiert und wahrscheinlich auch die Hochzeit bezahlt. Dennoch fiel es Kyle schwer, seine Eindrücke von Todd Warren und Mr. Lassiter in Einklang zu bringen. Wenn Stuart und Corrie ihren Verwandten auch nur im Geringsten ähnelten, waren sie ein ungleiches Paar gewesen.

Jedenfalls war der nächste Schritt klar. „Ich möchte morgen noch mal im Hellen auf den Berg", teilte er Wesley mit. „Wenn das Wetter gut genug ist."

Wesley gab ein dumpfes Brummen von sich. „Findest du nicht, dass wir genug gelitten haben?"

„Im Dunkeln konnte man kaum etwas erkennen, erst recht nicht bei dem Nebel. Wir könnten eine Fußspur übersehen haben … oder vielleicht einen losen Faden. Es würde mich einfach beruhigen, noch mal nachzusehen."

„Auf uns wartet ein ganzer Berg von Papierkram", wandte Wesley ein. „Und mit etwas Glück hat Vera morgen Nachmittag die Autopsieergebnisse." Vera war die Gerichtsmedizinerin in Concord.

„Ich mach dir einen Vorschlag", sagte Kyle. „Du kümmerst dich um den Papierkram und ich sehe mir den Tatort an. Ich komme rechtzeitig zurück, um mit dir nach Concord zu fahren."

„Du hast nur keine Lust, am Schreibtisch zu sitzen."

„Da liegst du richtig."

Wesley schnaubte amüsiert. „Na gut. Aber es ist nach zwei Uhr morgens und wir haben noch kein Hotelzimmer, da schlafe ich morgen auf jeden Fall aus."

„Mach das."

Leider wusste Kyle, dass ein Teil von ihm aus vollkommen unprofessionellen Gründen auf den Berg zurückkehren wollte, weshalb er es lieber ohne Wesley tat. Er wollte den verdammten Jungen wiedersehen. Nicht, dass er sich irgendwelche Illusionen machte. Vermutlich war Jesse hetero und sowieso eher an Leuten in seinem Alter interessiert. Und nach Kyles ungeschicktem Witz wollte er vielleicht nichts mehr mit ihm zu tun haben.

Andererseits hatte Kyle schon häufig erlebt, dass seine Freunde sich wie die letzten Idioten benahmen, nur um einige Minuten in der Gegenwart einer schönen Frau zu verbringen. Wieso sollte er da anders sein?

GLÜCKLICHERWEISE FANDEN sie ein Hotel – ein *erschwingliches* Hotel, für das sie eine Rückerstattung vom Präsidium erwarten konnten – gleich gegenüber vom Mount Washington. Es trug den Namen Lodge und war definitiv besser als die meisten Straßenrand-Motels, die Kyle über die Jahre kennengelernt hatte. Es warb mit einem Pool, den er nicht benutzen würde, und etwa fünfzig Zimmern auf zwei Ebenen mit langen Balkons.

Beim Einchecken gab es ein kleines Problem. Nicht unbedingt schlimm, aber etwas … peinlich. Die Rezeptionistin begrüßte sie und fragte: „Wünschen Sie ein Bett oder zwei?"

Warum sie in Erwägung zog, dass es sich bei zwei uniformierten Polizisten um ein Paar handelte, wusste Kyle nicht. Vielleicht wollte sie einfach keine Möglichkeit außer Acht lassen. Trotzdem wünschte er, sie hätte nicht gefragt.

Wesley grinste und legte ihm eine Hand auf die Schulter. „Was meinst du, Bärchen?"

„Zwei Betten, bitte", sagte Kyle, während er Wesleys Hand abschüttelte.

„Komm schon, Zuckerschnute, sei nicht so …"

Die Rezeptionistin schaute verwirrt von einem Mann zum andern, bis Kyle sagte: „Beachten Sie ihn nicht. Wir sind kein Paar. Zwei Betten wären großartig."

Als sie draußen die Treppe zu ihrem Zimmer hinaufgingen, scherzte Wesley weiter, indem er ihn „Kuschelhase" und „Schnuckelchen" nannte. Kyle ignorierte ihn, so gut es ihm möglich war. Obwohl er wusste, dass es sich nur um harmlose Albereien handelte, ging ihm die Frage nicht aus dem Kopf, wie Wesley auf die Tatsache reagiert hätte, dass Kyle tatsächlich Männer mochte. Nicht, dass er sich zu seinem Partner hingezogen fühlte. Wesley war nicht hässlich, jedoch auch nicht besonders gut aussehend. Er besaß ein ansprechendes Gesicht, über dem sein Haaransatz mit seinen neunundzwanzig Jahren allerdings bereits nach Norden wanderte – in zehn Jahren würde er vermutlich kahl sein und er bekam allmählich einen Bauch. Aber von Oberflächlichkeiten mal abgesehen hatte Kyle schlicht keinerlei romantisches Interesse an ihm – was bei einem Arbeitskollegen wahrscheinlich besser war.

Im Zimmer angekommen entledigten sie sich ihrer Uniformen und schlüpften nach einem kurzen Besuch im Badezimmer erschöpft in ihre Betten. Es war beinahe drei Uhr.

Nachdem Kyle das Licht ausgeschaltet und Wesley murmelnd eine gute Nacht gewünscht hatte, fand dieser allerdings trotzdem die Energie, mit einem Kichern zu antworten: „Gute Nacht, Schnucki.“

„Lass das endlich“, seufzte Kyle. „Sonst komme ich in dein Bett und verpasse dir einen kräftigen, feuchten Kuss.“

Das brachte ihm Gelächter und Kussgeräusche von Wesley ein, bevor dieser endlich Ruhe gab und einschlief.

3

SO EIN Idiot.

Zugegeben, Jesse hatte nicht direkt erwartet, dass der Polizist rufen würde: „Mein Gott, das ist es! Du hast den Fall gelöst!" Trotzdem war es keine schlechte Theorie gewesen. Sie erklärte, was sie vorgefunden hatten. Warum hatte er sich also so benehmen müssen? War er dermaßen unsicher, was seine Rolle als Polizist anging?

Anfangs war er nett gewesen. Und verdammt gut aussehend, sofern man es mit Schal und Mütze beurteilen konnte. Er hatte eine markante Nase und dunkle Bartstoppeln erkennen können, doch der Mund war für ein so männliches Gesicht ungewöhnlich sinnlich gewesen, mit feinen geschwungenen Lippen. Den sanften braunen Augen unter kräftigen Brauen schien nichts entgangen zu sein. Er hatte wie ein Mann voller Widersprüche gewirkt, ein faszinierendes Rätsel, das Jesse zu gern gelöst hätte.

Wäre er doch nur nicht ein solch großer Idiot gewesen. Und Jesse mit dem verhassten Spitznamen aus dem College anzusprechen, hatte ihn nicht gerade sympathischer gemacht. Natürlich kannte er die Vorgeschichte nicht, aber er schien sich mit seinem Witz für verdammt clever gehalten zu haben.

Zu Beginn war es aufregend gewesen, die Polizisten bei ihrer Arbeit begleiten zu dürfen. Nach den ersten großen Entdeckungen ging es jedoch mit Kleinarbeit weiter: Der Tatort wurde mit Flatterband eingefasst, nach Beweisstücken abgesucht, fotografiert und skizziert – ebenfalls interessant, doch bei der heftigen Kälte und seiner Verärgerung über den leitenden Detective war Jesse lediglich aus Sturheit dort geblieben.

Zu seiner großen Erleichterung hatte ihn irgendwann Steve mit dem Funkgerät kontaktiert und ihn darüber informiert, dass im Observatorium ein Berg schmutziges Geschirr auf ihn wartete. So hatte Jesse die Arbeit den Profis überlassen und sich ins Warme geflüchtet.

Doch als er in dieser Nacht im Etagenbett lag und Steves leisem Schnarchen von der Matratze unter ihm lauschte, war die Verärgerung noch immer nicht verflogen. Er hasste es, nicht ernst genommen zu werden. Seine Theorie war vollkommen logisch gewesen. Hätte er doch nur irgendwie die Ergebnisse der Autopsie herausfinden können. Er hätte gewettet, dass ausgerissenes Haar gefunden werden würde. Und dass etwas davon in der Skimütze zurückgeblieben war.

DER NÄCHSTE Tag, ein Mittwoch, war für Jesse und Steve der letzte ihrer einwöchigen Schicht. Bald würde ein Bus eintreffen, um die neuen Freiwilligen zu bringen und Jesse und Steve abzuholen. Vorher hatten sie allerdings die Aufgabe, das Frühstück zuzubereiten und anschließend aufzuräumen.

Steve hatte bereits am Vorabend Teig für Scones zubereitet und in Formen gegossen, die nun nur noch aus dem Kühlschrank geholt und in den Ofen geschoben werden mussten. Dann machte er sich daran, Omeletts zu braten, während Jesse den Tisch deckte. Im Augenblick hatte er die leichtere Aufgabe, wobei allerdings zur Strafe nach dem Essen das fettige Geschirr auf ihn wartete.

Während sie arbeiteten, kam Reggie in die Küche, um sich mit ihnen zu unterhalten. „Die Jungs letzte Nacht taten mir leid", sagte er. „Es war schon fast eins, als sie endlich gefahren sind."

„War das dann alles?", wollte Jesse wissen.

Reggie zuckte mit den Schultern. „So ziemlich. Die Stelle bleibt abgesperrt, falls jemand noch etwas überprüfen möchte."

„Aber die Leiche ist weg?"

„Natürlich. Die haben sie mitgenommen."

„Und was passiert jetzt?"

Reggie nahm sich lachend eines der Gläser, die Jesse auf den Tisch gestellt hatte, um es mit Saft aus dem Kühlschrank zu füllen. „Als Nächstes serviert ihr uns das Frühstück und macht sauber. Dann werden wir euch mit Tränen in den Augen nachwinken, wenn der Bus euch runterbringt. Wenn du die Polizei noch weiter mit Fragen nerven willst, kannst du das gerne tun. Aber ich halte mich da raus."

Jesse war nicht sicher, ob er gern noch einmal mit dem Detective geredet hätte. Na gut, wenn er ganz ehrlich war, wollte er es. Nur, was sollte er zu jemandem sagen, der ihn nicht ernst zu nehmen schien? Es war unwahrscheinlich, dass der Mann ihm Informationen anvertrauen würde.

Er grübelte auch zwei Stunden später noch darüber nach, während er mit einem kalten Stein unter dem Hintern und seinem Rucksack neben den Füßen in der Sonne saß. Er hoffte halbherzig, dass die Polizei kommen würde, um sich noch einmal alles anzusehen, bevor der Bus eintraf, sodass er einige Fragen stellen konnte. Andererseits war sie an diesem Morgen vielleicht mit Formularen und der Autopsie beschäftigt. Das war eines der Probleme: Jesse wusste nichts über den korrekten Ablauf und ärgerte sich darüber, bei einer solch guten Gelegenheit nicht mehr darüber herausgefunden zu haben.

Ein Rucksack, der neben Jesses auf dem Boden landete, riss ihn aus seinen Gedanken.

„Schmollst du jmmer noch, weil sie dir deine Leiche weggenommen haben?", erkundigte sich Steve.

„Du bist unfair", brummte Jesse, während Steve ihn anstupste, damit er ihm Platz auf dem Felsen machte. „Ich freue mich doch nicht darüber, dass der arme Kerl tot ist."

„Aber da er es nun mal ist, möchtest du den Mord aufklären."

„Na ja, ein bisschen vielleicht." Hauptsächlich wollte er über einen schreiben. Aber er konnte nicht abstreiten, dass es cool gewesen wäre, einen Mörder zu finden.

Steve schüttelte den Kopf. „Vielleicht hast du ja Glück und irgendwer kippt mit einem Schlachtermesser im Rücken um, wenn du in Dover ankommst."

Jesse warf ihm einen finsteren Blick zu, anstatt die Aussage einer Antwort zu würdigen. Als er ein herannahendes Fahrzeug hörte, griff er automatisch nach seinem Rucksack, sah allerdings bald, dass es sich lediglich um einen Subaru Outback handelte. Er wandte den Blick ab, doch als das Auto auf dem breiten Parkplatz neben dem Bahnhof angehalten hatte, stupste Steve ihn an. Jesse hob den Kopf und spürte ein seltsames kleines Flattern in seiner Brust. Der Fahrer, der aus dem Wagen stieg, trug eine Polizeiuniform.

Es handelte sich um Detective Dubois.

„Hier kommt deine Chance", sagte Steve mit einem schiefen Grinsen. „Geh hin und sag ihm, dass es Gloria Roth mit dem Revolver in der Bibliothek getan hat."

„Leck mich."

Steve lachte und beugte sich vor, um Jesse auf die Wange zu küssen. „Du bist süß. Schade, dass wir nichts gemeinsam haben."

„Wir haben gemeinsame Erinnerungen ans Geschirrspülen und Kloputzen."

„Immerhin etwas."

So gern er dem Detective auch ins Observatorium gefolgt wäre, hatte Jesse dafür keinen guten Vorwand. Da er nicht den letzten Rest seiner Würde verlieren wollte, indem er sich zu aufdringlich verhielt, riss er sich zusammen und blieb sitzen. Vielleicht würde er in einigen Minuten unauffällig hineingehen und den Rangern einen Besuch abstatten können.

Als Steve kurz darauf aufstand, um die Toilette zu benutzen, holte Jesse ein Buch aus seinem Rucksack, musste jedoch bald einsehen, dass ihm zum Lesen die Konzentration fehlte.

Da hörte er Schritte hinter sich und wandte den Kopf, nur um Rory und Dubois auf sich zukommen zu sehen. Jesse war so überrascht, dass er aufsprang, als wäre er bei der Arbeit eingenickt – obwohl seine Arbeit seit etwa einer Stunde beendet war.

„Hi, Jesse", begrüßte ihn Rory, als sie bei ihm angelangt waren. „Detective Dubois ist hier, um sich alles noch einmal anzusehen."

Der Detective lächelte ihm mit so weißen, perfekten Zähnen zu, dass er wie ein Model in einem Zahncreme-Werbespot aussah. Diesmal trug er weder Mütze noch Schal, weshalb Jesse seinen kräftigen Kiefer mit kantigem Kinn erkennen konnte. Die dunklen Stoppeln vom Vorabend hatte er offensichtlich abrasiert, doch sie schienen bereits wieder durchzukommen, als wären sie nicht leicht unter Kontrolle zu bringen. Sein kastanienbraunes Haar wirkte für einen Polizisten etwas lang und wurde von der morgendlichen Brise zerzaust.

„Jesse", begrüßte er ihn und reichte ihm die Hand.

Jesse schüttelte sie und bewunderte im Stillen ihren kräftigen Griff. „Was ist los?"

„Nun, als Erstes wollte ich dir für die Fotos danken, die du mir geschickt hast."

„Kein Problem."

„Und außerdem", fuhr er fort. „Ich, ähm … hatte ein etwas schlechtes Gewissen, weil ich dich gestern beleidigt habe. Das war nicht meine Absicht."

Jesse zuckte mit den Schultern, als hätte es ihn nicht im Geringsten gestört. „Macht ja nichts."

Der Detective schaute über den Parkplatz in die grobe Richtung des Tatorts. „Wenn du möchtest, kannst du gerne wieder mitkommen. Wahrscheinlich werde ich nichts Neues finden, aber ich wollte es mir vorsichtshalber noch einmal bei Tageslicht ansehen."

„Das wäre toll!", sagte Jesse mit etwas mehr Begeisterung als beabsichtigt. Detective Dubois richtete den Blick dieser warmen braunen Augen auf ihn und lächelte.

„Dabei gelten dieselben Regeln", sagte er. „Fass nichts an und bleib außerhalb des abgesperrten Bereichs. Ich will nicht, dass der Tatort noch schlimmer beeinträchtigt wird, als ihr es gestern schon getan habt." Jesses Gesicht musste sich verfinstert haben, denn er fügte gleich hinzu: „Nicht, dass es falsch war. Natürlich musstet ihr versuchen, ihm zu helfen. Aber im Dunkeln haben wir dabei schon viel Schaden angerichtet und sollten es jetzt nicht noch schlimmer machen. Okay?"

„Ja."

„Also gut." Dubois nickte. „Dann musst du erst ein Formular ausfüllen, für gestern Abend und für heute. Kann jemand auf deine Sachen aufpassen?"

„Ich bringe sie ins Büro."

OHNE JESSES Taschenlampe, die ihnen den Weg wies, war es trotz des Flatterbands nicht leicht, die richtige Stelle zu finden. Die Landschaft um den Gipfel bestand größtenteils aus einer geschlossenen Decke mattgrauer Felsen, die sich kaum voneinander unterschieden. Sie erinnerte Jesse an den Mond – oder den Mars, nur weniger orange. In dieser Höhe wuchsen keine Bäume und nur wenige andere Pflanzen wie Flechten auf den Felsen und in den Lücken kleine Flecken mit Gras, Diapensien und Zwerg-Fingerkraut.

Doch Rory kannte den Berg gut und auch Jesse hatte sich oft genug außerhalb des Observatoriums bewegt, um mit der Umgebung vertraut zu sein. Er erinnerte sich daran, wie weit er ungefähr vom Gebäude entfernt gewesen war, bevor er Stuart gefunden hatte. Dubois folgte ihnen geduldig und beschwerte sich nicht, als sie einmal ein Stück zurückgehen mussten.

Nachdem sie erst wenige Minuten unterwegs gewesen waren, meldete sich Rorys Funkgerät. Als er auf den Knopf drückte, war Carols Stimme zu hören. „Braucht ihr noch lange? Jesses Bus wartet auf ihn."

„Wir suchen noch die richtige Stelle."

Dubois warf Jesse einen Blick zu. „Wohin musst du?"

„Nur ans untere Ende der Bergstraße", antwortete Jesse. „Da ist mein Auto geparkt."

„Und hast du es eilig?"

Jesse schüttelte den Kopf. „Eigentlich nicht."

„Wenn du bleiben willst, kann ich dich in ein paar Stunden mit nach unten nehmen."

„Gerne."

Rory gab es an Carol weiter und sorgte dafür, dass jemand Jesses Rucksack und seine Tasche im Wagen des Detectives verstaute. Dann machten sie sich wieder auf die Suche.

Jesse beschloss, herauszufinden, wie viel der Detective ihm über den Fall verraten würde. „Wurde die Autopsie schon durchgeführt?"

Rory runzelte die Stirn, doch Dubois schien die Frage nicht zu unverschämt zu sein, denn er antwortete: „Noch nicht. Er wurde dafür nach Concord geschickt – da werden sie immer gemacht, bei der Gerichtsmedizinerin. Selbst wenn ich sie dir verraten dürfte, könnte ich dir also noch nichts über die Ergebnisse sagen."

Kurz darauf entdeckten sie das gelbe Flatterband, das noch durch die Steine befestigt im Wind wehte. Jesse und Rory warteten außerhalb, während Dubois sich vorsichtig durch den Bereich bewegte, die besseren

Lichtverhältnisse für weitere Fotos nutzte und sich gelegentlich hinhockte, um auf dem Boden etwas zu untersuchen.

In der Morgensonne war das Blut auf dem Felsen oberhalb des Abhangs ein dunkler, rotbrauner Fleck. Auch wenn es letzte Nacht gefroren gewesen war, musste es nach dem Auftauen innerhalb weniger Minuten geronnen sein, bis sich nach vielleicht einer Stunde das gelbliche Plasma abgesetzt hatte. Jesse glaubte, von seinem Platz aus kleine dunkle Linien zu erkennen, wo es am Felsen hinabgelaufen war. Dubois betrachtete den Fleck genau und machte mehrere Fotos aus verschiedenen Richtungen, um die Lage des Felsens im Gelände abzubilden.

Jesse schaute sich um und bemerkte an Rory gewandt: „Stuart und sein Mörder müssen zusammen hergekommen sein."

Rory zuckte die Schultern, wie um zu sagen: „Wer weiß das schon so genau?" Dagegen antwortete Dubois, der ihn gehört hatte: „Stimmt." Er schenkte Jesse ein knappes Lächeln, das ihn ein wenig an das von Humphrey Bogart in den alten Detektivfilmen erinnerte. „Und jetzt sag mir, warum."

„Weil es hier keine Orientierungspunkte gibt", antwortete Jesse lauter. „Zumindest nicht, wenn einem der Berg fremd ist. Also konnte Stuart hier keinen Treffpunkt mit jemandem ausgemacht haben. Und wenn er ziellos im Nebel herumspaziert wäre, müsste es schon ein unglaublicher Zufall gewesen sein, wenn sein Mörder ihn gefunden hätte."

„Aber theoretisch könnte er zufällig jemandem über den Weg gelaufen sein", gab Rory zu bedenken.

„Jemandem, der gerade Lust hatte, einen hilflosen Touristen umzubringen?", fragte Dubois mit hochgezogenen Augenbrauen. „Das kommt mir unwahrscheinlich vor. Vielleicht, wenn derjenige dringend Geld gebraucht hätte. Allerdings wurde das Opfer nicht ausgeraubt – wir haben ein Portemonnaie mit Geld bei ihm gefunden."

Jesse nickte. „Also hat er entweder jemanden in der Nähe vom Observatorium getroffen oder es war einer seiner Begleiter. Dann sind sie losgegangen, vielleicht noch bevor der Nebel aufkam. Sie wollten weit weg von anderen Leuten."

Rory wirkte, als müsste er das erst überdenken, während Dubois ihm zugrinste. „Du wirst mal ein guter Krimiautor, Junge."

Ich bin schon ein guter Krimiautor, dachte Jesse, sagte jedoch nichts – der Detective hatte es eindeutig freundlich gemeint.

Dubois warf einen Blick den Hang hinunter – vermutlich, um den besten Weg nach unten zu finden –, bevor er fortfuhr: „Jedenfalls kannte Stuart wahrscheinlich seinen Mörder. Die rechte Seite seines Kopfes war eingeschlagen. Wie du schon gesagt hast, bedeutet das, er hat hier gestanden" –

er zeigte auf eine einigermaßen flache Stelle zwischen dem Felsen mit dem Blutfleck und einer Ansammlung kleinerer Steine – „und er ist nicht einfach ausgerutscht und gefallen. Er muss dem Observatorium zugewandt gewesen sein und mit dem Rücken zum Abhang gestanden haben. Es *könnte* jemand hinter ihm gestanden haben, aber dort war kaum Platz. Wesentlich wahrscheinlicher ist, dass der Mörder vor ihm stand, als er – oder sie – ihn gepackt hat."

„Dann haben sie sich vielleicht gestritten", sagte Jesse. „Oder Stuart hat es für ein ganz normales Gespräch gehalten …"

„Bis es zu spät war", bestätigte Dubois.

4

NACHDEM KYLE bereits im College geheiratet hatte, war seine Frau nur drei Jahre später an Lymphomen gestorben. In den letzten fünf Jahren hatte er keine neue Beziehung begonnen, denn er hätte das Gefühl gehabt, Julie und die gemeinsam durchgemachte schwere Zeit zu betrügen. Im Grunde war es ihm nicht schwergefallen – er hatte sich bisher zu niemand anderem hingezogen gefühlt. So hatte er sich auf die Arbeit konzentriert und sich in seiner Freizeit schnulzige Liebesfilme angesehen, die Julie gefallen hätten, und Computerspiele gespielt, die Julie vermutlich *nicht* gefallen hätten. Und vielleicht ein bisschen zu viel masturbiert.

So kam es, dass ihn der Anblick von Jesse Morales völlig unvorbereitet erwischte. Gott, der Junge war umwerfend: glatte olivfarbene Haut, schwarzes Haar und große braune Augen, in denen man sich verlieren konnte. Bei seinem Nachnamen vermutete Kyle, dass Jesse Lateinamerikaner oder vielleicht Puerto Ricaner war. Jedenfalls handelte es sich bei ihm um den schönsten Mann, den Kyle jemals gesehen hatte.

Bevor er Julie kennengelernt und sich nur noch für sie interessiert hatte, waren ihm hin und wieder gut aussehende Männer aufgefallen. Doch Bisexualität war damals nicht „cool" gewesen – man hatte eher vermutet, dass es sich um selbstverleugnende Schwule handelte –, weshalb er niemandem davon erzählt hatte. Außer Julie. Sie hatte nichts dagegen gehabt, dass sie beide Männer mochten, sondern Spaß daran gehabt, wenn sie bei Filmen über die Attraktivität eines männlichen Schauspielers diskutieren konnten.

Doch sich so heftig zu einem Mann hingezogen zu fühlen, war neu für Kyle. Er war nicht sicher, wie er damit umgehen sollte, vor allem, weil Jesse so jung war. Nicht so jung, dass Kyles Gefühle verwerflich gewesen wären, aber … viel älter als zwanzig Jahre sah er nicht aus. Das war ein ziemlicher Altersunterschied, denn Kyle war diesen Sommer dreißig geworden. Andererseits stand Jesse vermutlich sowieso auf Frauen und ihre Wege würden sich bald trennen. Daher musste Kyle endlich aufhören, darüber nachzudenken, und sich stattdessen auf seine Aufgabe konzentrieren. Den Jungen mitkommen und etwas über Ermittlungen lernen zu lassen, war eine Sache, aber jetzt dachte er bereits daran, mit ihm zu flirten.

Nachdem sie den Fundort der Leiche erreicht hatten, näherte er sich, während Jesse und Rory außerhalb der Absperrung warteten. Bei Tageslicht entdeckte Kyle gleich einige Blutspuren, wo das Opfer den Abhang hinuntergestürzt war, die sie im Dunkeln übersehen hatten. Nachdem er sie fotografiert hatte, zeichnete er jede einzelne sorgfältig in der Skizze des Tatorts ein. Auch wenn das lange dauerte, warteten Jesse und Rory geduldig, ohne ihn bei seiner Arbeit zu stören.

Als er einige Zeit später das dunkle, geronnene Blut betrachtete, wo Stuarts Kopf gelegen hatte, sagte Jesse: „Für so eine schlimme Wunde scheint das wenig Blut zu sein."

„Hat er noch geatmet, als du ihn gefunden hast?", fragte Kyle.

„Nein. Ich habe versucht, ihn wiederzubeleben, aber … er muss schon tot gewesen sein. Er hatte keinen Puls."

„Dann ist es nicht ungewöhnlich, dass er kaum noch geblutet hat, selbst bei einer großen Wunde. Wenn das Herz nicht mehr schlägt, wird das Blut nicht aus dem Körper gepumpt."

Jesse nickte und betrachtete etwas blass den Blutfleck.

Nachdem Kyle sich ein letztes Mal umgesehen hatte, steckte er seinen Notizblock ein. „Mehr kann ich hier nicht tun", sagte er, bevor er an Jesse gewandt hinzufügte: „Bist du fertig für die Abreise?"

„So ziemlich."

„Dann sollten wir den Toiletten noch einen Besuch abstatten und uns auf den Weg machen."

JESSE SASS auf dem Beifahrersitz des Outback und betrachtete durchs Fenster die Landschaft – den atemberaubenden Blick über die anderen Berge der Presidential Range und die oft beängstigend steilen Abhänge neben der Straße. Kyle warf immer wieder Seitenblicke auf das elegante Profil seines Beifahrers und konnte sich nur schwer mit dem Gedanken anfreunden, sich bald von ihm verabschieden zu müssen. Er wusste, wie albern das war. Der Junge hatte sein eigenes Leben, zu dem er zurückkehren wollte.

„Studierst du?", fragte er Jesse.

„Ich habe gerade meinen Abschluss an der UNH gemacht. Mit Englisch als Hauptfach."

Kyle stieß ein unverbindliches Brummen aus. *Was zum Teufel macht man mit Englisch als Hauptfach?* „Ist das notwendig, wenn man Schriftsteller werden will?"

Jesse schüttelte lachend den Kopf. „Nein, ich glaube nicht. Aber ich lese und schreibe für mein Leben gern und kann einfach nicht genug davon bekommen. Am liebsten möchte ich später hauptberuflich schreiben und davon leben können."

„Der nächste Stephen King?"

„Schön wärs! Oder vielleicht der nächste Harlan Coben."

„Du hast da oben viel gesehen und jedes Detail bemerkt. Du scheinst wirklich ein Talent für Ermittlungen zu besitzen – oder zumindest dafür, über sie zu schreiben."

Ihm gefiel, wie Jesse errötete und schüchtern den Blick abwandte. Es war verdammt süß.

„Weshalb warst du überhaupt im Observatorium?", erkundigte sich Kyle. Hoffentlich klang er nicht zu aufdringlich. Er wollte Jesse nicht ausfragen, sondern lediglich das Gespräch in Gang halten.

„Das war Steves Schuld", antwortete Jesse mit einem ironischen Lächeln. „Er hat dort schon mal freiwillig geholfen und fand es großartig. Letztes Jahr waren wir einige Monate ein Paar und er hat mich mehrmals zum Wandern in die Berge mitgenommen. Es hat immer Spaß gemacht, also habe ich mich auch hierzu überreden lassen."

Das beantwortete eine wichtige Frage: Jesse stand auf Männer. Diese Enthüllung machte Kyle geradezu lächerlich glücklich. Am liebsten hätte er gefragt, ob Jesse sich nach Steve bereits einen neuen Freund gesucht hatte, was jedoch wirklich zu aufdringlich gewesen wäre. Er verzichtete lieber darauf.

Er war so lange still, während er über eine unverfänglichere Frage nachgrübelte, dass Jesse schließlich zuerst sprach.

„Wie lange sind Sie eigentlich schon Detective?"

„Seit drei Jahren." Um die kurze Zeit zu erklären, fügte er hinzu: „Ich war vorher schon fünf Jahre Polizist. Seit dem College."

„Also acht Jahre? Wie alt sind Sie?", fragte Jesse, als hätte er Kyle für jünger gehalten. Dann sagte er hastig und verlegen: „Tut mir leid. Das geht mich nichts an."

Ich wage es jetzt einfach. „Ich bin im Juli dreißig geworden. Jetzt musst du mir *dein* Alter verraten." *Sehr unauffällig.*

„Dreiundzwanzig. Ich habe mir nach der Schule ein Jahr lang eine Auszeit genommen."

Sieben Jahre. Nicht so schlimm wie befürchtet. Aber war der Altersunterschied trotzdem zu groß? Vielleicht. Seine Freunde hätten sich darüber ganz sicher ein paar Scherze erlaubt – abgesehen davon, dass es sich um einen Mann handelte. Und es war gut möglich, dass Jesse ihn für zu alt hielt. Jedenfalls machte er sich keine großen Hoffnungen.

„Alt genug, um alles zu dürfen", sagte Jesse mit einem leisen Lachen.

„Auf jeden Fall zum Trinken."

Jesse schaute mit einem schüchternen Lächeln zur Seite, bevor er antwortete: „Und nicht nur dafür."

Flirtete er etwa gerade mit ihm?

Beruhige dich, Kyle. Atme tief durch. Wenn überhaupt, meinte er bestimmt Sex mit anderen Männern. Du hörst nur, was du hören willst.

Dann fragte Jesse etwas, das ziemlich ernüchternd wirkte: „Arbeitet Ihre Frau auch bei der Polizei?"

Kyle zögerte mit der Antwort, da er sich wunderte, warum Jesse nach seiner Frau fragte. Bis es ihm klar wurde: der Ring. Jesse hatte Kyles Ehering bemerkt.

Verdammt.

„Ich bin Witwer", antwortete Kyle langsam, ohne den Blick von der Straße abzuwenden. „Julie hat gemalt. Vor allem Ölgemälde. Sie war gerade dabei, erfolgreich zu werden und erste Bilder wurden in Galerien in der Umgebung ausgestellt. Dann hat sie Krebs bekommen. Sie ist vor knapp fünf Jahren gestorben."

„Das tut mir leid."

Kyle holte tief Luft und rieb mit dem Daumen über den schlichten Goldring, den er seit so langer Zeit trug, dass er wie ein Teil von ihm war. „Ich … habe einfach nie den richtigen Zeitpunkt gefunden, ihn abzulegen."

Jesse schwieg lange. Kyle warf einen Blick auf ihn und stellte fest, dass der junge Mann mit einem traurigen Lächeln aus dem Fenster schaute. Er ärgerte sich darüber, die Stimmung getrübt zu haben. Nur was hätte er sagen sollen? Jesse nahm jetzt sicher an, dass er heterosexuell war und für ihn nicht als Partner in Frage kam – ein Eindruck, den Kyle nicht korrigieren konnte, ohne sich zum Idioten zu machen. Aber vielleicht war das besser so.

Als sie am Fuß des Berges angekommen waren, wo die Straße nicht weit von Gorham auf die Route 16 traf, verspürte Kyle erneut Panik bei dem Gedanken, sich endgültig von Jesse verabschieden zu müssen. Bei der Vernehmung der Zeugen hatte er erfahren, dass Jesse in Dover lebte, beinahe drei Stunden weiter südlich. Obwohl er wusste, wie unvernünftig es war, da es auf Dauer nichts änderte und das Unausweichliche nur hinauszögerte, fragte er: „Hast du Lust, noch irgendwo etwas zu essen? Ich lade dich ein."

„Das müssen Sie nicht."

Ist das ein Korb? Kyle hatte sich so lange nicht mehr verabredet, dass er es nicht einschätzen konnte. Vielleicht war Jesse nur höflich. Also lächelte er ihm zu, um seine Nervosität zu überspielen – er hatte das Gefühl, Jesse um ein Date zu bitten –, und antwortete: „Aber ich würde es gern tun. Es ist das Mindeste, nachdem du mir so viel geholfen hast."

Erbärmlich. Bestimmt hält er mich für einen komischen alten Kauz.

Doch Jesse lächelte und sagte: „Na gut, gerne."

5

Wenn Detective Dubois wirklich nur auf Frauen stand, konnte mit Jesses Gaydar etwas nicht stimmen. Obwohl er nichts wirklich Auffälliges tat, wurde Jesse das Gefühl nicht los, dass er … interessiert war. Jesse war es definitiv.

Dubois war verheiratet gewesen und hatte mit aufrichtiger Trauer von seiner Frau erzählt. Ein Mann, der auch nach fünf Jahren seinen Ehering trug, vermisste seine Frau noch und hatte vermutlich nicht vor, sich zu verabreden – zumindest nicht mit ernsthaften Absichten. Und doch waren da diese Seitenblicke, die er Jesse zuwarf. Jesse kannte diese Blicke. Meistens folgte darauf eine Einladung oder ein eindeutiges Angebot. Normalerweise war er nicht der Typ für One-Night-Stands, aber bei einem so heißen Mann … nun, er hätte es zumindest in Erwägung gezogen.

Sie aßen im Glen View Café am Highway gegenüber vom Ende der Bergstraße. Das Restaurant gehörte zu einem Laden, der unter einem Hotel Wanderausrüstung verkaufte. Die rustikale Einrichtung wurde durch einen großen Kamin am Ende des Raumes und ein Panoramafenster mit Blick auf den Berg abgerundet. Das Essen war anständig, hauptsächlich Hausmannskost. Steve hatte im Vorjahr einmal mit Jesse dort gefrühstückt, bevor sie auf der Straße bis nach oben gewandert waren. Für Wanderer bot das Café fertige Lunchpakete an.

Nachdem sie Cheeseburger und einen gemeinsamen Teller mit Chili-Käse-Pommes bestellt hatten, fragte Jesse: „Also, was passiert als Nächstes?"

Dubois wirkte verwirrt. „Wie meinst du das? Ich würde sagen, ich bringe dich zu deinem Auto."

„Eigentlich meinte ich die Ermittlung."

„Oh." Bildete er sich nur ein, dass Dubois enttäuscht aussah? „Ich fürchte, darüber darf ich dir nichts Näheres sagen."

„Das verstehe ich. Ich möchte natürlich keine vertraulichen Informationen hören …"

„Und ob du das möchtest", sagte Dubois grinsend.

Schuldig im Sinne der Anklage. „Na gut", gab Jesse zu. „Ich wüsste gerne Details. Aber die allgemeine Vorgehensweise ist doch kein Geheimnis, oder? Wie gesagt: Ich möchte Kriminalromane schreiben."

Dubois lehnte sich zurück und schien kurz darüber nachzudenken, bevor er antwortete: „Du weißt ja schon, dass die Leiche für eine Autopsie nach Concord gebracht wurde. Mein Partner und ich werden wahrscheinlich heute Nachmittag wegen der Ergebnisse hinfahren. Wesley – Detective Roberts – hat heute Morgen einen vorläufigen Bericht verfasst, den wir mit den Erkenntnissen der Autopsie auf den neuesten Stand bringen. Anschließend werden wir wohl noch einmal zum Hotel fahren, um Familienmitglieder und Freunde des Verstorbenen zu befragen. Wir haben sie letzte Nacht über Stuarts Tod informiert, aber noch nicht vernommen. Das ist so ziemlich alles, was ich dir sagen kann."

„Am wahrscheinlichsten ist", sagte Jesse nachdenklich, „dass es einer der drei Leute getan hat, die mit ihm in der Bahn angekommen sind."

„Was ist mit den anderen Passagieren?", fragte Kyle. Dann verzog er das Gesicht, als wäre es ihm unfreiwillig herausgerutscht, fuhr jedoch trotzdem fort: „Oder den Leuten, die schon oben waren?"

Jesse schüttelte den Kopf. „Wenn sie ihn nicht gekannt haben, wäre das ungewöhnlich. Die meisten Mörder kennen ihre Opfer vor der Tat. Also war es vermutlich eine der drei Personen, die mit Stuart gekommen sind."

„Vier", korrigierte ihn Dubois.

„Das junge Mädchen habe ich nicht mitgezählt. Sollten wir das?"

„Was heißt hier ‚wir'?", fragte Dubois mit einem Stirnrunzeln. „Ich habe dich zum Essen eingeladen, nicht zu einer gemeinsamen Mordermittlung."

Jesse spürte, wie er errötete. „Tut mir leid."

„Schon gut."

Die Kellnerin brachte ihnen die Pommes und versicherte, dass die Burger ebenfalls bald fertig sein würden, bevor sie sich neuen Gästen zuwandte. Dubois schob sich ein Pommesstäbchen in den Mund.

Plötzlich kam Jesse etwas in den Sinn, worüber er sich bisher keine Gedanken gemacht hatte, weil es ihm so albern erschien. Für den Detective war es allerdings nicht unbedingt albern. „Moment, ich bin ein Verdächtiger, oder?"

„Wie kommst du darauf?"

„Ich habe die Leiche entdeckt. Ich könnte ihn umgebracht und dann nur so getan haben, als hätte ich ihn gefunden."

Dubois zog eine Augenbraue hoch. „Nur sagt sowohl Reggie als auch Steve, dass du drinnen das Abendessen vorbereitet hast, bis er als vermisst gemeldet wurde."

„Aber Reggie hat mich bis zu dem Zeitpunkt eigentlich nicht gesehen", antwortete Jesse. „Und Steve könnte mir wegen unserer gemeinsamen Vergangenheit ein Alibi verschaffen. Oder ich könnte ihn gefunden haben, wie er im Nebel herumirrte, und ihn dann umgebracht haben."

„Allerdings wäre das ungewöhnlich, wenn du ihn nicht gekannt hast", antwortete Dubois mit einem neckenden Lächeln. „Das hast du mir gerade erst erklärt."

„Vielleicht bin ich ein Psychopath."

„Meine Güte, Junge! Was soll das? Willst du unbedingt verhaftet werden?" Dubois streckte seufzend die Hand zum Pommesteller aus. „Ich halte dich nicht für einen Verdächtigen. Wenn ich das täte, würde ich hier ganz bestimmt nicht mit dir sitzen und dir von meinem Privatleben erzählen. Aber wenn du so heiß darauf bist, können wir uns darauf einigen, dass du für die Ermittlungen interessant bist."

Ich bin auf einiges heiß, dachte Jesse. Er beschloss sicherheitshalber, das Thema zu wechseln. „Lesen Sie Krimis?"

Dubois stieß ein kurzes Lachen aus. „Meine Arbeit ist ein Krimi. Da brauche ich keine in meiner Freizeit."

„Ja, das stimmt", antwortete Jesse, war jedoch ein wenig enttäuscht. Er hatte auf eine Gemeinsamkeit gehofft. „Was lesen Sie dann?"

Der Detective zögerte so lange mit seiner Antwort, dass Jesse befürchtete, wieder etwas Falsches gesagt zu haben. Schließlich seufzte er und sagte mit einem Stirnrunzeln: „Nichts."

„Nichts?"

„Lass uns das Thema wechseln, ja?"

Jesse blinzelte verwirrt. Wie konnten Lesegewohnheiten ein heikles Thema sein? „Warum? Lesen Sie Yaoi oder so was?"

„Yaoi?" Dubois verzog das Gesicht, als hätte er etwas Abstoßendes gesehen. „Was zum Teufel ist das?"

„Schon gut. Es war nur ein Scherz."

„Ernsthaft, verrat es mir."

„Es sind, ähm … japanische Comics. Aber sie sind … schwul … und pornografisch …"

Kurz sah es aus, als würde er eine wütende Antwort von Dubois bekommen. Er schien nicht begeistert davon zu sein, was Jesse ihm damit unterstellt hatte.

„Tut mir leid", entschuldigte er sich hastig. „Es war wirklich nur ein Scherz."

„Hältst du mich für schwul?"

„Nein!"

Dubois schüttelte den Kopf, doch falls er verärgert war, schien die Wut schnell zu verfliegen. „Hör zu, Jesse …"

„Es tut mir leid! Ich wollte nichts andeuten!"

„Kannst du kurz den Mund halten?"

Jesse hielt den Mund.

Dubois' Blick wurde sanfter und er beugte sich über den Tisch, um leise zu murmeln: „Hör zu, ich sage dir das nur, weil du mir von … dir und Steve erzählt hast, also schwul oder bi sein musst …"

„Ich bin schwul."

„Okay", fuhr Dubois fort. „Aber … das hier muss unter uns bleiben, ja?"

„In Ordnung."

„Ich bin nicht … ganz hetero."

Jesse erwähnte nicht, dass er das bereits bemerkt hatte. „Also bi?"

„Ja." Dubois sah sich nervös um, bevor er fortfuhr: „Julie – meine Frau – wusste es schon vor unserer Hochzeit. Aber sonst niemand. Ich habe es nie … ausgelebt."

„Ich verstehe." Jesse musste lächeln. „Danke, dass Sie mir das gesagt haben."

„Tja. Okay. Eigentlich hätte ich es nicht tun sollen."

„Ich behalte es für mich."

„Danke. Das weiß ich zu schätzen." Jesse bemerkte schockiert, dass Dubois' Hand zitterte, als er einen Schluck aus seinem Wasserglas trank. Erst da wurde ihm klar, wie schwer das Ganze für den anderen Mann gewesen sein musste. Er hatte etwas, das ihn offensichtlich sehr verunsicherte, einem nahezu Fremden anvertraut.

„Essen wir deshalb zusammen?", fragte Jesse.

„Was, weil ich dich abschleppen wollte? Gott, nein."

Jesse lachte. „Ganz so direkt nicht, aber …" Er war zu verlegen, um den Satz zu beenden.

Dubois verstand ihn trotzdem. „Weil ich dich süß finde?" Der Detective musterte ihn mit stechendem, leicht gereiztem Blick. Doch dann hellte sich seine Miene plötzlich auf und er lächelte. Es war ein bezauberndes, schüchternes Lächeln. „Na ja, vielleicht."

„Das Kompliment kann ich zurückgeben", antwortete Jesse. „Nur würde ich wohl eher ‚heiß' anstatt ‚süß' sagen."

Dubois schaute ihm lange in die Augen, bevor er mit einem Seufzer den Kopf schüttelte. „Das ist doch verrückt. Mein Verstand muss sich irgendwie verabschiedet haben."

Sie wurden von der Kellnerin unterbrochen, die ihnen ihre Burger servierte und nach weiteren Wünschen fragte.

Nachdem sie gegangen war, sagte Jesse: „Eigentlich … muss ich nicht unbedingt heute nach Dover zurück." Als Dubois ihm einen misstrauischen Blick zuwarf, fügte er hastig hinzu: „Ich habe natürlich nicht vor, beim Polizeirevier vorbeizuschauen oder so. Aber ich könnte eine Weile in einem

Hotel bleiben und wir könnten etwas unternehmen." Hoffentlich hatte das nicht geklungen, als ginge es ihm um Sex. Er hatte nicht unbedingt etwas *dagegen*, aber es sollte sich nicht anhören, als wäre es ihm das Wichtigste.

Dubois' Gesicht verfinsterte sich. „Ich weiß nicht, ob das eine gute Idee ist, Junge."

Ich bin kein Junge, dachte Jesse. Allerdings hatte es jetzt keinen Sinn, sich über die richtige Wortwahl zu streiten. „Warum nicht?", beharrte er. „Wir können ein bisschen weiter rausfahren. Nur zum Abendessen."

Ein bisschen Knutschen und Rummachen wäre ein netter Nachtisch gewesen, was er jedoch lieber nicht laut aussprach.

Dubois griff seufzend nach seinem Handy. „Wie ist deine Nummer?"

Jesse sagte sie ihm und sah zu, wie der Detective sie eintippte. Gleich darauf vibrierte sein Handy. Er hatte bereits begonnen, die Nummer unter „Dubois" zu speichern, als er es sich anders überlegte. „Habe ich mir jetzt nicht deinen Vornamen verdient?"

Der Detective grinste. „Kyle." Während Jesse das speicherte, fuhr der andere Mann fort: „Aber ich weiß noch nicht, ob ich das wirklich will. Ich meine, ich habe noch nie … Ich rufe dich heute Abend an, okay? Selbst wenn ich mich dagegen entschieden habe, sage ich dir Bescheid. Alles andere wäre nicht fair."

Da Jesse nicht wusste, mit welcher Antwort er ihn zu dem Date ermutigen konnte, sagte er schlicht: „In Ordnung, Kyle."

BEVOR SIE auf den Berg gebracht wurden, hatte Jesse sein Auto am Kartenschalter geparkt, der sich fast gegenüber vom Parkplatz des Glen View Café befand. Obwohl er es leicht zu Fuß erreicht hätte, bestand Kyle darauf, ihn im Auto hinzubringen. Nachdem der Detective sein Versprechen wiederholt hatte, ihn später anzurufen, fuhr er davon. Obwohl Jesse ein wenig auf einen kurzen Abschiedskuss gehofft hatte, überraschte es ihn nicht, als er keinen bekam. Kyle schien sich beim Gedanken daran, mit einem Mann zusammen zu sein, nicht wohlzufühlen – trotz seines offensichtlichen Interesses – und überhaupt noch unsicher zu sein, ob er sich schon wieder verabreden wollte. Auch wenn Jesse selbst nicht viel Erfahrung mit Beziehungen hatte, konnte er es ihm nachfühlen. Dass Kyle Julie auch jetzt noch vermisste, war irgendwie romantisch. Paradoxerweise machte es ihn noch anziehender, obwohl er Jesse möglicherweise deshalb abweisen würde.

Allerdings war Kyle nicht der einzige Grund, aus dem Jesse etwas länger in der Gegend bleiben wollte. In seinem Auto sitzend zählte er sein Geld. Etwas mehr als zweihundert Dollar. Für Jesses Verhältnisse war das viel, denn er hatte für diesen Ausflug gespart, um genug Geld für Benzin, Essen und im Notfall auch ein billiges Hotel zu haben. Für das, was er jetzt vorhatte, würde es allerdings nicht reichen.

Er steckte sein Geld ein und drehte den Zündschlüssel. Nach einer Woche auf dem Parkplatz protestierte sein alter Geo Prizm anfangs, sprang aber schließlich an. Er ließ ihn einige Minuten warm laufen und lenkte ihn auf die Route 16. Da sich zwischen ihm und seinem Ziel ein großer Teil des Berges befand, musste er erst Richtung Norden und Westen fahren, bevor er sich wieder nach Süden wandte.

Das Mount Washington Hotel befand sich weit außerhalb seiner Preisklasse. Als er auf das luxuriös wirkende Grundstück in Bretton Woods einbog, erkannte er bereits, dass der armselige Stapel von Zwanzigern in seiner Tasche nicht für eine einzige Nacht reichen würde. Er folgte der langen, gewundenen Auffahrt an einem Golfplatz entlang, bis er vor dem Gebäude angekommen war. Der Mann, der den Schlüssel seines Autos entgegennahm, betrachtete es, als fürchtete er, es könne auseinanderfallen.

Als Erstes musste er herausfinden, ob es ein freies Zimmer gab und wie viel es kostete. Nachdem er die riesige Lobby betreten hatte, sah er sich um, bis er weit links endlich die Rezeption entdeckte.

Glücklicherweise war die Rezeptionistin so gut ausgebildet, dass sie trotz seines einfachen Auftretens keine Miene verzog, als sie sagte: „Willkommen im Mount Washington Hotel! Wie kann ich Ihnen behilflich sein?"

„Ich brauche für die nächsten paar Tage ein Zimmer", antwortete er.

Sie suchte im Computer. „Wir haben einige freie. Wünschen Sie ein Einzelzimmer?"

„Ja."

„Wir haben keine mit Einzelbetten", entschuldigte sie sich. „Nur eines mit französischem Bett."

„Wie teuer wäre das?"

Als sie ihm den Preis nannte, musste er seine gesamte Selbstbeherrschung aufbringen, um einen neutralen Gesichtsausdruck zu bewahren. „Ich muss kurz etwas überprüfen", sagte er. „Ich bin gleich zurück."

In einer Lobby, die etwa die doppelte Größe eines Tennisplatzes hatte, war es nicht schwer, einen abgeschiedenen Winkel zu finden, in dem er seinen Vater anrufen konnte.

„Das kannst du doch nicht ernst meinen, Jesse!"

„Betrachte es als frühes Weihnachtsgeschenk", schlug Jesse vor.

„Ich habe Neuigkeiten für dich, mein Sohn: Ich liebe dich, aber ich habe niemals so viel Geld für dein Weihnachtsgeschenk ausgegeben – in deinem ganzen Leben nicht."

„Ich muss noch ein paar Tage bleiben, Dad. Ich muss mich um etwas kümmern. Etwas Wichtiges."

Sein Vater fragte nicht, was so wichtig war. Jesse hatte einen Sommer damit verbracht, in seinem Geo durchs Land zu fahren, und einen weiteren als Helfer auf dem Boot eines Krabbenfischers in Maine. In seiner Schulzeit hatte er beinahe die Garage in die Luft gejagt, als er sich durch ein Buch mit chemischen Experimenten gearbeitet hatte. Solange er sich nicht der Kunst des Serienmords zuwandte, ließ Mr. Morales ihn normalerweise ziemlich frei seiner Muse folgen.

Allerdings gab es Grenzen. „Dann such dir ein billiges Motel."

Nur hätte ihm das nicht erlaubt, was er sich erhofft hatte: sich Stuarts Bruder und seinen Freunden anzunähern und sie zum Reden zu bringen. Er wollte sich nicht in die Ermittlungen einmischen, aber vielleicht konnte er herausfinden, wer von ihnen einen heimlichen Groll gegen Stuart gehegt hatte. Bei einem Drink in der Bar würde ihm unter Umständen jemand etwas verraten, das Kyle weiterhalf.

Allerdings konnte er dafür nicht verlangen, dass sich sein Vater in Schulden stürzte. „Das könnte ich wohl", gab Jesse zu. „Einer der Gründe, aus denen ich bleiben will, ist ein ziemlich süßer Typ, den ich wiedersehen möchte. Dafür spielt es wahrscheinlich keine Rolle, in welchem Hotel ich wohne."

„Weiß dieser ziemlich süße Typ, dass du existierst?"

„Ja. Vielleicht gehen wir heute Abend essen."

„Wer ist er?"

So kam es, dass Jesse seinem Vater von Kyle erzählte – wobei er allerdings seinen Namen und seinen Beruf ausließ, womit er zu einem dreißigjährigen Witwer wurde, den Jesse auf dem Berg kennengelernt hatte. Sein Vater verzichtete auf einen vorwurfsvollen Vortrag zum Altersunterschied oder weil Kyle noch um seine Frau trauerte. Er wusste, dass es sich bei Jesse um einen hoffnungslosen Romantiker handelte.

„Also gut", sagte sein Vater, als Jesse seine Schilderung beendet hatte. „Ich habe meinen Kontostand überprüft, während du von diesem Kerl geschwärmt hast, den du für deinen zukünftigen Ehemann hältst." So weit war Jesse bei seiner Beschreibung eigentlich nicht gegangen, doch er ließ seinen Vater ausreden. „Er sieht ziemlich gut aus und ich mag es nicht, wenn mich meine finanzielle Stabilität zu selbstzufrieden werden lässt. Also kannst du mich von mir aus arm machen."

Jesse musste lachen. Sein Vater hatte ein beachtliches Einkommen – sonst hätte er ihn nicht um Geld gebeten. „Sei mal kurz ernst, Dad. Ich will nichts haben, wenn es dir wirklich schadet."

„Gib mir einfach die Nummer des Hotels", antwortete sein Vater. „Ich bezahle zwei Übernachtungen und das Essen. Massagen, Alkohol und Prostituierte gehen auf deine Rechnung, verstanden?"

Jesse schwor seinem Vater, ihn bis in alle Ewigkeit zu lieben und ihn niemals in ein Altersheim zu stecken und zu vergessen. Dann durchquerte er die Lobby, um der Rezeptionistin das Handy zu reichen. Wenige Minuten später hatte er ein Hotelzimmer an einem der schönsten Erholungsorte des Bundesstaats.

6

NACHDEM ER Jesse beim Parkplatz abgesetzt und sich während der Fahrt nervös gefragt hatte, ob es ein Fehler gewesen war, ihm seine Nummer zu geben, rief er seinen Partner an, um sich zu erkundigen, ob er schon von der Gerichtsmedizinerin gehört hatte.

„Noch nicht", sagte Wesley. „Aber als ich vorhin angerufen habe, war Vera gerade im Untersuchungsraum."

Die Uhr in Kyles Armaturenbrett zeigte 1:20 Uhr. Es war noch früh. „Sollen wir hinfahren, damit wir da sind, wenn sie fertig ist?" Die Fahrt nach Concord dauerte eineinhalb Stunden.

„Warum nicht? Hol mich beim Hotel ab."

DA VERA noch beschäftigt war, als sie ankamen, nahmen sie außerhalb des Untersuchungsraums Platz. Über den Fall hatten sie sich bereits ausführlich auf der Herfahrt ausgetauscht, weshalb es nicht mehr viel zu bereden gab. Wesley vertrieb sich die Zeit mit seinem iPhone und *Angry Birds*, während Kyle bei der Entfernung zwischen ihren Plätzen einen Blick in seinen Liebesroman wagte – die verräterische Titelseite mit den halb nackten Männern hatte er schließlich bereits hinter sich. Julie hatte manchmal dieselben Bücher gelesen, um sich mit ihm darüber zu unterhalten. Und bei einem Film hatte er einfach eine Bemerkung zum knackigen Hintern eines Mannes machen können und sie hatte lediglich ihre eigene Meinung beigesteuert, ohne ihm das Gefühl zu geben, sich dafür schämen zu müssen. Allerdings war sie bisher die Einzige gewesen, die von seiner Bisexualität gewusst hatte – er hatte ihr vollkommen vertraut.

Aber konnte er einem dreiundzwanzigjährigen Jungen vertrauen, der verrückt nach Mordfällen war … und vielleicht deshalb auf Polizisten stand? Vermutlich nicht.

„Kyle? Wesley?"

Sie schauten auf und sahen Vera in der Tür stehen. Kyle schaltete seinen Kindle aus und steckte ihn ein, bevor er sich erhob und sie begrüßte. „Hey, Vera. Hast du schon was für uns?"

Sie grinste gutmütig. „Darf ich vielleicht erst einen Kaffee trinken?"

„Natürlich", erwiderte er lächelnd. „Ich gebe einen aus."

In der ziemlich leeren Krankenhauscafeteria dauerte es nicht lange, eine Zimtschnecke für Vera und Kaffee für sie beide zu kaufen. Wesley versorgte sich selbst. Kyle führte die Gerichtsmedizinerin zu einem Tisch in der Ecke. Wie sie gleich nach einer Autopsie etwas essen konnte, war ihm ein Rätsel – er hatte selbst einige miterlebt und darum kämpfen müssen, das bereits Gegessene bei sich zu behalten, ohne den geringsten Appetit auf mehr zu haben. Andererseits machte Vera das Ganze schon ziemlich lange. Sie war hart im Nehmen.

„Ihr bekommt später einen ausführlichen Bericht", versprach sie nach einem großen Schluck Kaffee, „aber es gab nicht viele Überraschungen." Sie wartete, bis Wesley sich mit seinem Kaffee zu ihnen gesetzt hatte. „Die Verletzung seines Gehirns hat ihn umgebracht, bevor er viel Blut verlieren konnte. Auch seine Halswirbel waren beschädigt, wie es oft bei Autounfällen passiert, wenn der Kopf herumgeschleudert wird. An der linken Kopfseite waren einige kleine Risse in der Haut und Haare wurden ausgerissen."

„Als hätte ihn jemand bei den Haaren gepackt?"

„Möglich. Am restlichen Körper habe ich viele Abschürfungen und Blutergüsse gefunden."

„Von seinem Sturz den Abhang hinunter?", fragte Wesley.

Vera zuckte mit den Schultern. „Wie genau er sie sich zugezogen hat, kann ich nicht unbedingt sagen. In der Kopfwunde waren übrigens Schmutz und kleine Teile einer Flechte."

Die mussten von dem Felsen stammen, auf den sein Kopf geprallt war. Allerdings würden sie warten müssen, bis das Kriminallabor die Proben vom Tatort auswertete und Veras Befund bestätigte.

Vera biss in ihre Zimtschnecke und schluckte. „Übrigens haben wir noch etwas Interessantes in seiner Kleidung gefunden."

„Was denn?"

„Zwanzigtausend Dollar."

Das Geld hatte sich in einem Briefumschlag befunden. Beim Durchsuchen von Stuarts Taschen nach einem Ausweis waren sie nicht darauf gestoßen, weil er es in seiner Unterwäsche versteckt hatte. Vera hatte es in einem Beutel für Beweisstücke versiegelt, da es mit Urin getränkt war. Stuart hatte beim Sterben seine Blase entleert.

Er hatte das Geld also eindeutig vor jemandem verbergen wollen und seine Tasche nicht für sicher genug gehalten.

Die große Frage war, wie Stuart, der nicht besonders vermögend gewesen zu sein schien, an so viel Geld gekommen war. Und warum hatte er es auf dem Gipfel des Mt. Washington bei sich gehabt? Hatte er es jemandem geben wollen? Oder von jemandem bekommen? Und wofür? Drogen?

Vielleicht ist er deshalb allein weggegangen, dachte Kyle, während er vom Krankenhaus zur Polizeiwache fuhr. *Er hat sich mit jemandem getroffen und dabei wurde der Umschlag übergeben.*

Aber was dann? War bei der Übergabe etwas schiefgegangen und die andere Person hatte Stuart getötet? Wurde es dadurch nicht unwahrscheinlich, dass einer seiner Begleiter der Mörder war? Schließlich hätte er mit Todd etwas in seinem Zimmer austauschen können und auch mit den anderen hätte er sich nicht auf dem Berg verabreden müssen.

Wer war also die zweite Person gewesen? Oder trug Stuart etwa immer zwanzigtausend Dollar mit sich herum?

Nachdem Vera ihnen offiziell Stuarts Kleider und Besitztümer sowie ihren Bericht übergeben hatte, würden Kyle und Wesley Jesses Formulare beim Revier einreichen und sich anschließend auf den Weg zum Mount Washington Hotel machen. Es war Zeit, Stuarts Freunde und Familie zu befragen.

Doch eine Sache störte Kyle: das starke Bedürfnis, den Fall mit einem gewissen Dreiundzwanzigjährigen zu besprechen, mit dem er wirklich nicht reden sollte.

7

ZIMMER 320 befand sich am Ende eines langen Flurs und war ziemlich klein, wenn man bedachte, wie viel Jesses Vater dafür bezahlt hatte. Allerdings auch wunderschön. Das alte Gebälk aus dem frühen 19. Jahrhundert war noch vorhanden und die Möbel sahen ebenfalls aus, als könnten sie noch aus dieser Zeit stammen. Bei dem dazu passenden Teppichboden hatte Jesse jedoch den Verdacht, dass er ersetzt worden war – ein über hundert Jahre alter hätte sich wahrscheinlich nicht mehr in so gutem Zustand befunden.

Am liebsten hätte er sich auf der Stelle ausgezogen und sich in das Bett gekuschelt, das so weich aussah wie kein anderes je zuvor. Das verschob er allerdings auf später und kümmerte sich als Erstes darum, seine Sachen ins Zimmer zu bringen und in seine ordentlichste Kleidung zu schlüpfen. Viel eleganter als die andere war sie nicht, aber immerhin sauber. Fertig umgezogen machte er sich auf den Weg nach unten.

Mal überlegen, dachte er. *Hängt man als Mörder wohl lieber in der Lobby oder in der Bar rum?*

Er begann seine Suche in der Lobby, war allerdings nicht überrascht, als er dort keinen von Stuarts Begleitern antraf. Viel zu tun gab es dort ohnehin nicht. Man konnte höchstens lesen oder vor dem riesigen Kamin sitzen und mit dem Elch um die Wette starren. Ob sie so früh schon in der Bar zu finden waren? Wenn sie sich in ihren Zimmern aufhielten, würde es schwer werden, ihnen „zufällig" zu begegnen. Auch wenn er gern ein bisschen Detektiv spielte, hatte Jesse nicht vor, sich wie in einer Fernsehserie als Zimmermädchen oder Kellner zu verkleiden, um sich Zugang zu den Räumen zu verschaffen.

Falls sie ihre Nachmittage lieber mit Reiten oder einer Massage verbrachten, hatte er ebenfalls ein Problem: Freizeitaktivitäten dieser Art konnte er sich nicht leisten. Höchstens am Pool konnte er sich noch umsehen. Zuerst kam allerdings die Bar.

Genau genommen besaß das Hotel vier davon. Die Bar in Stickney's Restaurant im Untergeschoss war beinahe leer und er entdeckte kein bekanntes Gesicht. Gegenüber befand sich „The Cave", wo man angeblich damals während des Verbots heimlich Alkohol ausgeschenkt hatte, doch das Lokal war wegen Renovierung geschlossen. Der Princess Room im Erdgeschoss wirkte etwas zu vornehm, doch Jesse warf trotzdem einen Blick hinein. Vollkommen leer. Ebenfalls im Erdgeschoss war die Rosewood Bar, die trotz eines wunderschönen Ausblicks auf die Berge durch dicke Glasscheiben etwas klein und beengt aussah. Einige Menschen waren dort, allerdings niemand, den Jesse suchte.

Ein letzter Ort fiel ihm ein, bevor nur noch der Pool blieb: ein großer, halbkreisförmiger Wintergarten, den man durch Türen rechts und links vom Elchkopf in der Lobby betrat. Mittig befand sich ein Kamin, der sich einen Rauchabzug mit dem in der Lobby teilte, während die hohen Fenster in der Außenwand den Golfplatz mit den Bergen im Hintergrund zeigten. Und hier stolperte Jesse über den dunkelhaarigen jungen Mann, den er mit Stuart am Bahnsteig gesehen hatte. Er saß allein mit einem Glas Orangensaft auf einem der Korbsofas und schaute aus dem Fenster.

Wie sich herausstellte, musste Jesse sich nichts ausdenken, womit er unbeholfen ein Gespräch beginnen konnte. Der Typ schaute nämlich zu ihm hoch und schien ihn zu erkennen.

„Hi."

„Hi."

„Du warst gestern auf dem Berg, oder?"

„Ja, ich habe im Observatorium gearbeitet."

„Willst du dich setzen?"

Tja, das ging leicht.

Der junge Mann stellte sich als Joel vor und Jesse fand schnell heraus, dass sich in seinem Glas nicht nur Orangensaft befand.

Als er sich ihm zugewandt auf dem Sofa niederließ, sodass sich ihre Knie beinahe berührten, konnte er den Wodka in seinem Atem riechen. Er schien dort schon eine Weile gesessen und Screwdriver getrunken zu haben.

„Hast du gehört, was gestern Abend passiert ist?", fragte Joel.

Jesse nickte. „Ich fürchte, ja. Ich habe bei der Suche geholfen." Er erwähnte vorerst nicht, dass er Stuart gefunden hatte.

„Stuart war mein bester Freund", sagte Joel wehmütig. „Er war …" Ihm schienen die Worte zu fehlen. Er trank einen Schluck von seinem Screwdriver. „Ich kann es einfach nicht glauben. Das ist doch alles Scheiße!"

Offenbar durchstreiften die Kellner der Rosewood Bar tagsüber die Lobby und den Wintergarten, um die Gäste zu bedienen, denn einer näherte sich Jesse mit einer Speisekarte. Er bestellte ein Gingerale. Nachdem sich der Kellner entfernt hatte, fragte Jesse: „Warum wart ihr gestern auf dem Berg? Um die Aussicht zu genießen?"

Joel sagte nicht direkt ja. Stattdessen antwortete er mit einem leichten Schulterzucken: „Wir sind für eine Art Urlaub vor einer Hochzeit gekommen. Stuart hätte Samstag meine Freundin Corrie heiraten sollen." Er gab ein kurzes, bitteres Geräusch von sich, das ein Lachen gewesen sein mochte.

„Das tut mir leid."

„Und du?", fragte Joel. „Wenn du auf dem Berg arbeitest, warum wohnst du hier im Hotel?"

Jesse zuckte ebenfalls mit den Schultern. „Im Observatorium arbeitet man in einwöchigen Schichten. Meine ist jetzt vorbei und ich bin ein paar Tage hier, um mich auszuruhen."

„Verdammt teure Art, sich auszuruhen."

Jesse zog die Augenbrauen hoch und nickte. „Allerdings. Aber mein Vater bezahlt es mir als frühes Weihnachtsgeschenk."

„Cool. Ich wäre auch nicht hier, wenn Corries Familie nicht die Kosten übernommen hätte. Sie haben Stuart erlaubt, seinen Bruder und mich als Trauzeugen mitzunehmen."

Ihr Gespräch wurde kurz vom Kellner unterbrochen, der Jesses Gingerale brachte. Joel hatte sein Glas geleert und bestellte einen neuen Screwdriver. Jesse hatte tausende von Fragen, die in dieser Situation allerdings nicht angebracht waren. Schließlich spielte er einen Fremden, der sich nur für einen Drink zu Joel gesetzt hatte. Zu viele Fragen über Stuarts Bruder oder seine Verlobte hätten Joel misstrauisch gemacht.

Als sie wieder allein waren, sprach Joel weiter: „Die Polizei hat gesagt, er ist gestürzt und hat sich am Kopf verletzt."

„Ja."

„Hast du es gesehen?"

Jesse wollte nichts preisgeben, was die Ermittlung gefährden konnte, fand jedoch, dass er wenigstens etwas verdient hatte. „Ja, ich habe ihn gesehen. Viel gibt es da eigentlich nicht zu sagen. Es sah aus, als wäre er mit dem Kopf auf einen Felsen gefallen und dann einen Abhang hinuntergerollt. Ich glaube, er war schon tot, als wir ihn gefunden haben. Wir haben es mit Wiederbelebung versucht, aber …" Er schüttelte unglücklich den Kopf.

Joel starrte auf seine auf dem Tisch liegende Hand und Jesse wurde klar, dass er weinte.

„Es tut mir wirklich leid."

Joel machte sich nicht die Mühe, die Tränen fortzuwischen. Er sagte nur leise: „Ja …"

„Willst du lieber allein sein?"

Joel schüttelte den Kopf. „Nein. Na ja, falls dir das nicht lieber ist. Ich bin im Moment wohl keine besonders gute Gesellschaft."

„Schon in Ordnung", versicherte ihm Jesse. Er widerstand der Versuchung, ihm eine Hand auf den Arm zu legen, da er wusste, dass die meisten Männer derartige Gesten von anderen Männern nicht mochten. „Ich kann es verstehen. Er war dein bester Freund."

„Ja", antwortete Joel, doch es klang seltsam abwesend, als sagte er etwas, ohne es wirklich zu glauben. Er schwankte ganz leicht, als er sich wieder Jesse zuwandte. Der Alkohol schien allmählich Wirkung zu zeigen. „Weißt du, was das Allerschlimmste an der Sache ist? Eigentlich wollte niemand diese Hochzeit. Weder Stuart noch Corrie, ihre Familie oder Todd. Und ich ganz bestimmt nicht. Wir hätten niemals herkommen sollen."

Den Wunsch konnte man ihm unter diesen Umständen nicht übel nehmen. Aber es war wirklich seltsam, dass er dachte, Stuart und Corrie hätten die Hochzeit nicht gewollt. Wenn sie dagegen gewesen waren und ihre Familien ebenfalls – warum war das Ganze überhaupt geplant worden?

Joel stand leicht unsicher auf und sagte: „Ich glaube, ich muss mich etwas hinlegen." Er stützte sich an der Armlehne ab, um Jesse in die Augen zu sehen. „Sollen wir uns später noch mal treffen?"

Jesse beschlich der Verdacht, dass Joel gerade mit ihm flirtete. Es war nicht besonders geschickt und vielleicht war Joel im Augenblick gar nicht wirklich klar, was er tat. Aber bei einem heterosexuellen Mann wäre ein so inniger Blick ziemlich ungewöhnlich gewesen. Da Jesse sowieso gern noch länger mit ihm geredet hätte, nutzte er die Gelegenheit. „Klar."

Joel lächelte. „Ich wohne in Zimmer 405. Rufst du mich später an? Dann können wir was essen."

„Okay."

Joel streckte eine Hand aus, um seinen Arm zu drücken, was Jesse wie eine ungewöhnliche Geste vorkam. Dass er die Hand etwas länger als nötig auf seinem Arm ließ, schien Jesses Eindruck des Flirtens zu bestätigen – auch wenn er bei einem angetrunkenen Mann nicht ganz sicher sein konnte. Joel richtete sich auf und entfernte sich, zwar langsam, aber nicht allzu wacklig auf den Beinen.

Er war nicht Jesses Typ – ganz abgesehen davon, dass es sich bei ihm möglicherweise um einen Mörder handelte. Jesse war also nicht an mehr interessiert. Trotzdem konnte er nicht verhindern, dass er Mitleid für den jungen Mann empfand. Er konnte sich nicht des Eindrucks erwehren, dass Joels Gefühle für Stuart mehr als nur freundschaftlich gewesen waren.

8

ALS KYLE die Lobby betrat, fiel ihm als Erstes Joel Owens auf, der in den Aufzug gegenüber der Rezeption stieg. Der Aufzug wurde von einem Angestellten bedient, was wahrscheinlich besser war – Joel stolperte etwas.

Als Nächstes fiel ihm Jesse Morales auf, der aus dem Wintergarten kam. *Verdammt!*

Eigentlich hatte er gerade überlegt, ob er Joel nacheilen sollte, doch Jesses plötzliches Auftauchen ließ es ihn vergessen. Er ging auf Jesse zu. Dieser hatte in Richtung Aufzug geschaut, wandte allerdings rechtzeitig den Kopf, um Kyle herannahen zu sehen. Als er bei seinem Anblick etwas blass wurde, vermutete Kyle, dass er irgendetwas vorhatte.

„Oh, hallo!", sagte Jesse mit erzwungener Fröhlichkeit.

„Was machst du hier?"

„Habe ich nicht gesagt, dass ich mir ein Hotelzimmer suche?"

Kyle verschränkte die Arme vor der Brust und sah ihn finster an. Mit leiser Stimme, damit ihn die Gäste beim Kamin nicht hörten, antwortete er: „Dann muss ich deine Finanzen ziemlich unterschätzt haben."

Jesse lächelte säuerlich. „Erwischt. Normalerweise verbringe ich meinen Sommer auf verschiedenen karibischen Inseln, aber diesmal dachte ich, Geschirrspülen und Kloputzen macht mehr Spaß."

„Es ist Oktober."

„Man hat mich den ganzen Sommer im Observatorium angekettet. Ich habe es gerade erst geschafft, mich zu befreien."

„So ein Glück."

„Hör zu", sagte Jesse ungeduldig. „Können wir damit vielleicht in meinem Zimmer weitermachen, anstatt uns wie ein altes Ehepaar in der Lobby zu streiten?"

Plötzlich musste Kyle grinsen. „Du hast komische Vorstellungen von einer Ehe." Er legte eine Hand an Jesses Ellbogen, um ihn zum Aufzug zu führen, ließ ihn allerdings schnell wieder los, damit er keinen falschen Eindruck erweckte. „Geh vor", forderte er ihn stattdessen auf.

JESSES ZIMMER war klein, besaß allerdings ein großes, gemütlich wirkendes Bett und sah vornehmer aus als die meisten, die Kyle sich leisten konnte.

Kleidungsstücke lagen auf dem Bett verteilt und Kyle konnte sich nur mit Mühe von der Vorstellung losreißen, wie Jesse sie ausgezogen hatte.

Nachdem er die Tür hinter sich geschlossen hatte, sagte er: „Also los. Spuck es aus."

„Was?"

„Du kannst dir das hier genauso wenig leisten wie ich", knurrte Kyle. „Ich kann mir nicht vorstellen, dass du reich bist und mal eine Woche das gewöhnliche Leben ausprobieren wolltest. Oder hast du etwa den ganzen Sommer gespart, um dich hier vom Geschirrspülen erholen zu können?"

Jesse setzte sich schulterzuckend aufs Bett. „Warum nicht? Klingt doch gut."

„Es klingt lächerlich." Es gab einen kleinen Stuhl im Zimmer, doch von diesem aus hätte er zu Jesse hochschauen müssen. So blieb er lieber stehen, damit er vorwurfsvoll auf ihn hinabblicken konnte. „Ich habe eine bessere Theorie: Es hat einen Mord gegeben, wie in einem deiner Krimis, und jetzt bist du ganz heiß darauf, ihn aufzuklären. Also hast du dir irgendwie Geld besorgt – wahrscheinlich bei deinen Eltern –, um dir ein Zimmer im Hotel der Verdächtigen zu suchen und herumzuschnüffeln. Bin ich nah dran?"

„Wieso sagst du immer, ich wäre ‚heiß' auf etwas?", erkundigte sich Jesse. „Hältst du mich für sexbesessen oder so?"

Schön wärs, dachte Kyle, bevor er sich gedanklich eine Ohrfeige versetzte. „Lenk nicht vom Thema ab."

„Okay, na gut." Als Jesse den Kopf hob, war das schüchterne kleine Lächeln zurück. „Ich tue nichts Verbotenes. Ich wohne nur in einem Hotel."

„Du mischst dich in polizeiliche Ermittlungen ein."

Das Lächeln verschwand. Jesse griff stirnrunzelnd nach Kyles Handgelenk, um ihn zum Bett zu ziehen. „Kannst du bitte aufhören, wie bei einem Verhör bedrohlich auf mich runterzusehen?"

Die Berührung schockierte Kyle. Wofür hielt sich Jesse? Er konnte von Glück reden, dass Kyle sich nicht instinktiv mit einem schmerzhaften Griff verteidigt hatte. Einen Polizisten packte man nicht einfach so! Letztendlich gab er jedoch nach kurzem Widerstand auf und setzte sich neben Jesse.

„Das ist ein komisches Gefühl", brummte er.

„Weil wir uns jetzt auf gleicher Höhe befinden?"

„Weil das hier ein Bett ist!", fauchte Kyle. „Und pack nie wieder einfach einen Polizisten, verstanden? Es könnte dich das Leben kosten!"

Jesse wirkte verletzt. „Ich dachte, wir wären Freunde."

„Wir haben eine halbe Stunde zusammen im Auto gesessen und danach etwas gegessen. Das sehe ich nicht als Freundschaft, sondern höchstens als Bekanntschaft."

„Wie du meinst." Jesse ließ sich mit finsterer Miene nach hinten aufs Bett fallen, wodurch Kyle wieder auf ihn hinunterschaute – wovon er allerdings nicht begeistert war, denn jetzt sah es aus, als befänden sie sich mit bestimmten Absichten auf dem Bett. „Willst du mich wirklich verhaften, wenn ich mit ihnen rede?"

„Ja!" Das war eine Lüge. Genau genommen gab es kein Gesetz dagegen, sich mit einem Mordverdächtigen zu unterhalten. Wie hätten Journalisten sie sonst interviewen oder Freunde Zeit mit ihnen verbringen sollen?

„Kannst du das überhaupt?"

Kyle schwieg, da er nicht noch einmal lügen wollte.

„Was hältst du davon, dass ich bereits etwas herausgefunden habe, das euch in einer offiziellen Befragung wahrscheinlich niemand gesagt hätte?", erkundigte sich Jesse.

Kyle beugte sich finster über ihn – wobei ihm nicht entging, wie gut sich die Position für einen Kuss geeignet hätte. „Wovon redest du?"

Jesse wirkte kurz, als wollte er vielleicht einen Handel vorschlagen, schien dann jedoch einzusehen, dass Kyle da nicht mitmachen würde. Mit einem Seufzer sagte er: „Laut einem ziemlich angeheiterten Joel – der übrigens mit mir geflirtet hat, wenn ich mich nicht irre – wollte niemand, dass die Hochzeit stattfindet. Stuart, Corrie und ihre Eltern, Stuarts Bruder, Joel – alle waren dagegen."

„Das ist schwer zu glauben, wenn man bedenkt, wie viel es die Lassiters gekostet haben muss."

„Welche von ihnen sind die Lassiters?"

„Corrie und ihre Familie", antwortete Kyle, bevor ihm klar wurde, dass er dem kleinen Mistkerl damit nur noch half. Er beschloss, das Thema zu wechseln. „Du hattest doch hoffentlich nicht vor, für Informationen mit deinem Körper zu bezahlen."

„Du meinst, mich von Joel ficken zu lassen?" Jesse stützte sich auf die Ellbogen, sodass ihre Gesichter dicht beieinander waren. „Nein, er ist nicht mein Typ."

Er schaute Kyle so tief in die Augen, dass dieser sich abwenden musste. *Was genau ist dein Typ?*, fragte er sich. Doch da er sich ein wenig vor der Antwort fürchtete, erkundigte er sich stattdessen: „Und wenn er es wäre?"

„Wäre es dann nicht ein ganz normaler One-Night-Stand mit einem heißen Typen?"

„Der vielleicht ein Mörder ist", wandte Kyle ein, während er gegen die in ihm aufsteigende Eifersucht ankämpfte. *Du hast ihn gerade erst kennengelernt,* ermahnte er sich. *Du hast keinerlei Anspruch auf ihn.*

„Das ist wahr. So etwas macht nicht gerade attraktiv."

„Es freut mich, dass du nicht der Typ bist, der auf gefährliche Männer steht."

„Und schon spekulierst du wieder darüber, was mich anmacht." Das kleine Lächeln kehrte in sein Gesicht zurück, während er sich wieder hinlegte.

Er war umwerfend, wie er so durch seine Wimpern hindurch zu Kyle hochschaute. Es war das erste Mal, dass Kyle ihn ohne seine Skijacke oder einen dicken Pullover sah. Sein dünnes Baumwollshirt schmiegte sich an einen schlanken, jedoch durchaus muskulösen Körper – kein Hochleistungssportler, aber jemand, der trainierte und auf sich achtete. Das T-Shirt war etwas hochgerutscht, als Jesse sich hingelegt hatte, sodass ein schmaler Streifen seiner glatten nackten Haut zu sehen war. Kyle verspürte den heftigen Drang, darüberzustreichen und seine Hände unter Jesses T-Shirt zu schieben.

„Ich glaube, allmählich habe ich so eine Ahnung", antwortete er heiser. „Ich meine, ich habe das lange nicht mehr gemacht und bin etwas eingerostet, aber ... du flirtest mit mir, oder?"

Als Jesse lachte, befürchtete Kyle kurz, er würde ihn einen Idioten nennen und ihm sagen, er bilde sich alles nur ein. Doch das tat er nicht. „Willst du, dass ich aufhöre?"

„Ich habe dir doch schon erzählt, dass ich verheiratet war. Mit einer Frau." Dann fügte er hinzu, falls das nicht angekommen sein sollte: „Glücklich."

„Ja, es ist wirklich romantisch. Sie hatte großes Glück, einen Mann zu finden, der sie so sehr geliebt hat."

„Und es macht mich nicht tabu?"

„Du bist bi. Das hast du mir ebenfalls gesagt."

Kyle nickte. „Aber ich bin ... noch nicht ganz darüber hinweg."

„Ich flirte mit dir", erklärte Jesse, „weil ich das Gefühl habe, dass du interessiert bist. Wenn du es nicht willst, musst du es nur sagen."

Kyle schaute lange in diese wunderschönen braunen Augen und suchte nach den richtigen Worten, um ihn abzuweisen. Einen viel zu selbstbewussten Jungen, der ihm nachlief, konnte er nicht gebrauchen. Doch es wollte ihm einfach nicht gelingen, die Lüge auszusprechen, dass er sich nicht zu ihm hingezogen fühlte. Während er noch auf Jesse hinabsah und mit sich rang, streckte der junge Mann die Arme aus, legte sie um Kyle und zog ihn sanft zu sich hinunter, bis sich ihre Lippen berührten.

Es war lange her, dass Kyle jemanden geküsst hatte. Insgeheim hatte er immer gedacht, es würde schrecklich sein und sich mit einer anderen Person niemals richtig anfühlen. Er hatte sich geirrt. Er wollte Jesse in dieser Hinsicht nicht mit Julie vergleichen – es wäre beiden gegenüber nicht fair gewesen –, doch dazu kam es erst gar nicht, da es kein bisschen ähnlich war. Jesse zu küssen, brachte völlig neue Erfahrungen mit sich. Wie in seiner Fantasie war ein Kuss mit einem Mann rauer, jedoch überraschend weich und warm und nachgiebig, wenn es nötig war. Jesses Lippen fühlten sich fantastisch an und sein Mund hatte einen zarten, angenehmen Geschmack. Kyle kostete ihn immer wieder mit seiner Zunge, wollte mehr und mehr.

Als er endlich den Kuss unterbrach, um Luft zu holen, wurde ihm klar, dass er seine Erektion durch seine Hose an Jesses Hüfte gerieben hatte und erste Tropfen bereits unangenehm feucht in seine Unterwäsche gesickert waren. *Gott.* „Das geht jetzt nicht. Ich bin im Dienst."

„Kannst du heute Abend wiederkommen?", fragte Jesse atemlos.

Kyle war nicht sicher, ob er es für eine gute Idee hielt. Verdammt, sie kannten sich noch keine vierundzwanzig Stunden! War dieses Tempo heutzutage üblich? „Ich weiß nicht ... ich glaube, mir geht das zu schnell."

Vielleicht würde Jesse jetzt beschließen, dass er die Mühe nicht wert war. Jemand wie Jesse schien zu wissen, was er wollte, und es sich zu holen – ganz anders als Kyle. Doch Jesse lächelte ihm zu und fragte: „Wie wäre es dann mit einem Date? Darüber wolltest du doch sowieso nachdenken."

Kyle nickte mit einem zustimmenden Brummen. „Ja, von mir aus können wir uns zum Abendessen treffen. Ich kenne ein gutes ..."

„Oh!", unterbrach ihn Jesse mit unglücklichem Gesichtsausdruck. „Ich kann nicht mit dir essen."

„Warum nicht?"

„Weil ich das schon mit Joel tun wollte." Er musste Kyle seine Verärgerung angesehen haben, denn er fügte rasch hinzu: „Komm schon! Du weißt genau, dass es eine perfekte Gelegenheit ist. Er könnte mir Dinge anvertrauen, die ihr nie aus ihm rauskriegen würdet."

„Und wenn er den Verdacht hat, dass du sie der Polizei erzählst, könnte es dich das Leben kosten!"

„Dann darf mich eben niemand mit dir sehen", antwortete Jesse. „Warte draußen auf mich, vielleicht gegen neun, dann komme ich raus. Wir können was trinken gehen und ich erzähle dir alles."

Der Plan gefiel Kyle nicht. Genau genommen hasste er ihn. Aber er konnte sehen, dass Jesse sich nicht dazu überreden lassen würde, sich herauszuhalten. „Na gut", sagte er also. „Aber bilde dir nicht ein, dass ich es unterstütze, nur weil ich dich nicht mit Handschellen ans Bett fessle."

Zu spät wurde ihm klar, wie das geklungen hatte. Er errötete, als Jesse ihn mit hochgezogenen Augenbrauen angrinste.

9

Wow.

Kyle zu küssen, war ... Jesse fiel es nicht leicht, es zu beschreiben. Wie ein Stromschlag, vielleicht – sein ganzer Körper war voller Energie, und trotzdem wollte er einfach nur still daliegen und das Gefühl genießen, am liebsten für die nächsten ein oder zwei Stunden. Sein Schwanz war so steif, dass es wehtat, und kämpfte gegen den Stoff seiner Jeans an. Er wünschte sich, dass Kyle ihm die Kleider vom Leib riss und sich auf ihn stürzte. Nur würde das leider noch warten müssen, was er jedoch verstand, so frustrierend es auch war. Kyle war keine Jungfrau, hatte bisher allerdings nie mit einem Mann geschlafen. Auf gewisse Art musste es wie ein ganz neuer Anfang sein. Ausnahmsweise war Jesse der Erfahrene.

Komisch. Eigentlich war das kein Wort, mit dem Jesse sich beschrieben hätte, obwohl er bereits mit einigen Männern geschlafen hatte. Und nicht schüchtern war, was Sex anging. Kein bisschen. *Hoffentlich hält er mich nicht für einen, der's mit jedem treibt.*

Er gab ein leises Wimmern von sich, als Kyle sich von seinem Körper schob und aufstand.

Bevor er das Zimmer verließ, schaute Kyle finster auf ihn herab, doch seine Stimme war sanft, als er sagte: „Gott, du bist wunderschön." Nach einem Seufzer fügte er hinzu: „Das ist alles keine gute Idee."

„Mir ist klar, dass Sex mit Männern der Karriere eines Polizisten nicht gerade zuträglich ist, Kyle", versicherte ihm Jesse in der Hoffnung, seine Zweifel zu zerstreuen. „Ich werde es für mich behalten, selbst wenn aus der Sache zwischen uns nichts werden sollte. In der Hinsicht kannst du mir vertrauen."

„Kann ich das?" Kyle ließ sich noch einmal auf dem Bett nieder. „Tja, es *gibt* schwule Polizisten, die kein Geheimnis daraus machen. Ich weiß von einem in meiner Einheit und er scheint zurechtzukommen. Anscheinend bin ich wohl einfach feige. Nur war meine Bisexualität bisher irgendwie ... theoretisch. Julie wusste es und hat mich akzeptiert, aber außer ihr habe ich es niemandem gesagt."

„Mir macht es jedenfalls nichts aus", versicherte Jesse. „Ich würde mich nicht davon bedroht fühlen, dass du eine Frau attraktiv findest. Oder auch einen anderen Mann."

Kyle zog die Augenbrauen hoch. „Bist du da nicht ein bisschen voreilig? Du klingst ja, als wären wir ein Paar. Dabei freunde ich mich gerade erst mit dem Gedanken an, vielleicht mit dir zu schlafen – *ein Mal*." Er sah Jesse mit zusammengepressten Lippen an, bevor er hinzufügte: „Natürlich müssen wir das nicht tun – Sex haben, meine ich. Wenn es dir lieber ist, dass ich mich erst entscheide, ob ich es mit einer Beziehung versuchen möchte …"

Jesse fand es irgendwie niedlich, wie unentschlossen dieser beeindruckende und etwas grobe Polizist bei diesem Thema plötzlich werden konnte. „Hör zu, Kyle", sagte er leise. „Ich würde dich gern kennenlernen, mit allem, was dazugehört. Mir gefällt der Gedanke, mit dir auszugehen. Aber ich hätte auch kein Problem damit, erst Sex zu haben – bevor alles andere entschieden ist."

Kyle lachte leise, bevor er Jesse mit einem warmen Lächeln durchs Haar strubbelte. „Dann hole ich dich um neun für einen Drink ab. Alles andere können wir später klären."

„Okay."

Kyle beugte sich vor, um ihn sanft zu küssen. „Ich muss los. Versuch, nicht in Schwierigkeiten zu geraten, ja?"

Und dann war er fort.

Er hatte natürlich recht. Sie hatten sich gerade erst kennengelernt und es war noch zu früh, um an eine Beziehung zu denken. Jesse neigte dazu, sich kopfüber hineinzustürzen, was bisher nicht besonders gut gelaufen war. Es hatte selten länger als einen Monat gehalten. Wenn die erste körperliche Anziehungskraft den Reiz des Neuen verloren hatte, stellte sich meist heraus, dass er mit den Jungs vom Campus wenig gemeinsam hatte. Besonders seine Vorliebe für Kriminalfälle war einigen zu makaber gewesen. Andere hatten enttäuscht auf seine mangelnde Begeisterung für Sport reagiert – oder, in wieder anderen Fällen, auf sein Desinteresse in Bezug auf Kleidung, Tratsch und Prominente. Die Wanderausflüge mit Steve waren interessant und romantisch gewesen, weshalb sie es immerhin zwei Monate miteinander ausgehalten hatten. Und es hatte ein gutes Ende genommen, sodass sie jetzt Freunde waren.

Doch bei Kyle war alles anders. Abgesehen von der körperlichen Seite – und in dieser Hinsicht war seine Anziehungskraft wirklich stark – fühlte er sich auch auf anderer Ebene mit ihm verbunden wie mit keinem anderen Mann zuvor. Der Altersunterschied erschien ihm nicht unüberwindbar – zumindest nicht, wenn alles andere zusammenpasste.

Vielleicht rede ich mir das aber auch alles nur ein, dachte Jesse, *wie ein verrückter Stalker. Das wäre ätzend.*

Nach einiger Zeit beschloss er, dass er bereits viel zu lange dort gelegen und nachgegrübelt hatte. Er musste endlich aufstehen und den Tag in Angriff nehmen. Auch wenn er Kyle nicht verärgern wollte, konnte er nicht den ganzen Tag in seinem Zimmer sitzen. Außerdem hatte Kyle nichts davon gesagt, dass er nicht im Hotel herumlaufen sollte.

Um sich bei Joel wegen des Essens zu melden, war es noch zu früh. Wahrscheinlich schlief er, da ihr Treffen im Wintergarten noch nicht lange her war. Also entschied sich Jesse für den ursprünglich nächsten Teil seines Plans, einen Besuch beim Pool. Mitten am Tag konnte er dabei wohl kaum in Schwierigkeiten geraten.

UNGEFÄHR ZWANZIG Minuten später stand Jesse in Dreißig-Dollar-Badeshorts aus einem Laden im Hotel am Rand des Pools und betrachtete eine der Schwierigkeiten, vor denen Kyle ihn gewarnt hatte: Stuarts Bruder. Auch wenn er nicht mal seinen Namen wusste, hatte er ihn gleich erkannt. Er war mit Abstand der attraktivste Mann am Pool und in seiner engen Badehose ein echtes Kunstwerk. Er glitt leise und mühelos wie ein Hai durchs Wasser – nur seine Wenden waren nicht die besten. Jesse vermutete, dass er nie Wettkampfschwimmer gewesen war, sondern einfach gern Sport trieb. Wäre seine Aufmerksamkeit im Augenblick nicht auf Kyle gerichtet gewesen, hätte er sich leicht in einen solchen Mann verlieben können. Und wie.

Und er sah Stuart verdammt ähnlich. Jesse hatte Stuart nie unbekleidet gesehen, doch jetzt war er erst recht davon überzeugt, dass Joel sich für ihn interessiert hatte.

Da er nicht auffallen wollte, indem er ewig lange am Rand stand und den jungen Mann anstarrte, sprang er ins Wasser und schwamm ebenfalls ein paar Bahnen. Er war kein besonders guter Schwimmer, genoss es jedoch, sich ein wenig im Wasser zu bewegen – was ihn allerdings nicht davon abhielt, währenddessen zu planen, wie er am besten mit Stuarts Bruder ins Gespräch käme, bevor dieser verschwand.

Doch auch diesmal hatte er Glück. Er stützte sich gerade am Beckenrand ab, um Luft zu holen, nachdem er es durchquert hatte, als eine Stimme fragte: „Du bist Jesse, oder?"

Jesse wischte sich das Wasser aus den Augen und sah eine rote Badehose vor sich. Der Besitzer der Badehose hockte am Beckenrand und präsentierte ihm den beachtlichen Inhalt des roten Stoffs. Jesse hob hastig den Blick zu den auffallend blauen Augen von Stuarts Bruder.

„Woher weißt du meinen Namen?"

„Joel hat erzählt, dass er einen der Freiwilligen vom Observatorium getroffen hat, einen Typ namens Jesse", antwortete er. „Und ich erkenne dich von der Bahnstation."

Jesse hievte sich aus dem Wasser, um sich mit nassem Hinterteil auf den Beckenrand zu setzen. „Ja", keuchte er. „Das bin ich."

Der junge Mann reichte ihm die Hand. „Ich bin Todd. Der Tote auf dem Berg war mein Bruder."

„Mein Beileid." Jesse schüttelte ihm die Hand. „Das muss ein Schock gewesen sein."

Todd wandte nickend den Blick ab. Eine Familie mit mehreren Kindern war angekommen und verursachte ziemlichen Lärm. „Joel sagt, du hast ihn gesehen. Als er tot war, meine ich."

„Ja."

„Ich glaube, ich gehe jetzt duschen. Bist du auch fertig?"

Es klang wie eine Einladung, ihn zu begleiten. Wollte er mit ihm reden, um weitere Details herauszufinden? Oder befürchtete er, Jesse könnte etwas gesehen haben, das ihn belastete, weshalb er ihn jetzt umbringen wollte? Letzteres war ziemlich unwahrscheinlich – in diesem Fall hätte Todd nämlich sämtliche Ranger und Mitarbeiter des Observatoriums umbringen müssen. So dumm konnte er nicht sein. Kurz ging ihm der Gedanke durch den Kopf, dass Todd es möglicherweise auf einen Quickie in der Dusche abgesehen hatte, doch er verwarf ihn schnell wieder. Todd sah ihn nicht wie ein Mann an, der an Sex dachte.

„Ja", antwortete Jesse also. „Ich bin fertig."

Er folgte Todd in den Umkleideraum, wobei er dagegen ankämpfen musste, ihn zu offensichtlich anzustarren. Er war nicht sicher, wie freundlich er darauf reagiert hätte. Er hatte etwas an sich – vielleicht lag es an der Haltung seiner Schultern oder den oft zu Fäusten geballten Händen –, das ihn gereizt erscheinen ließ. Was man ihm nicht unbedingt übel nehmen konnte – sein Bruder war vor vierundzwanzig Stunden auf sinnlose Weise ums Leben gekommen.

Die Umkleide war verhältnismäßig klein – ein einzelner, nur wenige Quadratmeter großer Raum mit Schließfächern an drei Wänden. Sie waren glücklicherweise allein, denn schon zu zweit wurde es beim Umziehen eng.

Da sie dicht beieinanderstanden, sagte Todd leise: „Ich verstehe nicht, warum der Dummkopf einfach alleine abgehauen ist. Du kannst dir nicht vorstellen, wie oft ich ihn als Kind beschützt habe – vor Schlägern in der Schule, vor unserem Vater, wenn der Idiot wieder betrunken war … Und wenn ich ihn dann mal fünf Minuten aus den Augen verliere, schafft er es, sich umzubringen!"

Er knallte die Schließfachtür zu und starrte sie wütend an, während er mit einer Hand fest sein Handtuch umklammerte.

Jesse bemühte sich, den Blick von seinem nackten Körper fernzuhalten. Der arme Kerl war am Boden zerstört – da war es wirklich nicht angebracht, sich seinen Schwanz anzusehen. „Wart ihr wegen der Aussicht oben?"

„Ja. Es war Corries dämliche Idee."

„Corrie?"

„Das verwöhnte reiche Mädchen, das er am Wochenende heiraten sollte."

Möglichst beiläufig sagte Jesse mit einem kleinen Lachen: „Du scheinst sie nicht besonders zu mögen."

Todd schnaubte und ein unfreundliches Grinsen legte sich auf sein Gesicht, als er mit einem kurzen Blick überprüfte, ob sie noch allein waren. Er näherte sich ein Stück und senkte die Stimme, bis er beinahe flüsterte. „Sie mochte ihn nur, weil sie ihn herumkommandieren konnte. Sie hat natürlich Geld, also hätte er es schlechter treffen können. Aber geliebt hat sie ihn nicht. Wahrscheinlich hätte sie es fünf Minuten nach den Flitterwochen mit dem Postboten getrieben."

Kumpel!, dachte Jesse. *Hast du vergessen, dass ich ein völlig Fremder bin?*

Todd schien einer dieser Menschen zu sein, die jeden ihrer Gedanken einfach aussprachen. Normalerweise war es Jesse unangenehm, doch das musste er jetzt ignorieren. Wenn er Todd ermutigte, ihm mehr zu erzählen, konnte er möglicherweise etwas für Kyle herausfinden. Also lachte er erneut und antwortete genauso leise: „Tja, die können ziemlich heiß sein."

„Mag sein", sagte Todd noch immer höhnisch grinsend. „Soll ich dir was verraten? Ich meine, du musst es nur sagen, wenn du nicht gerne über so was redest …"

Obwohl Jesse nicht genau wusste, was er mit „so was" meinte, antwortete er: „Nein, erzähl ruhig."

„Ich habe sie gefickt."

Jesse musste ihn mit offenem Mund angestarrt haben, denn Todd lachte. „Wirklich."

„Du meinst … als die beiden schon verlobt waren?"

„Ja." Er hob beschwichtigend die Hand. „Versteh mich nicht falsch, ich habe es nicht hinter Stuarts Rücken gemacht oder so. Ich wollte ihm nur zeigen, wie sie wirklich ist. Also habe ich ihr, als wir alle zusammen was trinken waren, von dem Dreier erzählt, den Stuart und ich mal mit einer meiner Freundinnen hatten. Und es hat sie total heißgemacht – sie hat uns nach jedem Detail gefragt. Da habe ich einfach gesagt: ‚Lass es uns doch tun.'"

Jesse musste sich sehr zusammenreißen, um sich nicht anmerken zu lassen, dass er Todd für ein Schwein hielt. Er schien einer dieser Männer zu sein, die jedem von ihren Eroberungen erzählten. Und noch schlimmer – er wurde dabei steif.

Da er Jesses weit aufgerissene Augen offenbar für ein Zeichen gespannter Aufmerksamkeit hielt, fuhr Todd fort: „Und dann hat sie meinen Bruder dazu überredet! Er wollte es eigentlich nicht. Aber wenn sie etwas will, bekommt sie es auch. Und ich muss zugeben, dass es verdammt gut war."

„Das ist nicht zu übersehen." Jesse warf einen kurzen Blick auf die ziemlich beeindruckende Erektion seines Gegenübers.

Todd bedeckte sie grinsend mit seinem Handtuch. „Sorry, Kumpel. Ich habe mich wohl ein bisschen zu sehr reingesteigert. Jedenfalls war ich davon überzeugt, dass er danach endlich aufwachen würde. Wer will eine Frau heiraten, die einen zusehen lässt, wie der eigene Bruder sie fickt?" Er schüttelte den Kopf. „Aber er wollte es trotzdem tun. So ein Dummkopf."

Jesse fühlte sich neben diesem traumhaften, offensichtlich gut bestückten Chauvinistenschwein zum ersten Mal in seinem Leben etwas unsicher, was seinen Körper betraf. Trotzdem widerstand er dem Drang, sich hinter seinem Handtuch zu verstecken. Er sah nicht ein, warum er sich schämen sollte, nur weil sein Schwanz keinem Vorschlaghammer ähnelte. Er war von absolut anständiger Größe.

Todd schien er sowieso nicht zu interessieren. Er sah nicht einmal in die Richtung, sondern drehte sich um und ging vor zu den Duschen. Er war noch halb steif, als er sein Handtuch vor einer Kabine aufhängte und fragte: „Du bist schwul, oder?"

Jesse, durch den plötzlichen Themenwechsel überrascht, erstarrte kurz. „Warum? Wirke ich so?"

„Joel glaubt es. Du wusstest doch, dass er es ist?"

„Oh. Tja, ich bin es wirklich. Und bei ihm habe ich es mir gedacht."

„Er hat gesagt, du holst ihn nachher in unserem Zimmer zum Essen ab."

„Stimmt."

„Wollt ihr wirklich essen?", erkundigte sich Todd. „Oder nur ficken?"

Meine Güte. Jesse warf ihm einen misstrauischen Blick zu. „Wieso fragst du? Du bist doch nicht etwa auf einen Dreier aus?"

„Mit zwei Kerlen? Nein, ich steh nicht auf Männer. Stuart habe ich dabei natürlich auch nicht angefasst. Obwohl es irgendwie cool war, ihn mit Corrie zu sehen."

Jesse fragte sich allmählich, was die Unterhaltung sollte. Wollte Todd damit beweisen, dass er nichts gegen Schwule hatte? Besonders sympathisch kam er dabei jedenfalls nicht rüber. „Hör zu, Joel ist ein netter Kerl, aber ich hatte keinen Sex mit ihm geplant. Ich wollte wirklich nur mit ihm essen gehen."

Todd wirkte erleichtert. „Gut, dann komme ich nämlich mit. Ich will auf keinen Fall wieder den verdammten Lassiters Gesellschaft leisten müssen. Wenn es nach mir ginge, würde Stuart nicht ..." Plötzlich schien ihn die Realität einzuholen und seine Großspurigkeit verflog. Mit finsterer Miene fuhr er fort: „Wir können die Straße runter ins Fabyan's gehen. Da treffen wir sie nicht. Sie essen nur im verdammten Bretton Arms."

Er verzog das Gesicht und trat in die Duschkabine.

Da das bizarre Gespräch endlich vorbei war, drehte Jesse ebenfalls das Wasser auf und wartete darauf, dass es sich erwärmte. Er überlegte, ob Todd ihm etwas verraten hatte, das auf ein Mordmotiv hinwies. Für ihn hatte es geklungen, als wäre Todd lieber Corrie losgeworden als seinen Bruder. Er konnte sich höchstens vorstellen, dass Stuart nach dem Dreier Lust gehabt hätte, *ihn* zu ermorden. War es möglich, dass Stuart ihn angegriffen, jedoch den Kampf verloren hatte? Todd wirkte zweifellos wie ein respekteinflößender Gegner.

10

KYLE HATTE es erst bei Todd Warrens Zimmer versucht, allerdings ohne Erfolg. Er hatte mehrmals geklopft und wollte gerade aufgeben, als er im Innern ein Geräusch hörte. Also wartete er. Als nichts passierte, klopfte er erneut – diesmal lauter.

Eine schläfrige Stimme rief: „Meine Güte! Ich komm ja schon ...“

Einige Sekunden später öffnete Joel Owens die Tür. Er hatte offensichtlich geschlafen: Sein Haar war chaotisch und er hatte Kissenabdrücke auf einer Wange. Da sein halbherziger Versuch, seinen Körper hinter der Tür zu verbergen, nicht besonders erfolgreich war, konnte Kyle sehen, dass er nichts als graue Boxershorts trug.

„Was ist los?“, fragte er schwach. „Ich habe gerade geschlafen.“

Wohl eher seinen Rausch ausgeschlafen – Kyle roch den Alkohol, den sein Körper ausdünstete.

„Ich bin auf der Suche nach Todd“, sagte Kyle.

„Ich glaube, der ist schwimmen gegangen.“

„Aha.“ Kyle musterte ihn und verpasste sich einen gedanklichen Tritt, als er feststellte, dass er herauszufinden versuchte, ob der junge Mann Jesse gefallen könnte. Er konzentrierte sich wieder auf die Arbeit. „Dann schlafen Sie weiter. Aber ich würde gern später mit Ihnen reden.“

„Geht das nach dem Abendessen?“

„Natürlich.“

DA KYLE wenig Lust hatte, Todd am Pool zu suchen, schwenkte er stattdessen auf Corrie um. Er fand sie in der Suite ihrer Familie, zusammen mit dem Rest der Lassiter-Sippe. Allerdings stieß er auch gleich auf ein Problem.

„Ich werde den Anwalt unserer Familie anrufen“, erklärte ihm Mr. Lassiter. „Sie werden auf ihn warten müssen, wenn Sie mit einem von uns reden wollen.“

„Oh, Daddy.“ Corrie rollte mit den Augen. „Du tust ja, als hätten wir etwas zu verbergen.“

„Das ist so üblich, Schatz, und dient nur unserem Schutz. Ich bin sicher, der Herr Detective versteht das.“

Das tat Kyle, auch wenn es ihm nicht sehr gelegen kam. „Wie lange wird es dauern, bis Ihr Anwalt eintrifft, Mr. Lassiter?"

„Nicht lange", antwortete er. „Ich habe ihn bereits gestern Abend herbestellt und er ist heute Morgen angekommen. Er hat hier ein Zimmer gebucht."

„Also gut. Dann warte ich."

Und so stand er da, während die Lassiters sich leise unterhielten, als könnte er sonst etwas Belastendes mit anhören. Er war so erleichtert wie sie, als es endlich klopfte. Lassiter ließ den Anwalt ein – ein großer Mann mit maßgeschneidertem Anzug und Brille, den Lassiter als Charles McDonnell vorstellte.

Doch während Kyle McDonnells Anwesenheit bei den Befragungen zustimmte – dabei hatte er kaum eine Wahl –, blieb er in einem Punkt eisern. „Ich würde gern mit jedem von Ihnen allein reden – natürlich in Mr. McDonnells Beisein."

Lassiter gefiel es nicht, dass seine Tochter allein befragt werden sollte, doch der Anwalt versicherte ihm, es sei die übliche Vorgehensweise. So kam es, dass Kyle sich einen Augenblick später mit Corrie und McDonnell in Corries Schlafzimmer zurückgezogen hatte. Das Mädchen nahm sittsam auf der Bettkante Platz, während McDonnell den einzigen Stuhl besetzte.

Kyle zwang sich, ruhig stehen zu bleiben, anstatt auf und ab zu gehen, als er mit seinen Fragen begann.

„Sie und Stuart waren verlobt, Miss Lassiter, ist das korrekt?"

„Ja", antwortete sie. „Samstag sollte die Hochzeit sein." Für eine junge Frau, die soeben ihren Verlobten verloren hatte, wirkte sie ungewöhnlich ruhig und gefasst.

„Ich möchte Ihnen mein Beileid aussprechen."

„Danke."

Kyle blätterte in seinem Notizbuch. „Mich würde interessieren, wie Sie sich kennengelernt haben. Den Informationen zufolge, die ich über Stuart Warren finden konnte, stammte er aus einer sehr ärmlichen Gegend in Rochester."

„Wohingegen mir in meinem Leben nie etwas gefehlt hat", sagte sie resigniert. „Es ist offensichtlich, dass Sie noch nicht mit meiner Familie geredet haben."

„Was würde die mir sagen?"

Sie lachte. „Dass ich ein verwöhntes Gör bin."

„Vielleicht sollten wir beim Thema bleiben, Corrie", warnte McDonnell sanft.

Ihre Antwort war eine wegwerfende Handbewegung. „Dabei bin ich gar nicht so schlimm. Daddy wollte nur, dass ich nach Harvard gehe, aber ich habe auf ein staatliches College bestanden."

„UNH?", fragte Kyle.

„Das war mir eigentlich egal. Es musste kein bestimmtes College sein. Ich wollte nur …" Als sie Schwierigkeiten hatte, die richtigen Worte zu finden, war Kyle versucht, „Sich unters gemeine Volk mischen" vorzuschlagen. Doch nach einem Moment des Zögerns sagte sie: „… Spaß haben. Ein paar Jahre das Leben genießen, ohne mich um Noten zu sorgen."

„Das klingt, als würden Sie nicht viel von der Qualität staatlicher Hochschulen halten."

Sie antwortete lediglich mit einem knappen Lächeln, das ihre Meinung dazu deutlich zeigte. Ein verwöhntes Gör, ohne Zweifel. Und Kyle konnte sich vorstellen, dass sich die dämlichen Collegejungs reihenweise um ein Date mit ihr bemüht hatten.

„Und wie genau haben Sie Stuart kennengelernt?", kam er auf seine ursprüngliche Frage zurück.

„Über Joel. Sie waren zusammen in einem Algebrakurs für Leute mit Matheproblemen. Joel wusste, dass ich darin gut war, und hat mich gebeten, ihnen mit quadratischen Gleichungen zu helfen."

„Woher kannten Sie Joel?"

„Wir haben uns im Semester davor kennengelernt, beim Ölmalen. Ich fand ihn süß." Sie verdrehte schulterzuckend die Augen. Offenbar hatte sie herausgefunden, wie sinnlos es war, ihm nachzujagen.

„Aber dann haben Sie sich in Stuart verliebt?"

„Er war niedlich", sagte sie, zum ersten Mal mit einem Hauch von Traurigkeit in der Stimme. „Und so nett. Wir waren ungefähr ein Jahr zusammen, bevor ich ihm einen Antrag gemacht habe."

„Sie haben ihm den Antrag gemacht?"

Das Lächeln war zurück. „Hätte ich etwa warten sollen, bis *er* auf die Idee gekommen wäre? Er konnte sich ohne Todd oder mich kaum die Schnürsenkel zubinden."

„Sie reden von ihm, als wäre er … geistig behindert gewesen."

„Nein", antwortete sie, „er war sogar ziemlich klug – von Mathematik mal abgesehen. Aber er war daran gewöhnt, dass Todd ihm immer Anweisungen gab und sich um ihn kümmerte. Wussten Sie, dass ihre Eltern gestorben sind, als die zwei noch Teenager waren?"

„Nein." Kyle hatte noch keine Gelegenheit gehabt, viel mehr als ihre Adressen herauszufinden.

„Todd hat sich um ihn gekümmert, seit er sechzehn war, ganz allein. Deshalb ist er ziemlich überfürsorglich. Er war ganz schön eifersüchtig, weil Stuart so viel Zeit mit mir verbracht hat – zumindest am Anfang."
„Aber mittlerweile sind Sie alle gut miteinander ausgekommen?"
„Absolut. Ich mag Todd."

„NEIN, ICH habe diese Hochzeit nicht befürwortet", gab Lassiter zu. Er und Kyle befanden sich mit McDonnell im Schlafzimmer des Ehepaars. „Aber versuchen Sie mal, meine Tochter an etwas, das sie sich in den Kopf gesetzt hat, zu hindern."

„Ich kann mir vorstellen, dass es eine Herausforderung wäre." Kyle musste sich bemühen, ernst zu bleiben.

„Ich hatte nichts gegen den Jungen. Er war ziemlich nett und höflich. Und unbestreitbar gut aussehend. Ihre Kinder wären sehr hübsch gewesen."

„Also haben Sie sich einfach damit abgefunden und beschlossen, ihnen eine schöne Hochzeit zu finanzieren?"

Lassiter trank einen Schluck von seinem Scotch, den er sich auf dem Weg ins Schlafzimmer eingegossen hatte. „Oh, ich kann nicht abstreiten, dass ich mich anfangs dagegen gewehrt habe und es ihr ausreden wollte. Ich meine, sie ist einundzwanzig. Sie hat bisher noch keinen Abschluss in diesem Kindergarten gemacht, den sie sich ausgesucht hat. Hat sie Ihnen erzählt, was sie studiert?"

„Liberal Arts", las Kyle aus seinem Notizbuch vor.

„Liberal Arts!", zischte er. „Sie hat einen IQ von 150. Sie war eine ausgezeichnete Schülerin. Sie hätte in jedem Fach Erfolg haben können. Was macht sie also? Sie *malt*. Nackte Männer."

Für Kyles Ohren klang das nicht wie die schlechteste Berufswahl. Auch wenn er hin und wieder nichts gegen ein paar nackte Frauen gehabt hätte. Vielleicht war das eine Alternative, falls ihm sein Beruf eines Tages nicht mehr gefallen sollte.

„Sie ist weder alt genug noch erfahren genug, um solche Entscheidungen zu treffen", fuhr Lassiter fort. „Ich wäre kein bisschen überrascht gewesen, wenn sie sich in zwei Jahren wieder getrennt hätten."

Kyle tippte mit dem Kugelschreiber gegen das Blatt, auf dem er schrieb. „Ich habe noch eine … etwas indiskrete Frage: Hätte Stuart sehr von dieser Hochzeit profitiert?"

Lassiter schnaubte. „Natürlich. Wir haben ein Treuhandkonto für sie angelegt, auf das sie seit ihrem achtzehnten Lebensjahr zugreifen kann. Es ist kein großes Vermögen, aber Stuart und seinem Bruder ist es ganz sicher so vorgekommen. Wissen Sie, womit Todd sein Geld verdient? Er arbeitet an einer Supermarktkasse. Da beide Eltern tot sind, hat Stuart mithilfe eines staatlichen Darlehens studiert, und zwar *Philosophie*." Es war nicht zu überhören, wie absurd er das fand.

Geldgier klang wie ein gutes Motiv – wenn sich der Mord *nach* der Hochzeit ereignet hätte und Corrie das Opfer gewesen wäre. Nur in diesem Fall hätte Stuart davon profitieren können. Interessanter war, dass Lassiter die Hochzeit nicht gewollt hatte. Auch wenn er vorgab, es letztendlich akzeptiert zu haben, merkte man ihm an, wie sehr es ihn verärgert hatte. Hätte er sich zu einem Mord hinreißen lassen, um die Hochzeit zu verhindern?

Vielleicht hatte er sich auch auf Bestechung beschränkt – irgendwoher musste das bei Stuart gefundene Geld kommen. Den Warrens wäre es wie eine große Summe erschienen, während es auf Lassiters Konto sicher kaum gefehlt hätte.

„Mr. Lassiter", sagte Kyle langsam. „Das Opfer hatte Geld bei sich. Ziemlich viel Geld. Wissen Sie möglicherweise etwas darüber?"

Lassiter zuckte mit den Schultern. „Nein. Warum sollte ich?"

„Mehr solltest du dazu nicht sagen", warnte McDonnell.

„Mehr *habe* ich nicht zu sagen. Ich weiß nichts davon."

Kyle konnte nicht einschätzen, ob er log. Doch wenn Lassiter Stuart bestochen hatte, warum hätte er ihn anschließend ermorden sollen?

11

JOELS LAUNE nach zu urteilen, als Jesse an seine und Todds Zimmertür klopfte, hatte Todd ihn bereits darüber informiert, dass Jesse nicht an einem Quickie vor dem Essen interessiert war. Fairerweise musste Jesse zugeben, dass er es in Erwägung gezogen hätte, wenn da nicht Kyle und die Sache mit dem Mordverdacht gewesen wären. Joel war niedlich und zu haben. Man konnte es schlechter treffen.

Aber unter diesen Umständen war Jesse nicht interessiert.

„Ich muss noch duschen", brummte Joel, als er ihn ins Zimmer ließ. Er trug nur Unterwäsche und schien sich nicht daran zu stören. „Setz dich."

Jesse hatte sich gerade auf die Bettkante gesetzt, als Joel auch noch die Unterwäsche abstreifte, um ihm ein knackiges, mit feinen dunklen Härchen bedecktes Hinterteil zu präsentieren, bevor er ins Badezimmer verschwand. *Meine Güte*, dachte Jesse. Er hatte nicht damit gerechnet, in diesem Hotel so viele nackte Männer zu sehen. Ob es ein Bonus war, der die hohen Zimmerpreise erklärte? Er würde am Ende einen genauen Blick auf die Rechnung werfen müssen.

Todd befand sich ebenfalls im Raum, allerdings fertig angezogen, da er bereits nach dem Schwimmen geduscht hatte. Auf seinem Bett ausgestreckt blätterte er mit der Fernbedienung durch die Programmliste des Hotels. Es überraschte Jesse kaum, dass er sich vor allem die Pornos ansah. „Willst du dich wirklich nicht zu ihm unter die Dusche schleichen?", neckte er Jesse. „Bis zu unserer Reservierung haben wir noch zwanzig Minuten Zeit."

„Nimm's mir nicht übel, aber … denkst du auch mal über was anderes als Sex nach?"

Todd zuckte lachend die Schultern. „Über Sex und darüber, was ich mit dem Mörder meines Bruders mache, wenn das Arschloch jemals erwischt wird."

Sollte er wissen, dass es sich um Mord gehandelt hatte? Jesse war nicht sicher, was Kyle ihm bereits erzählt hatte. Er beschloss, sich dumm zu stellen. „Du glaubst nicht, dass es ein Unfall war?"

„Die Polizei glaubt nicht, dass es ein Unfall war", antwortete Todd finster. „Corrie war vor einer halben Stunde hier. Sie sagt, dieser Detective hätte sie und ihre Familie dazu ausgefragt."

„Und mit dir hat er noch nicht geredet?"

„Er war gestern Abend kurz hier, aber da hat er nicht viel gesagt. Corrie hat erzählt, dass er noch oben ist und mit ihrem Bruder redet."

„Sollen wir auf ihn warten?", fragte Jesse. „Du und Joel, besser gesagt."

„Scheiß drauf. Ich habe Hunger. Er kann uns im Restaurant suchen, wenn er so dringend mit uns reden will." Plötzlich wandte Todd den Kopf und warf ihm einen misstrauischen Blick zu. „Als wir am Pool geredet haben … wusstest du, dass er ermordet worden ist? Du hast nämlich nichts gesagt."

Scheiße.

„Als wir ihn gefunden haben, sah es so aus, als wäre er gestürzt und hätte sich den Kopf gestoßen", redete Jesse sich heraus.

Glücklicherweise schien es Todd zu überzeugen, denn er wandte den Blick wieder dem Fernseher zu. Einen Augenblick später kam Joel aus dem Badezimmer. Sein Haar war tropfnass und er hatte sich sittsam ein Handtuch um die Hüften geschlungen, das dort allerdings nicht lange blieb. Er löste es und warf es über eine Stuhllehne, als er sich über seinen Koffer beugte, um nach Kleidung zu suchen.

Jesse war überrascht, als er darin mehrere große Tablettenröhrchen entdeckte. Er beugte sich etwas vor, um sie besser erkennen zu können, schien es allerdings zu auffällig getan zu haben, denn Joel erklärte: „Ich bin kein Drogendealer, ich leide nur unter Migräne. Deshalb stopft mich mein Neurologe mit Bergen von Vitamin B und Magnesium voll."

„Oh", sagte Jesse lachend. „Ich war nur neugierig."

„Kein Problem."

„He, Vollidiot", rief Todd Joel zu. „Soll ich was Bisexuelles finden, damit wir uns nachher beide einen runterholen können?"

Joel gab ein angewidertes Geräusch von sich und hob den Kopf. „Such dir doch einfach was, das dir gefällt – ich hab dann ja dich als Wichsvorlage."

Todd warf ihm eine spöttische Kusshand zu, während Joel den Kopf schüttelte und mit Mitleid heischendem Blick zu Jesse hochschaute.

Das Hotel besaß ein Shuttle, mit dem es Gäste sowohl zum extrem teuren Restaurant im Bretton Arms Inn als auch zum erschwinglicheren Restaurant im Diner-Stil namens Fabyan's Station brachte. Zu Letzterem nahmen Joel und Todd Jesse mit. Das gemütliche Lokal empfing sie mit einem dickbäuchigen Deko-Ofen, der unter nachgebildeten Holzscheiten mit einer Gasflamme Wärme erzeugte. Unter der Decke überspannten kleine Bahnschienen mit einem Spielzeugzug den gesamten Raum, während auch die sonstige Dekoration mit Zügen und Bahnhöfen zu tun hatte. Das Restaurant befand sich an der Base

Station Road, die am Hotel vorbei und schließlich zur Station der Zahnradbahn führte.

Mit Joel und Todd zu essen war ein seltsames Erlebnis. Jesse war nicht sicher, ob sie einander hassten oder einfach Spaß an ihren Sticheleien hatten. Manchmal unterhielten sie sich ganz normal, zum Beispiel über die Rückfahrt am Wochenende – offenbar waren sie mit Joels Auto gekommen –, nur um dann wieder wegen einer Kleinigkeit wie der Vorspeise aneinanderzugeraten. Andererseits hätten sie einfach getrennt essen können, wenn sie so ungern Zeit miteinander verbrachten.

Eines war jedoch klar: Die Gesellschaft des anderen ertrugen sie unendlich viel lieber als die der Lassiters. Corrie war Joels Freundin, weshalb er nichts gegen ihre Anwesenheit gehabt hätte – Todd war es offenbar gleichgültig –, doch ein Essen mit Mr. und Mrs. Lassiter schien für sie ein abstoßender Gedanke zu sein.

„Sie sind ... nett", sagte Joel, als suchte er krampfhaft nach einer positiven Eigenschaft.

„Eigentlich sind sie verdammte Snobs", korrigierte ihn Todd.

Joel zuckte mit den Schultern, widersprach jedoch nicht.

„Tut mir leid, falls das zu persönlich ist", mischte sich Jesse ins Gespräch ein, „aber was passiert jetzt? Ihr scheint alle durch Stuart verbunden gewesen zu sein. Seht ihr euch überhaupt noch, wenn ihr wieder zu Hause seid?"

Joel und Todd betrachteten einander nachdenklich, bis Todd mit den Schultern zuckte. „Ich weiß nicht. Du bist ganz in Ordnung."

„Vielleicht", sagte Joel mit einem finsteren Blick auf sein Kartoffelpüree. „Da ich ja jetzt weiß, dass du mich nicht zusammenschlägst."

„Wie oft soll ich dir noch sagen, dass ich nichts gegen Schwule habe?"

„Solange ich mich von ihm ferngehalten habe."

Das quittierte Todd mit eisigem Schweigen. Er aß einen Bissen von seinem Steak und kaute ihn, während er an Joel vorbeistarrte, als wäre die Wand hinter ihm unglaublich faszinierend.

„Oh, Scheiße", murmelte Joel plötzlich, nachdem sie einige Minuten still gegessen hatten. Sein Blick war auf die Tür gerichtet, weshalb Jesse und Todd sich umwandten, um zu sehen, was seine Aufmerksamkeit erregt hatte.

Es waren Kyle und sein Partner. Der Detective ließ den Blick suchend durch den Raum schweifen, bis er bei ihrem Tisch ankam. Jesse glaubte, ihn kurz zögern zu sehen, bevor er etwas zu dem anderen Detective sagte. Dieser blieb bei der Tür stehen, während Kyle sich näherte.

„Todd", sagte er. „Joel, Jesse. Sie kennen sich?"

Ich will hier weg. Andererseits war es eine ganz gewöhnliche Frage gewesen, mit der Kyle es klingen ließ, als hätte er Jesse nur von der Begegnung am Tatort gekannt und nun überraschend mit zwei Verdächtigen gefunden. „Ähm … wir haben uns im Hotel kennengelernt."

Kyle nickte, bevor er sich lächelnd an Todd wandte. „Corrie hat mir erzählt, dass Sie hier essen. Ich möchte Sie nicht lange stören, aber ich würde es begrüßen, wenn wir uns später an Ihrem Zimmer treffen könnten. Vielleicht in zwei Stunden. Ich würde Ihnen gern einige Fragen stellen."

Todd saß mit versteinerter Miene da. Jesse beschlich der Verdacht, dass er in seiner Jugend häufiger mit der Polizei zu tun gehabt hatte. Nicht unbedingt wegen größerer Vergehen – vielleicht eher etwas wie Vandalismus, unerlaubtes Betreten von Grundstücken oder Ladendiebstahl –, aber oft genug, um ihn gegen sie aufzubringen. Doch schließlich nickte er und sagte: „Natürlich. Wir werden da sein."

NACH DEM Essen fuhren sie mit dem Shuttle zum Hotel zurück. Offenbar hatten auch die Lassiters ihre Mahlzeit beendet, denn sie stiegen am Bretton Arms Inn zu. Jesse erkannte Corrie und ihre jüngere Schwester, deren Namen er nicht wusste. Bei dem älteren Ehepaar, das nach ihnen einstieg, musste es sich um ihre Eltern handeln. Todd und Joel saßen mit Jesse weiter hinten, weshalb Corrie ihnen lediglich zulächelte und lautlos „Hi" sagte, bevor sie sich vorn bei ihren Eltern niederließ. Mr. Lassiter nickte ihnen knapp zu, während seine Frau sie völlig ignorierte.

Als Letztes folgte ihnen ein junger Mann, bei dessen Anblick Jesse ein Schauer über den Rücken lief. Blond und blauäugig hatte er große Ähnlichkeit mit Corrie. Jesse senkte unauffällig den Kopf und der junge Mann schien ihn nicht zu bemerken, als er sich zu den anderen setzte.

Auf der Fahrt zum Hotel schwieg Jesse und hielt sich im Hintergrund, während die anderen Gäste ausstiegen, doch sobald er eine Gelegenheit hatte, hielt er Joel am Arm fest und fragte: „Wer war der Typ bei Corries Familie?"

„Du kennst Corrie?", fragte Joel verwirrt.

„Ich habe sie mit euch beiden – und Stuart – am Bahnsteig gesehen", erklärte Jesse. „Und das Mädchen ist ihre jüngere Schwester, oder?"

„Ja, Lisa."

„Aber wer ist der junge Mann?"

Joel fragte mit einem Schulterzucken: „Ist das nicht offensichtlich? Er ist ihr Bruder. Sein Name ist Ryan. Warum willst du das wissen?"

Jesse wurde klar, dass er keinen guten Grund für sein Interesse an Ryan vorweisen konnte. Also sagte er lächelnd: „Er sieht wirklich gut aus."

Joel runzelte die Stirn. „Ja, ich bin diese Woche wohl von verdammt gut aussehenden Typen umgeben." Aus seinem gereizten Tonfall schloss Jesse, dass er wahrscheinlich gekränkt war, weil Jesse kein Interesse an *ihm* gezeigt hatte. Daran konnte Jesse allerdings nicht viel ändern, ohne ihm etwas vorzumachen und die Situation noch zu verschlimmern.

Joel setzte sich wieder in Bewegung und Jesse folgte ihm, während seine Gedanken noch um Ryan kreisten. „War Ryan gestern nicht mit euch auf dem Berg?"

„Nein. Wir haben nicht viel miteinander zu tun."

Es stimmte, dass Ryan nicht mit ihnen aus der Bahn gestiegen war, was allerdings nur weitere Fragen aufwarf. Denn er *war* auf dem Berg gewesen. Nur wenige Minuten vor dem Eintreffen der Bahn hatte er sich auf der Aussichtsplattform Jesse gegenüber so wortkarg verhalten.

SPÄTER AM Abend wartete Jesse mit zunehmender Unruhe auf Kyles Anruf. Den Detective musste es verärgert haben, Jesse beim Essen mit zwei Verdächtigen zu sehen. Es passte sicher nicht zu Kyles Vorstellung davon, nicht in Schwierigkeiten zu geraten. Mit einer kleinen Strafpredigt konnte Jesse leben, doch er fürchtete, Kyle würde ihre Pläne für den Abend absagen.

Stunden schienen zu vergehen, während Jesse sich weder auf sein Buch noch auf einen Film konzentrieren konnte. Stattdessen saß er auf seinem Bett und machte sich Sorgen.

Kurz vor neun Uhr klingelte sein Handy und er nahm hastig ab.

„Jesse, hier ist Kyle", sagte er knapp.

Scheiße. Er will absagen.

„Hi", war das Einzige, was Jesse herausbrachte.

„Ich muss meine Notizen abtippen. Das könnte dauern."

Jesse wusste nicht, was er sagen sollte. Er wartete auf die Worte „Deshalb schaffe ich es heute nicht", die allerdings nicht kamen. Die Stille dauerte an, bis Kyle irgendwann fragte: „Bist du noch dran?"

„Ja! Ja, ich bin noch dran."

„Hast du gehört, was ich gesagt habe? Es könnte zwei oder drei Stunden dauern."

„Okay."

„Möchtest du dann trotzdem noch ausgehen? Auch wenn es fast Mitternacht ist?"

„Ja! Bitte."

Kyle lachte sanft. „Das hatte ich gehofft."

12

AUSSAGEN UND Berichte niederzuschreiben, hatte nie zu Kyles Lieblingsaufgaben gehört. Wie die meisten Polizisten hielt er es für den langweiligsten Teil der Arbeit. Aber es tun zu müssen, obwohl nicht weit von ihm ein umwerfender junger Mann auf ihn wartete und sich möglicherweise so sehr langweilte, dass er bald einschlief, war ... tja, es war einfach grauenhaft.

Er musste seine ganze Willenskraft aufbringen, um nicht hastig und ungenau zu arbeiten. Dennoch konnte er nicht aufhören, immer wieder Blicke auf die Uhr seines Laptops zu werfen, wobei ihm jede vergangene Minute beinahe körperliche Schmerzen bereitete. Leider hatte er bereits beim letzten Mal Wesley den Papierkram aufgedrängt, weshalb er ihn jetzt selbst erledigen musste. Es half nicht, dass sein Partner den Hotelfernseher eingeschaltet hatte und sich unbedingt eine dumme Krimiserie ansehen musste, deren Lärm, Schreie und Musik unglaublich ablenkend waren.

Als er endlich fertig war, zeigte sein Laptop 11:56 Uhr an. Er verließ kurz das Zimmer, um in der eisigen Nachtluft Jesse anzurufen. Zu seiner Erleichterung nahm dieser nach dem ersten Klingeln ab. „Hi, bist du noch wach?"

„Ja! Kommst du rüber?"

„Ich bin gerade fertig geworden. In ein paar Minuten bin ich da."

Leider musste er das vorher mit Wesley klären. Sein Partner saß noch in Unterwäsche auf seinem Bett und sah fern, weshalb es Kyle nicht möglich war, unbemerkt zu verschwinden.

Schon als er wieder das Zimmer betrat, warf Wesley ihm einen misstrauischen Blick zu. „Was hast du da draußen gemacht?"

Kyle steckte umständlich sein Handy ein, um kurz nachdenken zu können, bevor er antwortete: „Ich gehe noch ein bisschen weg."

„Du gehst weg?", fragte Wesley überrascht. „Wo willst du denn bitte um die Zeit hin? Wir sind am Arsch der Welt."

„Ein Bekannter wohnt in der Nähe. Wir treffen uns nur ein bisschen an der Bar im Fabyan's."

„Cool!", sagte Wesley und machte Anstalten, vom Bett aufzustehen. „Ich komme mit."

Damit hatte Kyle gerechnet. Er hob abwehrend die Hand. „Tut mir leid, Partner, diesmal nicht. Ich gebe dir einen aus, wenn wir wieder in Concord sind, aber das hier ist ... privat."

Wesley stellte geräuschvoll die Füße auf den Boden und beugte sich vor, um die Ellbogen auf seine Knie zu stützen. „Hast du etwa ein verdammtes *Date?*"

„Kein Date. Nur ein paar Drinks. Die Bar schließt sowieso in einer Stunde."

„Wie heißt sie?"

„Geht dich nichts an."

Wesley schüttelte lachend den Kopf. „Unglaublich." Er machte es sich wieder auf dem Bett bequem und schaltete den Fernseher ein. „Na gut. Aber früher oder später krieg ich es aus dir raus."

Genau davor fürchtete sich Kyle.

KYLE BRACHTE den Outback im Schatten nicht weit vom Hoteleingang zum Stehen. Jesse schien bereits auf ihn gewartet zu haben, denn er kam gleich herausgelaufen.

„Hi!", keuchte er, als er in das Fahrzeug sprang und die Tür hinter sich zuschlug. „Mann, ist das kalt."

Kyle lächelte. Es überraschte ihn, wie glücklich er darüber war, dass ihr „Date" zu dieser späten Stunde doch noch stattfinden konnte. Er fuhr los und folgte der langen, gewundenen Ausfahrt. „Leider haben wir nicht mehr viel Zeit, bevor die Bar schließt."

„Das macht nichts", antwortete Jesse. „Mir ging es vor allem darum, dich zu sehen."

Kyle wandte verlegen, aber glücklich den Blick ab. Schweigend lenkte er den Wagen bis zur Einfahrt auf die Route 302. Als er darauf abbog, zeigte er über die Straße. „In dem Hotel da wohnen wir übrigens. Zimmer 104."

„Weiß dein Partner, dass du mit mir ausgehst?"

Kyle schüttelte den Kopf. „Er weiß, wo ich hingehe, aber ich habe ihm gesagt, ich träfe mich mit einem Freund." *Gott, ich bin erbärmlich*, dachte er. Obwohl Jesse sieben Jahre jünger war, hatte er alles im Griff. Er machte aus seiner Sexualität kein Geheimnis. Natürlich hatte er bisher keine Arbeit, die er verlieren konnte, doch Kyle wäre das vermutlich auch nicht passiert, wenn er es Wesley erzählt hätte.

Ich bin einfach nur feige.

Falls Jesse deshalb weniger von ihm hielt, ließ er es sich nicht anmerken. Er nickte lediglich und betrachtete durchs Autofenster die parallel zur Fahrbahn verlaufenden Schienen und die Fichten rechts und links davon.

Als sie auf den Parkplatz des Fabyan's einbogen, war es bereits halb eins. Viel Zeit blieb ihnen damit nicht mehr. Kyle ging von Jesse gefolgt hinein und sie fanden Plätze an einem Ende der Bar. Kyle bestellte ein Bier, während Jesse ihn mit der Bestellung eines Gingerales überraschte.

„Du willst nichts trinken?", fragte er. „Keinen Alkohol, meine ich."

Jesse zuckte mit den Schultern. „Im Moment nicht. Ich möchte einfach Zeit mit dir verbringen."

„Aber … du trinkst nicht … *nicht*, oder so?", fragte Kyle vorsichtig, da er ihn nicht kränken wollte.

Doch Jesse lachte. „Ich trinke, wenn ich in der richtigen Stimmung dafür bin. Heute ist es schon ziemlich spät."

Kyle nickte. Beinahe hätte er sich noch einmal entschuldigt, doch in diesem Moment brachte der Barkeeper ihre Getränke. Das Bier befand sich in einer Flasche, da er nur Corona trank. Der Barkeeper öffnete sie und fragte: „Möchten Sie ein Glas?"

„Nein danke."

Nachdem der Mann gegangen war, streckte Kyle die Hand nach seinem Bier aus, doch Jesse schnappte es ihm weg. „Wenn ich mein eigenes Bier hätte", sagte er, „könnte ich außerdem nicht das hier tun."

Er nahm einen kräftigen Schluck aus der Flasche, bevor er sie an Kyles Lippen hielt. Kyle zuckte kurz zurück, bevor er sich entspannte und die Berührung erlaubte. Der Glasrand war warm von Jesses Mund, und Jesse kippte die Flasche nicht, um Kyle davon trinken zu lassen, sondern rieb sie nur langsam über seine Unterlippe, bis kein Zweifel mehr am sexuellen Unterton der Geste bestand. Kyle spürte, wie er steif wurde.

Schnell nahm er Jesse die Flasche aus der Hand und trank einen Schluck, um seine Reaktion zu verbergen. Dann stellte er sie ab und wandte sich mit einem verlegenen Grinsen an Jesse: „Du bist fies."

„Wenn man mich lässt."

Als Kyle den Kopf hob, bemerkte er, dass der Barkeeper ihnen neugierig zusah, auch wenn er sich jetzt neuen Gästen zuwandte, als wäre nichts gewesen. Kyle fühlte sich unwohl bei dem Gedanken, dass der Mann ihn so schnell durchschaut hatte. Doch er beschloss, es zu ignorieren. Er schlich bereits herum und hielt Dinge vor seinem Partner geheim. Da musste er sich nicht auch noch Sorgen um die Meinung eines völlig Fremden machen, den er vermutlich nie wiedersehen würde.

„Hast du Hunger?"

Jesse öffnete den Mund und man sah ihm an, dass er etwas Schmutziges antworten würde. Dann schien er es sich plötzlich anders zu überlegen, denn er lächelte und trank einen Schluck von seinem Gingerale. „Nein, im Moment nicht", sagte er dann.

„Kann ich dich etwas fragen?"

„Klar."

„Warum ich?", wollte Kyle wissen. „Warum flirtest du mit einem alten Mann wie mir? Du bist umwerfend. Du hättest kein Problem, jemanden in deinem Alter zu finden."

Jesse runzelte die Stirn. „Hör schon auf", brummte er. „Es sind nur sieben Jahre. So groß ist der Unterschied nicht. Es freut mich ja, dass du mich für attraktiv hältst …"

„Das Wort war ‚umwerfend'."

„Das bin ich nicht. Aber danke. Ich will nicht abstreiten, dass ich ganz okay aussehe, allerdings ist das bei meinem Liebesleben auch überhaupt nicht das Problem."

„Nein?" Kyle zog eine Augenbraue hoch. „Was *ist* dein Problem?"

„Alle halten mich für einen Spinner, weil ich mich für Morde interessiere."

Kyle trank lachend einen Schluck Bier. „Warum interessierst du dich denn so dafür?"

„Ich habe keine Vorliebe für Gewalt und Leichen oder so", verteidigte sich Jesse. „Ich mag einfach das Rätsel – herauszufinden, wie und warum es passiert ist."

„Und wer es war", fügte Kyle hinzu.

„Ja. Das kannst du doch nachvollziehen, oder?" Jesses Blick war beinahe flehentlich, eine Bitte um Verständnis.

Und Kyle verstand. „Deshalb bin ich Polizist geworden", sagte er. „Und weil ich den Gedanken nicht ertragen kann, dass jemand wie Stuart in einem Grab liegt, während sein Mörder das Leben genießt … es sich in einem verdammten Wellness-Hotel gut gehen lässt."

Jesse hob lächelnd sein Glas und Kyle stieß mit seiner Bierflasche an, bevor sie tranken.

Nicht lange danach scheuchte der Barkeeper die Gäste hinaus und sie setzten sich in Kyles Outback. Da es ihm widerstrebte, den Abend so schnell zu beenden, fuhr Kyle die Bay Station Road in Richtung Zahnradbahn entlang, bis er neben der Straße einen breiten, grasbewachsenen Platz entdeckte, an dem sich keine Laternen befanden. Er bog von der Straße ab.

„Kommt jetzt der Teil, wo du mich umbringst und meine Leiche verschwinden lässt?", fragte Jesse mit einem nervösen Lachen.

Kyle brummte. „Vergiss deine Morde mal für ein paar Minuten, okay? Ich wollte mit dir allein sein."

„Das kannst du auch in meinem Zimmer."

„Das ist zu gefährlich. Wenn uns jemand zusammen sieht, beschließt er am Ende, dich zu beseitigen." Er sah sich in der Dunkelheit um. „Was hältst du vom Rücksitz?"

„Läuft das gerade auf Sex hinaus?" Auf Jesses Gesicht, sanft erleuchtet von den Lichtern im Armaturenbrett, zeichneten sich Zweifel ab.

Kyle lachte. „Nein. Dafür hätte ich einen gemütlicheren und hoffentlich romantischeren Ort ausgesucht." Er stieg aus und öffnete die Hintertür, um auf den Rücksitz zu gelangen. „Aber ein bisschen kuscheln können wir auch hier, findest du nicht?"

Jesse machte sich nicht die Mühe, auszusteigen. Er schob sich einfach zwischen den Vordersitzen hindurch über das CD-Fach, bis er sich in Kyles einladende Arme schmiegen konnte. Der Motor lief noch, damit der Wagen weiter beheizt wurde, doch als Kyle Jesses warmen Körper in seinen Armen spürte, vermutete er, dass es bald nicht mehr nötig sein würde.

„Viel besser", murmelte er, als er sich vorbeugte, um Jesses Lippen mit seinen zu berühren.

Jesse erwiderte den Kuss ohne das geringste Zögern und es war so überwältigend wie am Nachmittag auf Jesses Bett. Er hörte ein leidenschaftliches Knurren und begriff, dass es aus seiner eigenen Kehle kam, als er Jesse dichter an sich zog. Bald lehnte er mit dem Rücken an der Tür und hatte ein Bein auf die Rückbank gehoben, sodass Jesse auf ihm lag, als sie sich küssten, und seine Erektion durch frustrierende Schichten aus Jeans und Unterwäsche gegen Kyles rieb.

Kyle erkundete Jesses Mund ausgiebig mit seiner Zunge, füllte ihn mit seinem Atem und nahm im Austausch Jesses Atem entgegen. Er hätte ewig so weitermachen können, doch Jesses Körper versteifte sich plötzlich. Er begriff erst, was es bedeutete, als Jesse einige Male zuckte. Da musste er lachen.

„Verdammt, bist du etwa gekommen?"

Jesse vergrub sein Gesicht zwischen dem Kragen von Kyles Jacke und dem seines Flanellhemds. „Sorry", sagte er halb verlegen und halb amüsiert. „Das ist eigentlich nicht meine Art. Aber die ganzen Küsse und die Reibung … und du bist so verdammt sexy!"

„Das hört mein Ego gern", sagte Kyle, während er ihm liebevoll den Rücken streichelte. Er war selbst nicht weit vom Höhepunkt entfernt. Die Küsse waren unglaublich heiß gewesen – und Jesse so in seinen Armen kommen zu fühlen … Aber jetzt einfach seinen Schwanz rauszuholen hätte den süßen Augenblick irgendwie schäbig wirken lassen. Also beschränkte er sich darauf, seine Nase in Jesses Haar zu vergraben, und sagte: „Du bist so verdammt heiß."

Jesse lachte. „Im Moment bin ich hauptsächlich klebrig." Er hielt kurz inne, bevor er Kyle ansah und fragte: „Soll ich …?"

„Nein", unterbrach ihn Kyle mit einem Küsschen auf seine Nase. „Im Augenblick möchte ich nur die Fantasie genießen, dass ich ein toller Hengst bin, der Männer allein mit Küssen zum Orgasmus bringt."

„Was nicht nur eine Fantasie ist."
Kyle beugte sich lächelnd für einen weiteren Kuss vor.

NICHT LANGE danach fuhren sie auf das Mount Washington Hotel zu. Da es Kyle nach wie vor widerstrebte, den Abend zu beenden, hielt er ein Stück vom Vorbau entfernt auf der Zufahrt an. Leider erinnerte ihn der Anblick des Hotels an seine Sorge um Jesse, weil dieser unter einem Dach mit den Lassiters, Todd und Joel schlief.

„Es ist hier gefährlich für dich", sagte er, obwohl er ihr Date lieber mit etwas Romantischerem beendet hätte.

„Mir passiert schon nichts."

„Wenn Stuarts Mörder herausfindet, dass wir … Freunde sind …" Ein besseres Wort fiel ihm nicht ein. Sie waren kein Paar – zumindest noch nicht. Selbst als seinen Geliebten konnte er Jesse nicht bezeichnen. „… und feststellt, dass er dir etwas Verräterisches erzählt hat … Dann schwebst du in Lebensgefahr, Jesse. Wer schon einen Mord begangen hat, wird vor einem zweiten nicht zurückschrecken, wenn er sich damit schützen kann – an der Strafe würde das kaum etwas ändern. Die Person hat also nichts zu verlieren. Ist dir das klar?"

„Ja, natürlich", antwortete Jesse.

Kyle runzelte die Stirn. „Wirklich? Warum begibst du dich dann in Gefahr, indem du dich bei diesen Leuten anbiederst?"

„Ich habe schon etwas herausgefunden", sagte Jesse, als rechtfertige das alles. Dann berichtete er Kyle davon, wie Todd Corrie dazu überredet hatte, mit beiden Brüdern zu schlafen. Kyle musste zugeben, dass es sich um interessante Informationen handelte. Außerdem beschrieb Jesse ein sehr zwiespältiges Verhältnis zwischen Todd und Joel und äußerte den Verdacht, dass Joel mehr Interesse an Stuart gezeigt haben könnte, als Todd angenehm gewesen war.

„Wie unangenehm könnte es ihm gewesen sein?", fragte Kyle misstrauisch.

„Er scheint nichts dagegen zu haben, dass Joel schwul ist", erklärte Jesse. „Und sie haben auch keine Probleme damit, einander nackt zu sehen. Aber Joel hatte offenbar das Gefühl, Todd hätte sich zwischen ihn und Stuart gestellt."

Kyle nickte. „Als ich das erste Mal mit ihnen gesprochen habe, klang es, als hätte Todd den beiden nicht erlaubt, in einem Bett zu schlafen. Todd war also überempfindlich, wenn es um seinen kleinen Bruder ging – er wollte ihn von Frauen *und* von Männern fernhalten. Das ist zwar ein bisschen seltsam, aber nicht gerade ein gutes Motiv für einen Mord."

„Zumindest nicht für den Mord an *Stuart*", stimmte Jesse zu. „Aber da ist noch etwas anderes: Corries älterer Bruder, Ryan Lassiter."

„Was ist mit ihm?"

„Er war auf dem Berg, als Stuart umgebracht wurde."

Kyle runzelte die Stirn. „Laut seiner Familie hatte er geschäftlich in Concord zu tun."

„Vielleicht waren es *tödliche* Geschäfte." Kyle legte den Kopf schräg und zog eine Augenbraue hoch, woraufhin Jesse hinzufügte: „Entschuldige. Zu viele Krimis."

„Das glaube ich auch."

„Trotzdem habe ich Ryan auf dem Gipfel gesehen, kurz bevor die Bahn mit Stuart und den anderen angekommen ist. Er stand auf der Aussichtsplattform. Ich habe sogar mit ihm gesprochen."

Das ließ Kyle aufhorchen. „Worüber habt ihr gesprochen?"

„Nicht viel. Ich wollte ein bisschen mit ihm flirten, aber er hat mich abblitzen lassen."

Kyle seufzte erst, bevor er mit einem kleinen Grinsen sagte: „Ich muss mich wohl an den Gedanken gewöhnen, dass du mit jedem flirtest."

„Tja ... vielleicht", gestand Jesse. „Aber flirten heißt nicht ficken. Ich kenne den Unterschied und ich wäre dir niemals untreu."

„Das hätte ich auch nicht von dir gedacht." Kyle beugte sich vor, um ihn sanft zu küssen.

13

WESLEY SCHLIEF bereits tief und fest, als Kyle das Hotelzimmer betrat. Zum Glück. Kyle schaltete nicht das Licht ein, sondern zog sich im Dunkeln aus und kroch ins Bett. Voller Wärme dachte er an einen zufriedenen Jesse in seinen Armen zurück, bis er einschlief, während noch ein angenehmer Nachklang des Verlangens zwischen seinen Beinen kribbelte.

Als er aufwachte, war es bereits hell und er hörte das Wasser in der Dusche laufen. Sein Schwanz war ebenfalls hellwach, weshalb er die Gelegenheit nutzte, sich hastig mit einer seiner Socken einen runterzuholen. Er war gerade gekommen, als das Wasserrauschen aufhörte. Es gelang ihm, seine Unterwäsche zurechtzurücken und zu seinem Koffer zu stürzen, um die feuchte Socke in eine Seitentasche zu stopfen, bevor Wesley mit einem um die Hüften geschlungenen Handtuch das Zimmer betrat.

„Hi", begrüßte ihn sein Partner, während er ebenfalls zu seinem Koffer ging, um eine Haarbürste herauszuholen. „Sollen wir den Zimmerservice rufen oder irgendwo anders frühstücken?"

„Zimmerservice ist mir lieber", sagte Kyle. „Ich muss noch was am Laptop erledigen, bevor wir wieder zum Hotel fahren."

Wesley bestellte für sie, während Kyle duschte und sich die Zähne putzte, bevor sie noch in Unterwäsche frühstückten.

Wie befürchtet war Wesley noch neugierig. „Und, wie ist dein Date gelaufen?"

Kyle versuchte es mit einem Ablenkungsmanöver. „Hast du nicht gehört, wie wir's hier im Bett getrieben haben?"

„Anscheinend schlafe ich sehr fest."

„Sieht so aus." Als Kyle nichts mehr sagte, runzelte Wesley die Stirn. „Komm schon, was ist mit dir los? Ich würde es dir doch auch erzählen."

Kyle zuckte mit den Schultern. „Es war wirklich nichts Besonderes. Nur ein Bier unter Freunden."

Das war zumindest nicht vollkommen gelogen.

Wesley gab auf, war jedoch unübersehbar verärgert. Für einige Sekunden zog Kyle in Erwägung, es einfach auszusprechen. *Ich bin bi und treffe mich mit einem Mann.* Sie mussten beinahe jeden Tag zusammen arbeiten. Sollte er ihr gutes Verhältnis wirklich dafür riskieren, obwohl er noch nicht wusste, was aus der Sache mit Jesse werden würde?

Kyle zwang sich, seine Konzentration auf den nächsten Schritt ihrer Ermittlungen zu richten. Mit dem Laptop, den Wesley und er sich bei der Arbeit teilten, durchsuchte er über das WLAN des Hotels das Internet. Bald hatte er auf einer der inoffiziellen Seiten zum Mount Washington das gesuchte Bild gefunden. Nach einigen weiteren Minuten mit Photoshop hatte er alles, was er brauchte.

„Hast du dein iPad mitgenommen?"

Wesley wandte sich von den Frühnachrichten ab, um ihm einen finsteren Blick zuzuwerfen. „Was zum Teufel willst du mit meinem iPad?"

„Mir den Arsch abwischen."

„Leck mich."

Kyle seufzte. „Komm schon. Ich möchte zu unserer nächsten Befragung ein Foto mitnehmen."

Kurze Zeit später – nachdem Wesley vernünftig geworden war – hatte er alles vorbereitet. Während Wesley sich im Badezimmer befand, rief Kyle Jesse an. „Weiß Ryan Lassiter, dass du im Hotel bist?", fragte er ihn.

„Das glaube ich nicht. Ich habe ihn nur ein einziges Mal aus größerer Entfernung gesehen."

„Und er hat dich nicht bemerkt?"

„Sah nicht so aus."

Kyle kaute auf seiner Unterlippe. „Ich habe nämlich vor, ihm zu sagen, dass ihn ein Zeuge auf dem Berg gesehen hat. Er könnte sich dann durchaus an dich erinnern, und wenn er dich im Hotel sieht …"

„Ich werde ihn meiden", versprach Jesse, obwohl er nicht besonders besorgt klang. Er würde Kyle noch in den Wahnsinn treiben. „Wenn ich das Gefühl habe, mich in Gefahr zu befinden, rufe ich dich an."

Es war *hoffnungslos*!

„Das will ich dir auch raten", brummte Kyle.

KYLE EMPFAND eine Art missgünstige Befriedigung, als es Ryan war, der ihnen die Tür zur Suite öffnete. Er sah die Polizisten mit großen Augen an und Kyle war ziemlich sicher, dass er sich die Beunruhigung in seinem Blick nicht einbildete.

„Ryan", begrüßte ihn Kyle lächelnd. „Vielleicht sollten Sie Ihren Anwalt herbestellen. Ich habe einige Fragen."

Der junge Mann wirkte ängstlich, als er zurückwich, um sie eintreten zu lassen. Mr. Lassiter, der den Wortwechsel mit angehört hatte, kam wenig überraschend gleich auf sie zu.

„Was ist hier los?", verlangte er zu wissen.

„Ein Zeuge hat Ryan auf dem Gipfel gesehen, kurz bevor Stuart ermordet wurde."

„Er … oder sie … lügt. Wie bereits gesagt, war Ryan in Concord, um sich mit Tom Corby über seine Beförderung zum Vertriebsdirektor zu unterhalten. Das würde Tom Ihnen schwören."

„Mag sein", antwortete Kyle unbeeindruckt. „Aber bevor er das vor Gericht tut, sollte er sich vielleicht das hier ansehen." Er hielt Wesleys iPad mit dem Foto hoch und hatte das Vergnügen, Mr. Lassiter erbleichen zu sehen. „Die Aussichtsplattform hat eine Webcam, die alle zehn Minuten ein Bild macht", erklärte Kyle.

Ursprünglich hatte sich neben Ryan Lassiter auch Jesse auf dem Foto befunden, doch Kyle hatte ihn abgeschnitten. Auf dem Rest des Bildes war deutlich Ryan zu erkennen, der sich in Richtung Kamera vom Rand der Plattform entfernte. So verändert würde man es nicht als Beweisstück zulassen, aber das Original möglicherweise schon. Sicher war es jedoch nicht – Gerichte begegneten Fotos, vor allem digitalen, häufig eher skeptisch. In diesem Fall wurde es allerdings von Jesses Aussage unterstützt – und um Lassiter nervös zu machen, eignete es sich sehr gut.

„Niemand sagt ein Wort, bevor Charlie hier ist", warnte er seine Familie, während er McDonnells Nummer wählte. Die Mädchen waren nicht im Zimmer – möglicherweise überhaupt nicht in der Suite –, doch Mrs. Lassiter saß mit einem E-Book-Reader vor dem Gaskamin und schaute dem Drama zu.

Der Warnung seines Vaters zum Trotz geriet Ryan bereits in Panik. „Ich habe nur etwas gebracht …"

„Ryan!", fiel ihm sein Vater ins Wort, bevor er in den Telefonhörer sagte: „Charlie! Wir brauchen dich sofort hier oben. Dieser … Polizist …" Kyle vermutete, dass er lieber eine weniger höfliche Bezeichnung verwendet hätte. „… beschuldigt Ryan."

„Ach ja", sagte Kyle mit einem kühlen Lächeln in Ryans Richtung. „Da ist auch noch die Sache mit diesem Umschlag. Sie wussten, was sich darin befand, nicht wahr?"

„Sag kein Wort!", rief sein Vater von der anderen Seite des Zimmers.

Ryan war blass und seine Augen angstvoll geweitet, als er sich vermutlich vorstellte, des Mordes angeklagt zu werden. Doch er schloss den Mund und presste die Lippen aufeinander, ohne etwas zu sagen.

Bald würde der Anwalt eintreffen und sie alle noch vorsichtiger machen. Kyle unternahm einen letzten Versuch, Ryan etwas zu entlocken. „Ich frage mich nur, wofür es war. Vielleicht Drogen …?"

„Nein!", keuchte Ryan.

„Ryan, sei still!", knurrte Lassiter, der den Telefonhörer auf die Gabel knallte und auf Ryan zueilte.

„Wir wollten nur, dass er verschwindet!"

„Ryan!"

„Marty!", rief Mrs. Lassiter. „Das hast du doch nicht wirklich getan!"

Lassiter warf ihr einen verärgerten Blick zu. „Darüber können wir später reden, Meghan."

Bevor die Situation noch weiter außer Kontrolle geriet, tauchte McDonnell auf, um sie wieder zu beruhigen, indem er vor weiteren Fragen Zeit für eine Besprechung mit seinen Klienten verlangte. Doch Kyle hielt es nicht für nötig, sie weiter zu befragen, denn er wusste, dass er in McDonnells Anwesenheit nicht viel mehr erfahren konnte. Er hatte bekommen, was er gewollt hatte.

„WAS ZUM Teufel sollte das alles?", zischte Wesley leise. Sie näherten sich der Rotunde im Zentrum der Flure, wo ein älterer Mann in Uniform auf einem Stuhl darauf wartete, für die Gäste den Aufzug zu bedienen. Kyle legte einen Finger an die Lippen, um ihm zu bedeuten, bis vor dem Hotel zu warten.

Draußen entfernte er sich mit ihm ein Stück vom Eingang, während sie darauf warteten, dass Kyles Outback gebracht wurde. „Lassiter hat seinen Sohn als Botenjungen benutzt. Er war nie in Concord. Stattdessen ist er auf den Berg gefahren – wahrscheinlich mit einer der frühen Bahnen. Dann hat er auf Stuart gewartet, damit er ihm Bestechungsgeld anbieten konnte."

Wesley begriff. „Den Umschlag mit den zwanzigtausend Dollar."

„Mr. Lassiter wollte Stuart dazu bringen, die Hochzeitspläne aufzugeben und aus Corries Leben zu verschwinden."

Wesley schüttelte den Kopf. „Warum hat er ihm das Geld nicht einfach im Hotel zugesteckt?"

„Das weiß ich noch nicht genau. Vielleicht war ständig entweder Corrie, Todd oder Joel in Stuarts Nähe. Er hat sich ein Bett mit seinem Bruder geteilt, also wäre es selbst nachts schwer gewesen, sich unbemerkt wegzuschleichen. Vielleicht hat Ryan deshalb das Treffen auf dem Gipfel organisiert."

Wesley wirkte nicht überzeugt, und auch Kyle musste zugeben, dass es sich nicht um die beste Erklärung handelte. Es war schwer vorstellbar, dass eine unauffällige Übergabe im Vorbeigehen unmöglich gewesen sein sollte. Oder … vielleicht war es Stuart gewesen, dem die Idee mit dem Berg gekommen war … und Ryan hatte dem unpraktischen Vorschlag zugestimmt, um ihn bei guter Laune zu halten. Es hätte bedeutet, dass Stuart bereits von der geplanten Bestechung gewusst hatte. Und bereit gewesen war, das Geld anzunehmen.

So viel zum Thema wahre Liebe.

Hatte er bereits entschieden, dass Corrie nicht die Richtige für ihn war, als sie dem Dreier mit Todd zugestimmt hatte? Und als Lassiter – mit Hilfe von Ryan – mit einem Stapel Geldscheine gewedelt hatte, war es ihm leichtgefallen, „Scheiß drauf" zu sagen und auf die Hochzeit zu verzichten?

Selbst wenn das alles grob stimmte, konnte Kyle sich nicht vorstellen, warum Ryan ihn nach der Übergabe getötet haben sollte. Vor allem nicht, ohne sich das Geld zurückzuholen. Todd und Joel waren ohnehin gegen die Hochzeit gewesen, hätten also wahrscheinlich kein Problem damit gehabt, dass Stuart sich bezahlen ließ. Und auch bei ihnen galt: Sollten sie Stuart doch umgebracht haben, warum hatten sie das Geld nicht genommen? Oder auf einen praktischeren Zeitpunkt gewartet, falls es in Stuarts Kleidung zu gut versteckt gewesen war?

Es schien nur eine Person zu geben, die auf die Annahme des Geldes vermutlich wütend reagiert hätte. So wütend, dass sie Stuart auf der Stelle umgebracht haben könnte, ohne sich für das Geld selbst zu interessieren.

Corrie Lassiter.

14

JESSE WAR es nicht allzu peinlich, dass er am Vorabend so überraschend gekommen war. Eigentlich war es ziemlich schön gewesen, in den Armen des Detectives einen Orgasmus zu erleben. Trotzdem wollte er das Ganze definitiv wiederholen – Kyle war nicht gekommen und sie hatten sich nicht einmal ausgezogen. Allein die Vorstellung von Kyles nacktem Körper machte Jesse beinahe schmerzhaft steif. So kam es, dass er in seinem geradezu lächerlich gemütlichen Hotelbett lag und sich genüsslich streichelte, während er an die über seine Wange reibenden Stoppeln und die weichen, warmen Lippen zurückdachte. Sein Orgasmus war heftig und explosiv. Anschließend lag er eine ganze Weile nackt und nass mit geschlossen Augen da und dachte darüber nach, dass sein Leben nicht viel besser werden konnte.

Ein Klopfen an der Tür ließ ihn aufschrecken und nach Taschentüchern und Kleidern suchen. „Sekunde! Ich komme sofort", sagte er, während er noch damit kämpfte, seine Beine ins jeweils richtige Hosenbein zu stecken. Da ihm seine Unterwäsche irgendwie abhandengekommen war, musste er vorerst ohne sie leben.

Niemand hatte seinem Rufen geantwortet, doch als er die Tür mit noch nacktem Oberkörper und seinem T-Shirt in der Hand öffnete, stand Joel davor. Er starrte einige Sekunden ungeniert Jesses nackten Oberkörper an, was er ihm allerdings nicht vorwerfen konnte – unter diesen Umständen hätte er es ebenfalls getan. Dennoch schlüpfte er in das T-Shirt, bevor er sagte: „Hi. Was ist los?"

Joel sah nicht gut aus. Er wirkte müde und schien an diesem Tag noch nicht geduscht zu haben. Jedenfalls sah er nicht wie ein Mann aus, der sich etwas Spaß mit ihm erhoffte. „Hi. Ähm ... Todd und ich ... Hör zu, ich brauche jemanden zum Reden. Du hast den Eindruck gemacht, als ob ..."

Er wirkte unsicher und schien noch zu überlegen, ob es eine gute Idee gewesen war, zu Jesse zu kommen. Doch Jesse hatte Mitleid. Obwohl er wusste, dass Kyle nicht begeistert sein würde, sagte er: „Komm doch rein."

Joel ließ sich auf den Stuhl fallen, wobei er die über der Rückenlehne hängende schmutzige Unterwäsche – da war sie also! – nicht beachtete. „Todd treibt mich in den Wahnsinn", sagte er, während er sich die Augen rieb.

„Das kann ich mir bei ihm ganz gut vorstellen", antwortete Jesse.

Joel schnaubte. „Ja. Aber im Moment ist es schlimmer als sonst." Er atmete tief durch und lehnte den Kopf mit geschlossenen Augen nach hinten. „Er holt sich vor meinen Augen einen runter."

„Dann war das mit dem Porno also kein Scherz", sagte Jesse, während er sich mit einem kleinen Grinsen im Schneidersitz auf dem Bett niederließ.

„Kein bisschen. Er hat sich welche angesehen und mich dabei *ihm* zusehen lassen."

„Er ist ein ziemliches Schwein."

„Schon", stimmte Joel zu, „aber ich bin ja auch kein Engel. Normalerweise hätte ich einem so heißen Typen *gerne* zugesehen. Aber …" Er beugte sich vor und sah Jesse eindringlich an. „Kann ich dir etwas verraten? Etwas sehr Persönliches? Ich weiß, dass wir uns nicht gut kennen …"

Jesse fühlte sich bei der ganzen Angelegenheit etwas unwohl. Natürlich hatte er vorgehabt, etwas über die Umstände des Mordes herauszufinden, doch ihm wurde immer mehr klar, dass es mit sehr intimen Geheimnissen anderer Menschen Hand in Hand ging. Dabei fühlte er sich ein bisschen … schmutzig. Trotzdem antwortete er: „Klar."

„Du darfst es auf keinen Fall Todd verraten. Dann könnte er verdammt unangenehm werden."

Jesse zog die Augenbrauen hoch. „Warum, bist du in ihn verknallt oder so?"

„Nein." Joel lehnte sich wieder nach hinten, bis sein Kopf Jesses Unterwäsche berührte. „Stuart war mein Freund. Nicht auf platonische Weise. Er hat mich geliebt und ich ihn. Und ja, wir hatten Sex. Und zwar keine einmalige ‚He, Joel, ich will es mal mit einem Mann ausprobieren'-Sache. Wir haben seit fast einem Jahr miteinander geschlafen."

Jesse starrte ihn sprachlos an. Um nicht einfach stumm dazusitzen, stand er schließlich auf und beugte sich vor, um seine Unterwäsche hinter Joels Kopf hervorzuziehen. „Entschuldige. Die stört mich schon die ganze Zeit. Ich habe sie erst gesehen, als du dich hingesetzt hast."

Joel warf lachend einen Blick darauf. „Das habe ich überhaupt nicht bemerkt. Kein Problem."

„Das mit Stuart tut mir leid", sagte Jesse, während er die Unterwäsche in seine Reisetasche stopfte. „Ich meine, das hat es vorher schon, aber jetzt …"

„Ja."

Jesse setzte sich wieder aufs Bett, ohne zu wissen, was er als Nächstes sagen sollte.

„Ich weiß, was du denkst", kam Joel ihm zuvor.

„Tatsächlich? Ich weiß nämlich selbst nicht, was ich denke."

Joel lächelte, doch es war ein trauriges Lächeln. „Du musst mich für einen totalen Mistkerl halten, weil ich mich schon einen Tag nach dem Tod meines Freundes an dich rangemacht habe."

„Darüber hatte ich gar nicht nachgedacht. Aber jetzt, wo du es sagst, ist es schon ein etwas ungewöhnliches Verhalten."

„Das war es wohl." Joel lehnte den Kopf wieder gegen den Stuhl – diesmal ohne Jesses Unterwäsche als Kissen. „Ich wollte einfach alles für ein paar Stunden hinter mir lassen, mich ins Vergessen ficken lassen. Nicht etwa, weil ich ihn nicht geliebt hätte. Ich weiß nicht, wie ich ohne ihn leben soll."

Jesse erschien es immer noch seltsam. Allerdings hatte er nicht vor, anderen Menschen seine Vorstellung von Treue aufzuzwingen. Er beugte sich seufzend vor, um Joel ins Gesicht zu sehen. „Du bist süß, Joel. Wäre ich nicht vergeben, würde ich wahrscheinlich sagen: ‚Klar! Lass es uns tun!'. Aber ich habe einen Freund, den ich nicht betrügen möchte." Dass er etwas übertrieb, was die Ernsthaftigkeit seines Verhältnisses zu Kyle betraf, musste Joel nicht wissen.

Joel nickte. „Es war eine schlechte Idee. Fast so schlecht wie die, die ich gestern Abend hatte."

„Welche war das?"

„Todd zuzusehen, hat mich so heiß gemacht, dass ich ihn fast gefragt hätte, ob ich ihm einen blasen kann."

„Mann", stöhnte Jesse. „Glaubst du, er wäre ausgeflippt?"

Joel zuckte mit den Schultern. „Nicht ernsthaft. Er wirkt nicht besonders aufgeschlossen, aber wenn man ihn kennenlernt, ist er ganz in Ordnung. Er hätte es mich wohl nur nicht machen lassen – obwohl man es bei ihm nie weiß. Sicher ist, dass er mich damit für den Rest meines Lebens gequält hätte."

„Gequält?"

„Oh, du weißt schon: geschmacklose Witze gemacht und mich bei jeder Gelegenheit dran erinnert."

Jesse lächelte. „Ja, das kann ich mir vorstellen." Aber das war eine weitere Sache, die nicht ganz zusammenpasste. „Warum hattet ihr das Gefühl, eure Beziehung vor ihm geheim halten zu müssen? Er mag ja ein Schwein sein, aber einen besonders homophoben Eindruck macht er nicht."

Joel runzelte konzentriert die Stirn, als fiele es ihm schwer, die richtigen Worte zu finden. „Er war nicht so sehr homophob wie ... eifersüchtig."

„Eifersüchtig? Auf Stuart?"

Joel wedelte mit der Hand durch die Luft. „Nicht auf diese Art. Aber er war komisch, was Stuarts Freunde anging, und zwar immer. Er war nicht begeistert davon, dass ich mich mit Stuart angefreundet habe, und als er herausgefunden hat, dass ich schwul bin, hat er mich ständig beobachtet, damit ich ihn nicht …" Er hob die Hände und wackelte mit den Fingern. „… mit meinen schwuchteligen kleinen Händen anfasse."

Jesse musste lachen. „Aber bei Corrie hat es ihn nicht gestört?"

„Doch, das hat es. Nur hat sie sich dadurch nicht aufhalten lassen. Corrie ist nicht so ein … Weichei wie ich, um es mal so zu sagen." Joel warf einen Blick zum Tisch, auf dem das Hotelpersonal am Vorabend saubere Gläser und eine Karaffe mit Wasser abgestellt hatte. Dann verzog er jedoch das Gesicht, als wäre er von Wasser nicht begeistert. „Hast du Lust, einen Kaffee trinken zu gehen?"

„Klar. Aber ich sollte wohl erst duschen."

Joel lächelte schelmisch. „Darf ich zugucken?"

„Nein", antwortete Jesse grinsend, während er in seiner Tasche nach sauberen Kleidern suchte. Viele gab es nicht mehr. „Wie gesagt, ich bin vergeben." Außerdem war die Anmache ungeschickt und nicht gerade attraktiv gewesen.

Allerdings war Jesse sowieso nicht sicher, wie ernst Joel es gemeint hatte. Sein Ablehnen schien ihn jedenfalls nicht gekränkt zu haben – er lächelte noch. „Verrätst du mir auch, wer dein geheimnisvoller Freund ist?"

„Ich habe ihn bei der Arbeit im Observatorium kennengelernt", wich Jesse aus.

Glücklicherweise schien es Joel zu genügen. Er nahm gelangweilt eines der Gläser, um es mit Wasser zu füllen. „Es heißt, die meisten Mordopfer kannten ihren Mörder."

Jesse fand es beunruhigend, daran erinnert zu werden, während er mit einem der Verdächtigen allein war. Vielleicht sollte er die Dusche lieber verschieben. Er hatte schließlich oft genug *Psycho* gesehen. „Das habe ich auch gehört."

„Das bedeutet, einer von uns war es – einer von den Leuten, die wegen der Hochzeit hier sind."

„Statistisch gesehen ist es wahrscheinlich. Aber es ist trotzdem möglich, dass es ein Fremder war."

„Nur warum sollte er?"

Jesse zuckte mit den Schultern. „Warum sollte einer von *euch* es getan haben?"

„Darüber habe ich viel nachgedacht", antwortete Joel. „Ich weiß nur, dass ich es nicht war. Todd ist etwas durchgeknallt, aber er hat auf Stuart aufgepasst, seit ihre Eltern gestorben sind. Ich kann mir nicht vorstellen, dass er seinem Bruder jemals etwas angetan hätte. Also bleiben nur die Lassiters."

„Hast du nicht gesagt, Corrie ist eine Freundin?"

„Ja. Wir haben im College zusammen rumgehangen und ich habe ihr Stuart vorgestellt. Hätte ich gewusst, wozu das führt, hätte ich es nie getan."

„Aber du hast dich einfach damit abgefunden, dass sie mit deinem Freund geschlafen hat?", fragte Jesse verwirrt.

Joel antwortete unglücklich: „Ja. Stuart hat behauptet, er würde ihr nur was vormachen. Mir hat es nicht gefallen, aber … er hat sich nicht davon abbringen lassen. Er hat mir gesagt, er würde mich lieben und sich mit ihr nur einen Spaß erlauben … und bald darauf hat er sie gefickt. Und plötzlich waren sie *verlobt* …"

Zum ersten Mal gab es einen Hinweis darauf, dass Stuart nicht nur ein Engel gewesen war. Vielleicht war er seinem Bruder ähnlicher gewesen, als Jesse gedacht hatte. Im Augenblick interessierte er sich allerdings nicht so sehr für Joels verrücktes Liebesleben wie für die Frage, warum es zu einem so abrupten und unschönen Ende gekommen war.

„Glaubst du, Corrie wäre zu einem Mord fähig?"

Joel hatte das Glas an seine Lippen gehoben, doch jetzt senkte er es wieder, weil er ein Prusten ausstieß.

„Ist das ein ‚Nein'?", erkundigte sich Jesse trocken.

Joel räusperte sich. „Mann. Ich weiß es nicht. Sie kann eine verwöhnte Zicke sein, wenn sie es nicht schafft, ihren Willen durchzusetzen. Aber als Mörderin kann ich mir sie nur schwer vorstellen." Er trank einen Schluck Wasser, bevor er nachdenklich hinzufügte: „Obwohl sie die Einzige ist, die ein Motiv gehabt hätte."

Das ließ Jesse aufhorchen. „Ein Motiv?"

„Ja", antwortete Joel. „Ich habe dir doch gesagt, dass niemand die Hochzeit wollte."

„Das hast du."

„Todd hält die Lassiters für reiche Snobs und war der Meinung, Stuart sollte sich von ihnen fernhalten. Aber Corrie mochte Todd, obwohl er sie mies behandelt hat. Hätte sie die Wahl gehabt, wäre ihr Todd lieber gewesen als Stuart. Darauf würde ich wetten."

Jesse erinnerte sich an den Dreier, dem Corrie laut Todd wesentlich begeisterter zugestimmt hatte als Stuart. „Und du glaubst, sie hätte Stuart umgebracht, um mit Todd zusammen sein zu können?"

„Nein." Joel schüttelte den Kopf. „Dafür hätte sie einfach Stuart heiraten und es nebenher mit Todd treiben können."

„Reizend."

Joel lachte. „Denk nicht, dass sie davor zurückgeschreckt wäre. Todd hätte vielleicht ein Problem damit gehabt – Stuart war ihm verdammt viel wichtiger als sie –, aber vielleicht hätten sich die drei am Ende irgendwie geeinigt."

„Dadurch hätte Corrie trotzdem noch kein Motiv."

„*Außer*", sagte Joel dramatisch und unterstrich das Wort mit einer Geste, die etwas Wasser aus dem Glas schwappen ließ, „Stuart hätte es sich anders überlegt und sie vor dem Altar stehen lassen. Dann hätte sie beide verloren."

„Glaubst du, das hatte er vor?"

Joel hielt inne und musterte Jesse lange, bevor er sein Glas leerte und es auf den Tisch stellte. „Weißt du, je länger ich mit dir rede, desto mehr wird mir klar … dass wir keine besonders netten Menschen sind. Ich, Stuart, Todd, Corrie, die Lassiters … Du wirkst nicht, als wärst du auch nur ansatzweise so ein Arschloch wie jeder von uns."

Jesse schüttelte verwirrt den Kopf. „Wovon redest du?"

„Stuart hat mir erzählt, dass Mr. Lassiter ihm Geld geboten hat, damit er die Hochzeit platzen lässt. *Viel* Geld. Und ich habe ihm gesagt, er soll es annehmen. Er sollte das verdammte Geld nehmen, damit wir nach New York oder Kalifornien oder so hätten abhauen können, um dort in Frieden gemeinsam zu leben. Weit weg von Corrie und Todd und allen anderen."

Er hatte recht. Jesse hätte das nicht tun können. Andererseits hatte er nie mit einem Bruder wie Todd leben müssen, der ihm vielleicht so viel Angst vor einem Outing gemacht hätte, dass er gegen seinen Willen in eine Ehe geflüchtet wäre. „Hätte es Corrie wirklich so wütend gemacht, von Stuart sitzengelassen zu werden, dass sie ihn umgebracht hätte?"

„Wer weiß?", sagte Joel. „Vor allem, weil sie sich schon so davor gefürchtet hat, ihren Eltern von ihrer Schwangerschaft zu erzählen."

15

ALS KYLE und Wesley in ihr Hotelzimmer zurückkehrten, erwartete sie eine E-Mail mit Faxnachricht. Es handelte sich um mehrere Seiten, die ihnen aus McDonnells Büro zugeschickt worden waren. Kyle rechnete mit einer Unterlassungsanordnung oder irgendeiner Warnung, sich von den Lassiters fernzuhalten. Stattdessen fand er den Bericht eines Privatdetektivs vor, den die Lassiters damit beauftragt hatten, ihren zukünftigen Schwiegersohn zu überprüfen.

Sehr interessant.

Ihm war klar, dass die Lassiters nur versuchten, den Verdacht von sich abzulenken, was ihn allerdings nicht daran hinderte, sich das Ganze anzusehen.

Die letzten Jahre im Leben der beiden Warrens waren nicht besonders interessant gewesen. In den Augen der Lassiters ließen Stuarts Ladendiebstahl vor vier Jahren, die Pfändung von Todds Auto und seine Festnahme wegen Urinierens auf einem öffentlichen Parkplatz die Brüder vermutlich wie verkommene Proleten wirken. Auf Kyle wirkten sie lediglich wie die Hälfte der Jungs, mit denen er aufgewachsen war.

Ihre Kindheit sah wesentlich interessanter und unerfreulicher aus. Ihr Vater war Polizist gewesen, was vermutlich zu Todds nicht zu übersehender Feindseligkeit beitrug, mit der er Kyle begegnete. Der Mann war nämlich kein besonders guter Polizist gewesen. Er hatte ein Alkoholproblem gehabt und ihm war mehrfach ungerechtfertigte Gewalt bei Verhaftungen vorgeworfen worden. Schließlich hatte man ihn suspendiert und letztendlich entlassen.

Das Alkoholproblem schien sich danach verschlimmert zu haben. Nachbarn hatten mehr als nur einmal die Polizei gerufen und heftige handgreifliche Auseinandersetzungen mit seiner Frau gemeldet. Als Todd fünfzehn und Stuart dreizehn Jahre alt gewesen war, hatte das Jugendamt sie sogar für ein Jahr aus ihrem Zuhause entfernt. Dem Privatdetektiv zufolge hatte es Hinweise gegeben, dass auch die Kinder geschlagen worden waren. Ein Jahr später schien sich oberflächlich alles wieder normalisiert zu haben. Mr. Warren hatte offenbar Treffen der Anonymen Alkoholiker besucht und die Kinder waren zu ihrer Familie zurückgekehrt. Doch wenn man den später befragten Nachbarn glaubte, hatten sich Mr. Warrens trockene Phasen in Grenzen gehalten.

Der Detektiv hatte außerdem herausgefunden, dass seine Frau ihn in dieser Zeit gemieden und sich offen in Clubs mit anderen Männern vergnügt hatte. Freunde und Nachbarn waren bemüht gewesen, es zu ignorieren ... bis zu einem Sommerabend.

Mrs. Warren war zum Tanzen in Portsmouth gewesen, während Mr. Warren zu Hause getrunken hatte. Als sie zurückgekehrt war, hatte Todds und Stuarts Vater sie mit mehreren Schüssen in die Brust aus einer Smith & Wesson M&P45 getötet. Die Waffe wurde üblicherweise von der Polizei genutzt, doch diese musste Mr. Warren sich selbst besorgt haben. Nachdem Nachbarn bereits die Polizei verständigt hatten, war ein weiterer Schuss zu hören gewesen – der Kopfschuss, mit dem Mr. Warren sich selbst getötet hatte.

Als die Polizei eingetroffen war, hatten sich die beiden Jungen – zu diesem Zeitpunkt sechzehn und vierzehn Jahre alt – außerhalb des Hauses befunden. Sie waren aus einem Fenster auf die Überdachung der Veranda geklettert und hinuntergesprungen. In das Haus waren sie nur ein einziges Mal zurückgekehrt, um unter Aufsicht eines Sozialarbeiters einige persönliche Gegenstände abzuholen. Anschließend hatte man sie zu ihren Großeltern mütterlicherseits nach Dover in New Hampshire geschickt. Gefallen hatte es ihnen dort offenbar nicht. Kaum war Todd achtzehn geworden, war er ausgezogen und hatte sich Arbeit und eine Wohnung in Rochester gesucht. Der sechzehnjährige Stuart war bei ihm eingezogen, obwohl seine Großeltern noch das Sorgerecht hatten. Doch weil sich niemand die Mühe gemacht hatte, ihn zurückzubringen, war er von da an bei Todd geblieben.

Für die Lassiters schien ihre tragische Kindheit darauf hinzudeuten, dass die Warrens psychisch labil waren – sie hatten einige Anmerkungen des Detektivs in diese Richtung unterstrichen. Kyle war da nicht so sicher. Natürlich war es für einen Teenager ein furchtbares Erlebnis, doch Menschen erwiesen sich oft als überraschend widerstandsfähig. Todd hatte eindeutig ein Aggressionsproblem und Stuart mochte es ähnlich gegangen sein. Aber machte das einen Menschen gleich zum Mörder?

Jedenfalls hatte ihn diese zweite – oder besser gesagt erste – Tragödie in Todds und Stuarts Leben neugierig gemacht. Er rief in Concord an. Auch wenn sich der Fall vor seiner Zeit als Polizist abgespielt hatte, war es möglich, dass sich noch jemand an etwas erinnerte. Und vielleicht konnte er die Akte einsehen.

DIE ZWEI Detectives, die den Fall bearbeitet hatten – Malone und Carson – arbeiteten nicht mehr im für Mord und schwere Verbrechen zuständigen Dezernat. Niemand wusste, wo genau sich Carson befand. Er war vor Jahren nach Kalifornien gezogen und hatte dort vermutlich weiterhin als Polizist gearbeitet. Dagegen lebte Malone nach wie vor in Concord, arbeitete allerdings mittlerweile für den Geheimdienst zur Terrorbekämpfung. Nachdem Kyle ihn ausfindig gemacht hatte, musste er einige Nachrichten hinterlassen, bis ihn der Mann zurückrief. Er nahm den Anruf über Skype entgegen, damit Wesley mithören konnte.

„Ja, ich erinnere mich an den Fall", sagte Malone. „Fälle wie dieser waren der Grund, warum ich da raus musste. Ehepaare, die sich gegenseitig die Köpfe wegpusten, machen einen auf Dauer echt fertig."

„Allerdings", stimmte Kyle zu.

„Warum graben Sie dann alte Fälle aus?"

„Weil ein Sohn, Stuart, gerade auf dem Mount Washington ermordet wurde", antwortete Kyle. Wesley fügte hinzu: „Sein Bruder ist einer der Verdächtigen."

Malone seufzte und fluchte leise, bevor er fragte: „Was wollen Sie wissen?"

Viel Neues erfuhren sie von Malone nicht, doch er konnte einige Details hinzufügen. An Mr. Warrens Hand waren Schmauchspuren und Blutspritzer – sein eigenes Blut – gefunden worden. Die Kugeln, die seine Frau getötet hatten, waren aus etwas fünf Metern Entfernung im Bereich der Wohnzimmercouch abgefeuert worden und von unten nach oben in sie eingedrungen, als hätte er dabei gesessen. In ihrem Oberkörper waren vier Kugeln gefunden worden, von denen zwei das Herz getroffen hatten. Der Schuss, der ihn getötet hatte, war aus nächster Nähe unter seinem Kinn in seinen Schädel abgefeuert worden. Man hatte ihn auf dem Sofa sitzend vorgefunden und die Hand mit der Pistole hatte in seinem Schoß gelegen. Fünf der zehn Kugeln waren noch in der Waffe gewesen.

„Die Kinder waren oben, als es passiert ist", erklärte Malone. „Vermutlich haben sie geschlafen, bis die Schüsse gefallen sind."

„Vermutlich?", fragte Kyle.

„Als wir mit dem älteren Sohn geredet haben – ähm … Todd –, hat er behauptet, er hätte sich gerade einen runtergeholt."

Wesley verzog angewidert das Gesicht. „Warum sollte er Ihnen das erzählen?"

„Haben Sie mit ihm gesprochen? Er mag es, Leute auf die Palme zu bringen – zumindest, als er ein sechzehnjähriger Bursche war. Kann mir auch egal sein, ob er seine Wichse als Fingerfarbe benutzt hat oder was auch immer. Ich weiß nur, dass er mit seinem kleinen Bruder aus dem Fenster geklettert ist, nachdem sie die Schüsse gehört haben. Sie waren schlau genug, um nicht nachzuschauen, wer auf wen geschossen hat."

Nachdem ihnen Malone alles gesagt hatte, was ihm einfiel, dankte ihm Kyle und beendete den Anruf.

„Na ganz toll", brummte Wesley, während er sich von seinem Stuhl erhob, um sich zu strecken. „Nach so einem Vorfall können die Jungs ja nicht ganz richtig im Kopf sein."

Kyle runzelte die Stirn. „Die Lassiters scheinen das jedenfalls zu denken."

„Da gebe ich ihnen recht!"

„Mag sein", antwortete Kyle. „Ich kann mir gut vorstellen, dass sie ein Trauma erlitten haben und Menschen nicht mehr so leicht vertrauen. Aber deswegen sind sie nicht gleich Psychopathen. Was wir bis jetzt herausgefunden haben, deutet darauf hin, dass Todd seinen Bruder übertrieben beschützt hat – verständlicherweise. Aber das überzeugt mich nicht davon, dass er ihn umgebracht hätte."

Wesley ließ sich aufs Bett fallen. „Das stimmt wohl. Und wie machen wir dann weiter?"

„Wir machen einen Ausflug nach Dover", sagte Kyle.

„Weshalb?"

„Ich würde mich gern mit der Großmutter unterhalten." Bei ihren ersten Nachforschungen zu Stuarts Identität hatten sie lediglich zwei lebende Verwandte gefunden: Todd und ihre Großmutter. Die alte Frau hatte seit Jahren keinen Kontakt mehr zu den Brüdern gehabt, lebte jedoch noch in Dover in einer Einrichtung für betreutes Wohnen.

Wesley breitete fragend die Arme aus. „Warum? Wir haben keine Verbindung zwischen dem Vorfall mit Stuarts Eltern und seinem Tod gefunden. Oder übersehe ich etwas?"

Kyle war selbst nicht sicher. Vielleicht lag es einfach daran, dass es ein so bizarrer Zufall war – drei Morde in einer Familie. Eigentlich hatte Wesley recht: Es gab nichts, was die beiden Vorfälle verband. „Ich habe nur so ein Gefühl", erklärte er seinem Partner, während er den Laptop zuklappte. „Wenn wir heute nichts herausfinden, lasse ich dich auch damit in Ruhe. Aber im Augenblick haben wir sowieso nicht viele Anhaltspunkte."

Wesley schüttelte seufzend den Kopf und schaltete den Fernseher ein. „Von mir aus."

„Du kannst hierbleiben, wenn du möchtest", bot Kyle an. Er hoffte ein wenig, dass Wesley zustimmen würde. Ihm war nämlich gerade die Idee gekommen, dass er auf diese Weise vielleicht etwas Zeit mit Jesse verbringen konnte. Natürlich nicht bei der Befragung selbst, aber es wäre doch nichts Schlimmes daran gewesen, ihn mitfahren zu lassen, oder?

Doch Wesley schnaubte und antwortete: „Auf keinen Fall. Wenn du fährst, fahre ich auch. Ich muss aus diesem verdammten Hotelzimmer raus."

Kyle presste nachdenklich die Zunge gegen die Innenseite seiner Wange, während er mit sich rang. Dann sagte er seufzend: „Mach mal den Fernseher aus."

„Warum?"

„Bitte mach es einfach."

Nachdem Wesley widerstrebend das Gerät ausgeschaltet und die Fernbedienung auf sein Bett geworfen hatte, hob er die Augenbrauen und sah Kyle erwartungsvoll an.

Kyle setzte sich auf seine Bettkante, um die Ellbogen auf die Knie zu stützen.

„Hör zu ... Ich glaube, wir müssen reden."

„Willst du mich über Sex aufklären? Das habe ich nämlich alles schon damals im Feriencamp herausgefunden."

Kyle musste lachen. „Sei ruhig, ich versuche hier gerade, ernst zu sein. Es geht um mich. Und eine Sache, mit der ich zurechtkommen muss."

Wesley runzelte die Stirn, wodurch er zugleich besorgt und verwirrt wirkte. Kyle konnte es ihm nicht verdenken – er überfiel ihn gerade ziemlich damit. Aber wenn er es jetzt nicht tat, musste er sich in Zukunft weitere dumme Ausreden einfallen lassen, warum er allein verschwinden wollte. Und Wesley war ein Freund. Oder zumindest ziemlich nah dran. Er verdiente eine Chance, sich als aufgeschlossen zu erweisen ... oder eben nicht.

„Du weißt doch, dass ich fünf Jahre mit Julie verheiratet war", fuhr Kyle fort.

„Ja."

„Ich war sehr glücklich mit ihr. Ich habe sie geliebt. Und ich habe es geliebt ... mit ihr ... du weißt schon, zusammen zu sein ..."

Wesley schien sich – verständlicherweise – unwohl zu fühlen. Kyle hätte es kaum noch ungeschickter formulieren können. „Kumpel."

„Tut mir leid", sagte Kyle mit einem halbherzigen Lachen. „Ich wollte damit nur ausdrücken, dass ich auf Frauen stehe."

„Und das ist was Neues?"

„Nein. Aber ... ich will darauf hinaus, dass ich ... auch auf Männer stehe."

Allmählich wirkte Wesley genervt. „Du bist schwul?"

„Nein. Bisexuell."

„Seit wann denn das?"

Kyle zuckte mit den Schultern. „Schon immer. Julie wusste es, aber vor dieser Woche habe ich es niemand anderem verraten."

Der feine Unterschied zwischen „dieser Woche" und „jetzt", das Kyle benutzt hätte, wenn dieses Gespräch mit Wesley gemeint gewesen wäre, schien seinem Partner entgangen zu sein. Stattdessen verzog er angewidert das Gesicht und fragte: „Dann habt ihr zwei es mit anderen Männern getrieben?"

Kyle sprang stöhnend auf. „Nein! Julie und ich waren monogam. Genau genommen habe ich es überhaupt noch nie mit einem Mann ‚getrieben'." Er begann, nervös auf und ab zu gehen.

„Warum ist es dann plötzlich so wichtig?"

„Es ist plötzlich wichtig, weil ich jemanden kennengelernt habe – einen Mann. Und wir … wir gehen miteinander aus."

Wesley schien zu begreifen. „Deshalb wolltest du gestern alleine in die Bar."

„Ja", antwortete Kyle. „Und heute Abend gehe ich mit ihm essen. Das hoffe ich zumindest."

„Verdammt, du lässt mich schon wieder hier sitzen?"

„Sorry."

Wesley schien einen Augenblick über etwas nachzudenken. „Warte mal", sagte er dann. „Wie hast du diesen Typen überhaupt kennengelernt? Hast du ihn etwa in irgendeiner Bar aufgegabelt?" Von seinem Gesicht konnte man deutlich die Abneigung gegen solche Aufreißmethoden ablesen.

„Leck mich", zischte Kyle, als er am Kopfende von Wesleys Bett stehen blieb, um wütend auf ihn hinunterzustarren. „Hältst du mich wirklich für so einen schmierigen Typen?"

„Verdammt, wir sind erst seit drei Tagen hier. Wie solltest du ihn sonst kennengelernt haben?"

„Wie kannst du so sicher sein, dass ich ihn nicht schon kannte?"

„Woher denn bitte?"

Kyle ließ sich wieder auf sein Bett sinken. „Schon gut, du hast ja recht. Ich habe ihn in dieser Woche kennengelernt", gab er zu. „Aber nicht in irgendeiner Bar. Er hat auf dem Berg gearbeitet, als wir oben waren."

Kyle konnte es beinahe in Wesleys Kopf rattern hören, als dieser versuchte, sich an die Personen zu erinnern, die in dieser Nacht auf dem Gipfel gewesen waren. „Es ist nicht Ted, oder?"

Nun, Ted war wenigstens gut aussehend. Wesley hätte schlechter wählen können.

„Nein", antwortete er. „Sein Name ist Jesse Morales."

„Großer Gott!", schrie Wesley fast. „Der *Schuljunge*?"

„He, er ist kein Schuljunge. Er ist dreiundzwanzig und hat gerade das College beendet."

Auch wenn ihn das etwas zu beruhigen schien, brummte Wesley: „Das ist immer noch ziemlich jung."

„Ja", stimmte Kyle zu. „Aber er hat kein Problem mit dem Altersunterschied. Und würde es in zehn Jahren wirklich noch so viel ausmachen?"

„Kumpel, zehn Jahre wirst du mit dem Jungen bestimmt nicht zusammen sein." Wesley hob beschwichtigend die Hand, als Kyle ihm einen bösen Blick zuwarf. „Ich sage ja nur, dass niemand beim ersten Versuch seinen Märchenprinzen findet. Wenn du mit einem jungen Ding deinen Spaß haben willst, ist das kein Problem. Du hast es dir verdient. Aber rede dir nicht gleich ein, dass du sofort die große Liebe gefunden hast. So unvernünftig bist du doch eigentlich nicht."

Kyle wusste, dass Wesley nicht ganz unrecht hatte. Nur wollte er daran im Augenblick nicht denken. In Jesses Nähe fühlte er sich so wohl und er wollte sich die Zeit nehmen, herauszufinden, ob mehr daraus werden konnte. „Das mag ja sein", antwortete er also. „Aber im Moment möchte ich vor allem wissen, ob du damit klarkommst."

„Womit? Damit, dass du bi bist? Oder damit, dass du während unserer Ermittlung auf Männerjagd gehst?"

Autsch. Männerjagd war vielleicht nicht ganz das richtige Wort, aber Kyle verstand, was gemeint war. Und er konnte es Wesley nicht übel nehmen. „Na ja … fangen wir doch mit dem ersten Teil an."

Wesley zuckte mit den Schultern und warf eines seiner Kissen nach ihm. Kyle fing es auf, bevor es sein Gesicht treffen konnte. „Kumpel", sagte Wesley, „das ist in Ordnung. So etwas stört mich nicht."

Tja, das war immerhin etwas. „Aber du willst, dass ich mich nicht mehr mit ihm treffe?"

„Als würdest du auf mich hören."

Kyle lachte und warf das Kissen zurück. „Nein. Nicht auf Dauer. Aber ich schätze, ich könnte während der Ermittlungen mehr Abstand halten."

Wesley warf ihm einen missmutigen Blick zu. „Na ja, es ist wohl eigentlich nicht anders als bei mir und Sharon." Wesley war noch auf der Suche – die meisten seiner Beziehungen endeten bereits nach einigen Wochen. Mit Sharon war er dagegen beinahe ein Jahr zusammen gewesen. Wesley hatte sogar vom Heiraten gesprochen, bevor sie wegen der Arbeit nach New York gezogen war. „Ich meine, mit ihr bin ich auch essen gegangen und so, selbst bei einem Fall. Und es ist ja nicht so, als wäre er ein Verdächtiger."

„Ich hatte gehofft, dass du es so sehen würdest", antwortete Kyle. „Ich wollte dich nämlich um einen großen Gefallen bitten."

16

EIGENTLICH WUSSTE Jesse, dass es keine gute Idee war, so viel Zeit mit den Verdächtigen zu verbringen. Doch Todd hatte sich beim Kaffeetrinken zu ihm und Joel gesellt und dabei erwähnt, dass Corrie und ihre Schwester Lisa später mit ihnen schwimmen gehen würden. Jesses Neugier war geweckt. Schließlich hatte er noch keine Gelegenheit gehabt, mit Corrie zu reden, und konnte nicht sicher sein, ob sich eine weitere bieten würde. Auch wenn er sich nicht viel erwartete, hätte er nach Joels Geschichten über sie zu gern mehr erfahren. Als Todd ihn einlud, sie zu begleiten, stimmte er daher zu.

Er war nicht ganz davon überzeugt, dass Joel es aufgegeben hatte, ihn zu verführen, und übersah nicht, wie dieser ihn in der Umkleidekabine gründlich musterte. Zwar bemühte sich Joel, es unauffällig zu tun, aber er war ein mieser Schauspieler. Nicht, dass es Jesse viel ausmachte. Sich jemanden anzusehen, war nicht gleich eine Anmache. Und Joel benutzte den engen Umkleideraum nicht als Vorwand, ihn zu berühren.

Corrie Lassiter war wunderschön. Selbst ein schwuler Mann konnte das erkennen. In ihrem himmelblauen Badeanzug sah sie umwerfend aus. Anzeichen einer Schwangerschaft waren nicht zu sehen. Entweder war sie es noch nicht sehr lange oder Joel hatte gelogen.

Todd musterte sie, wie nicht anders zu erwarten, von Kopf bis Fuß mit einem lüsternen Blick, als sie sich ihnen mit Lisa, die einen pinken Badeanzug trug, näherte. Sie schien jedoch nichts dagegen zu haben, denn sie lächelte und erwiderte den anerkennenden Blick.

Sie sah Jesse bei Weitem nicht so verführerisch an, als Joel sie einander vorstellte, schenkte ihm aber ein freundliches Lächeln und sagte: „Die Jungs haben mir von dir erzählt! Es freut mich, dich kennenzulernen."

Von dir haben sie mir auch einiges erzählt, dachte Jesse, sprach es allerdings nicht aus. „Mein herzliches Beileid", sagte er stattdessen.

„Danke."

„Hi!", unterbrach sie das andere Mädchen. „Ich bin Lisa." Dem strahlenden Lächeln und dem Seitenblick nach zu urteilen, mit dem sie Jesse ansah, gefiel er wenigstens *einem* Mitglied der Familie Lassiter.

„Hi." *Gott steh mir bei.*

Die Fünfzehnjährige verbrachte einige Zeit mit ihm am Beckenrand, wo sie ihre Füße ins Wasser baumeln ließen. Während sie den anderen zusahen, erzählte sie ihm ausführlich, wie viel besser es ihr im Hotel gefallen hätte, wenn ihre Eltern nicht dort gewesen wären und sie ihre beste Freundin hätte mitbringen können. Erst nach längeren Ausführungen fügte sie hinzu: „Oh! Und wenn Stuart noch leben würde, natürlich!"

„Natürlich."

„Er war wirklich nett", sagte sie, wie um wiedergutzumachen, ihn vergessen zu haben.

„Das habe ich gehört."

„Na ja, eher … ziemlich still. Er hat nicht viel geredet. Aber Corrie hatte ihn sehr gern."

Das war schön, wenn man bedachte, dass sie vorgehabt hatte, ihn zu heiraten.

Plötzlich verfinsterte sich Lisas Gesicht. „Mann! Da ist ja schon wieder Ryan."

Jesse hob den Kopf und sah den jungen Mann im Gang stehen, der zum Stickney's und mehreren auf Touristen ausgerichteten Geschäften führte. Durch eine dicke Glasscheibe betrachtete er den Pool. Jesse geriet kurz in Panik und versuchte, sein Gesicht hinter seiner Hand zu verbergen, bis er feststellte, dass ihn Ryan nicht beachtete. Er sah die Schwimmer an – eine von ihnen ganz besonders.

„Er ist so verdammt gruselig", sagte Lisa angewidert.

„Er ist dein Bruder, oder?"

„Igitt. Ja. Zum Glück starrt er *mich* nicht immer an."

Nein, das tat er nicht. Er schien Corrie anzusehen. Einige Sekunden später wandte er sich ab und verschwand wieder im Gang. Das war wirklich ziemlich gruselig. Fühlte er sich etwa von seiner eigenen Schwester angezogen? Jesse lief ein Schauer über den Rücken, als er daran zurückdachte, wie er auf dem Gipfel versucht hatte, mit dem Mann zu flirten.

In diesem Moment schwamm Corrie zum Beckenrand und stieg anmutig aus dem Wasser, wobei sie einige männliche Blicke auf sich zog. Als sie zu einem der Liegestühle ging, folgte Lisa ihr.

„Hast du ihn gesehen?", fragte sie leise.

Corrie griff nickend nach ihrem Handtuch. „Ja."

Dann ließ sie sich auf dem Stuhl nieder, um sich schweigend abzutrocknen. Jesse sah seine Chance. So unbekümmert wie möglich stand er auf, um es sich auf dem Stuhl neben ihr bequem zu machen. Corrie lächelte ihm zu, während ihre Schwester in Richtung Pool verschwand, sagte jedoch nichts. Stattdessen sah sie zu, wie Todd einige Sprünge vom niedrigen Sprungbrett machte, während Lisa ihr Interesse an Jesse vergessen zu haben schien und Joel zum Wettschwimmen herausforderte.

Nachdem Todd ein weiteres Mal ins Wasser getaucht war, seufzte Corrie schließlich und sagte, als dächte sie laut: „Vor ein paar Tagen war alles noch perfekt."

Jesse nickte mitfühlend, konnte allerdings nicht viel dazu sagen.

Sie fuhr fort: „Wir hatten so viel Spaß zusammen, alle vier. Und Lisa auch. Meine Eltern waren insgeheim ziemlich genervt, aber das ist bei ihnen normal."

„Es war nett von ihnen, die Hochzeit hier stattfinden zu lassen", sagte Jesse. „Es ist das schönste Hotel, in dem ich je war."

Corrie zuckte mit den Schultern, als hätte sie bereits wesentlich schönere gesehen. „Daddy hat auf einen gewissen Grad von Kultiviertheit bestanden", sagte sie mit höhnischem Unterton. „Mir wäre eine kleine Kirche in Portsmouth recht gewesen, aber das hat ihm nicht gereicht. Was die Gäste anging, habe ich mich allerdings durchgesetzt. Meine Mutter hätte einen ganzen Ballsaal mit ihnen gefüllt!"

Sie hielt inne, während ihr Lächeln schwand und sie wie in weite Ferne schaute. „Aber jetzt ist alles …" Sie verstummte, ohne den Satz zu beenden. Eine Zeit lang herrschte Stille, bis sie durch einen empörten Aufschrei von Joel unterbrochen wurde – Lisa hatte ihn nass gespritzt und damit eine wilde Jagd durch das Becken provoziert. Corrie wandte sich Jesse zu. „Wo wohnst du?"

„In Dover."

„Oh! Das ist gar nicht weit von uns. Ich lebe im Wohnheim an der UNH, aber Joel hat eine Wohnung in Dover. Hoffentlich könnt ihr in Kontakt bleiben, wenn wir zurück sind."

Jesse hätte sie beinahe darauf hingewiesen, dass er sich bereits mit einem anderen Mann traf, lächelte dann jedoch nur und nickte vage. „Wie ich höre, wohnt Todd in Rochester?"

Ihr Gesichtsausdruck verriet, dass sie nicht viel von der Stadt hielt. „Ich versuche schon lange, ihn zu überreden, wegzuziehen. Du solltest das Loch sehen, das er da gemietet hat."

„Glaubst du, ihr habt hiernach noch viel miteinander zu tun?", fragte Jesse.

„Warum nicht? Er gehört zur Familie. Zumindest sehe ich das so."

Todd schien das anders zu sehen. Zwar flirtete er etwas mit ihr, nachdem er sich nach dem Schwimmen zu ihnen gesellte, doch in der Umkleidekabine mit Jesse und Joel brummte er: „Mann! Sie sieht mich die ganze Zeit so an!"

„Sie sieht dich an?", fragte Joel lachend. „Wie denn bitte?"

„Du weißt schon, sie ist … total scharf auf mich."

„Wer könnte diesem Charisma auch widerstehen?"

103

Todd schien nicht zum Scherzen aufgelegt zu sein. Er wirkte verärgert. „Stuart ist gerade erst *gestorben* ... und schon ist sie hinter mir her."

„Komm schon, Todd", sagte Joel etwas sanfter. „Du weißt genau, dass es nichts Neues ist. Hätte sie gekonnt, hätte sie euch beide genommen."

„Das ist doch krank."

„Tja, du hast es mit diesem Dreier doch selbst provoziert", sagte Joel säuerlich.

Todd streifte die Badehose ab und hängte sie in seinen Schrank. „Ich wollte Stuart nur beweisen, was für eine Schlampe sie ist."

„Klar", antwortete Joel. „*Du* schlägst den Dreier vor, aber *sie* ist die Schlampe."

Todd holte sein Handtuch aus dem Schließfach, hielt es jedoch nicht für nötig, es sich um die Hüften zu legen. In dem beengten Raum berührte sein Hinterteil beinahe Jesses Hüfte. „Im Gegensatz zu ihr gebe ich wenigstens zu, dass ich ein Arschloch bin. Ich halte mich nicht für besser als alle anderen."

Joel rollte mit den Augen, sagte aber nichts mehr, als Todd das Schließfach zuschlug und zu den Duschen stampfte. Jesse hatte sich bei dem Gespräch im Hintergrund gehalten, doch jetzt sah Joel ihn an und schüttelte den Kopf, bevor er Todd folgte. Da es nur zwei Duschen gab, legte Jesse sich sein Handtuch um und ließ sich auf der Bank nieder, um zu warten, bis er an der Reihe war.

JESSE HATTE zugestimmt, mit Joel und Todd im Stickney's zu essen, falls er Zeit hatte, doch als er eine Stunde später in seinem Zimmer saß und versuchte, sich wieder in *Der Malteser Falke* zu vertiefen, rief Kyle an. „Hi, Kleiner. Hast du Lust, nachher mit mir zu essen?"

„Klar!" Ein Essen mit Kyle war eine wesentlich schönere Vorstellung, als Joel und Todd dabei zuzuhören, wie sie sich gegenseitig mit geschmacklosen Bemerkungen übertrafen.

„Hast du etwas dagegen, wenn wir uns etwas ... weniger Vornehmes als das Hotel suchen?"

Jesse lachte. „Selbst Burger King wäre mir recht."

„Ich glaube, da finden wir doch etwas Netteres. Ich hole dich um sechs ab, okay?"

Anschließend rief Jesse Joel an, um ihn über die geänderten Pläne zu informieren. Als Joel nach dem Grund fragte, sagte er: „Ich esse mit meinem Freund."

Nach kurzem Zögern antwortete Joel: „Wie schön. Du kannst ihn natürlich auch mitbringen."

„Danke, vielleicht beim nächsten Mal." Ihre Reaktion hätte sicher sehr interessant ausgesehen, wenn er mit Kyle im Schlepptau im Stickney's aufgetaucht wäre.

Einige Minuten vor sechs rief Kyle erneut an. „Kommst du zum Parkplatz? Wir sollten immer noch nicht zusammen gesehen werden."

„Ah, das klingt wieder wie die Szene, in der ich mich nichts ahnend im Dunkeln nach draußen locken lasse, um Mordopfer Nummer zwei zu werden", neckte Jesse.

„Wenn ich nicht noch besorgter um dich wäre als du selbst, wäre ich jetzt gekränkt, weil du mir schon zum zweiten Mal Mordpläne vorwirfst. Vor allem, weil du bestimmt den größten Teil des Tages mit *echten* Mordverdächtigen rumgehangen hast."

„Sie hätten kaum Gelegenheit gehabt, mich unbemerkt zu beseitigen."

Kyle knurrte ins Telefon. „Setz einfach deinen süßen Arsch in Bewegung und komm runter, Jessica", stichelte er. „Ich warte auf dich und sammle dich ein, sobald man dich vom Eingang aus nicht mehr sieht."

Jesse beschloss, sich von dem Spitznamen nicht ärgern zu lassen. Er ging hinunter und durchquerte die Lobby, woraufhin ihn ein Pförtner in die eisige Nacht hinausließ. Selbst mit warmer Jacke, Mütze und Handschuhen war es nicht angenehm, das Gebäude zu verlassen. Doch er hatte sich nicht weit vom beleuchteten Vorbau entfernt, als auch schon Kyles Auto neben ihm anhielt. Er sprang schnell hinein und stellte fest, dass es kuschelig warm war.

Kyle beugte sich über die Handbremse, um ihn mit einem Kuss zu begrüßen. „Und? Hast du auf dem Weg ein paar Mörder getroffen?"

„Fünf oder sechs. Einer könnte unschuldig sein."

„Das bezweifle ich."

Sie fuhren nach Gorham. Es befand sich nur zehn Minuten vom Beginn der Bergstraße des Mount Washington entfernt, doch da der Berg umfahren werden musste, brauchten sie vom Hotel aus eine Dreiviertelstunde. Schließlich parkte Kyle vor einem japanischen Restaurant namens Yokohama.

„Ich habe keine Ahnung, ob es original japanisch ist", gestand er, „aber mir schmeckt es."

Jesse machte sich darum keine Gedanken. Er hätte tatsächlich nichts gegen Burger King gehabt, wenn Kyle bei ihm gewesen wäre. Er wollte einfach nur Zeit mit dem Detective verbringen. Und obwohl das Essen nicht wie das japanische schmeckte, das er bisher gegessen hatte, mochte er es. Unter den Restaurantmitarbeitern entdeckte er keine Asiaten und die Gerichte ließen ihn vermuten, dass es sich um eine ganz eigene französisch-kanadische Interpretation japanischer Küche handelte.

„Also", begann Kyle, während sie ungewöhnlich gewürzten, jedoch schmackhaften gebratenen Reis aßen. „Warum spuckst du es nicht gleich aus: Was hast du heute herausgefunden?" Er klang leicht vorwurfsvoll, lächelte aber.

Jesse sah sich um und stellte fest, dass sie in ihrer Ecke des Raumes weit genug von den anderen Gästen entfernt saßen. „Joel behauptet, dass die Lassiters – die Eltern, meine ich – Stuart Geld geboten haben, um die Hochzeit platzen zu lassen."

Nach kurzem Zögern gab Kyle zu: „Ja, das wissen wir. Aber woher wusste *er* es?"

„Stuart hat es ihm erzählt, bevor sie auf den Berg gefahren sind. Offenbar hat er daraufhin Stuart gesagt, er solle das Geld nehmen und mit ihm durchbrennen."

„Joel denkt, Stuart wäre mit *ihm* davongelaufen?" Kyle klang skeptisch.

„Er sagt, sie waren ein Paar. Sie haben es Todd und Corrie verheimlicht."

„Warum?"

Jesse zuckte mit den Schultern. „Vielleicht hat Stuart sich vor der Reaktion seines Bruders gefürchtet. Mit Joel scheint Todd zurechtzukommen, aber wenn sich sein eigener Bruder geoutet hätte ... Er ist eben ein ziemliches Machoarschloch."

„Das ist mir aufgefallen."

„Und Corrie wäre sicher auch nicht begeistert gewesen – obwohl sie laut Joel eher an Todd interessiert ist, als sie es an Stuart war."

„Warum hat sie dann nicht einfach Todd geheiratet?", fragte Kyle.

Jesse trank einen Schluck von seinem Zombie, der ihm in einem kleinen Tiki-Kopf aus Plastik serviert worden war, den er der Kellnerin zufolge behalten durfte. „Todd würde sie niemals heiraten. Er findet sie heiß, kann sie aber nicht leiden. Joel glaubt, dass sie auf weiteren Sex mit Todd nach der Hochzeit gehofft hat."

„Reizend."

„Tja", sagte Jesse nachdenklich. „Sie hat vielleicht nicht gewusst, dass Stuart *schwul* war, aber sein mangelndes Interesse dürfte ihr doch aufgefallen sein."

Kyles finsteres Gesicht zeigte deutlich, was er von einer solchen Ehe hielt.

„Da ist noch etwas", fügte Jesse hinzu. „Ich weiß nicht, ob ich es Joel glauben soll, aber angeblich ist Corrie schwanger."

Kyle zog eine Augenbraue hoch. „Von Stuart oder Todd?"

„Wer weiß? Kann man bei so naher Verwandtschaft überhaupt einen Unterschied feststellen?"

„Bei einem Vaterschaftstest schon", sagte Kyle. „Aber wenn Corrie es darstellt, als wäre es Stuarts Kind, warum sollte jemand daran zweifeln? Ähnlich sehen müsste es ihm schließlich."

„Und dass sie versuchen wird, ihre Affäre mit Todd vor ihren Eltern zu verbergen, ist ziemlich wahrscheinlich", stimmte Jesse zu.

Kyle schüttelte voller Abscheu den Kopf, bevor er einen Bissen von seinem süßsauren Hähnchen aß. Nachdem er es hinuntergeschluckt hatte, sagte er: „Eigentlich sollte ich dir das nicht erzählen, aber ich habe einiges über Todds und Stuarts Vergangenheit herausgefunden – vor allem über den Tod ihrer Eltern und warum Todd praktisch die Vaterrolle für seinen Bruder übernommen hat. Mehr will ich darüber jetzt nicht sagen, aber ich habe deshalb eine Fahrt nach Dover geplant. Und ich möchte, dass du mitkommst."

Jesse schaute überrascht von seinem Zombie auf. „Du willst mich doch nicht nach Hause bringen, oder?"

Kyle musterte ihn prüfend, bevor er mit einem Schulterzucken fragte: „Willst du denn nach Hause? Du könntest natürlich dein Auto nehmen und dann dort bleiben."

„Nein!", antwortete Jesse hastig. Dann senkte er verlegen den Blick. Vielleicht wollte der Detective die Gelegenheit nutzen, die Sache mit ihnen zu beenden. *Danke, Kleiner, ich hatte viel Spaß. Melde dich doch mal wieder.*

Kyle streckte eine Hand aus, um sie auf Jesses Unterarm zu legen. „Ich sage ja nicht, dass du nach Hause sollst. Ich möchte ganz sicher nicht, dass du gehst. Aber du hast dein Zimmer nur noch bis morgen Mittag, oder? Wo willst du danach hin?"

„Keine Ahnung", antwortete Jesse gereizt. Darüber hatte er nicht nachdenken wollen. Um mehr Zeit im Mount Washington konnte er seinen Vater jedenfalls nicht bitten – es war einfach zu teuer und er konnte nicht ewig den verwöhnten Jungen spielen. „Ich hatte wohl gehofft, dass es in der Nähe etwas Günstigeres gibt." Selbst dann würde er nicht mehr lange bleiben können, auch wenn er sich von billigem Fast Food ernährte.

Kyle seufzte und betrachtete ihn lange. Letztendlich sagte er: „Ich habe hier natürlich noch zu tun, aber ich denke darüber nach, morgen Nacht in meinem Haus in Concord zu schlafen, bevor ich wieder herkomme. Möchtest du die Nacht mit mir verbringen?"

Jesse schaute in ernste braune Augen, in denen er einen Hauch von Angst zu sehen glaubte. Sie wussten beide, wozu eine Nacht allein in Kyles Haus vermutlich führen würde. War es für ihn ein dermaßen beunruhigender Gedanke, Sex mit einem Mann zu haben? Hielt er es noch immer für eine so schlechte Idee, sich mit Jesse einzulassen? Oder hatte er einfach Angst, Jesse würde ablehnen? „Bist du sicher, dass du das willst?"

„Und ob", sagte Kyle. Er kniff die Augen zusammen. „Ich bin sicher. Bist du es denn auch?"

Jesse lachte. „So könnten wir noch ziemlich lange weitermachen. Bist du wirklich, *wirklich* sicher ...?" Er beugte sich vor, um Kyle direkt in die Augen sehen zu können. „Meine Antwort ist: *Verdammt, ja.*"

Kyle atmete hörbar auf, als er mit einem schiefen Grinsen erwiderte: „Gut, dass wir das geklärt haben." Nach einem Blick durch das Restaurant fügte er hinzu: „Wesley, mein Partner, ist nicht begeistert von der ganzen Sache. Ich habe es ihm erzählt – dass ich bi bin und mit dir ausgehe. Ich meine, er scheint damit klarzukommen, aber er findet dich zu jung für mich."

Das Wort „ausgehen" war für Jesse sehr ungewohnt. Die meisten seiner Freunde hassten es. Sie hielten es für altmodisch und es klang, was wahrscheinlich noch schlimmer war, nach ernsthaften Absichten. Sie bevorzugten es, miteinander „rumzuhängen". Jesse dagegen gefiel der Gedanke einer festen Bindung. „Du musst endlich über diese ‚zu jung'-Sache wegkommen", sagte er. „Ich bin keine fünfzehnjährige jungfräuliche Braut, die im Jahr 1940 zur Hochzeit mit einem alten Mann gezwungen wird – oder wann auch immer das noch erlaubt war. Ich habe das College beendet und möchte mich auf mein Berufsleben konzentrieren. Ich finde dich unglaublich attraktiv und es wird noch verdammt lange dauern, bis ich mir Sorgen darum machen muss, morgens ein Glas mit deinem Gebiss auf dem Nachttisch stehen zu sehen."

Kyle verzog das Gesicht. „Eine sehr schöne Vorstellung."

„Sieben Jahre sind kein großes Problem, Kyle."

„Schon gut, schon gut." Kyle grinste. „Ich werde mich bemühen, es nicht mehr zu erwähnen. Aber um aufs Thema zurückzukommen: Ich habe es Wesley erzählt, weil er morgen auch dabei sein wird."

„Ach ja?"

„Es geht schließlich noch um den Fall. Wir fahren nach Dover, um jemanden zu befragen. Da hätte ich dich nicht einfach mitnehmen können, ohne es ihm zu erklären."

Jesse konnte damit leben, auf der Fahrt nicht mit Kyle allein zu sein. Was den Abend anging, sah er das allerdings anders. „Er übernachtet aber nicht bei dir, oder?"

Kyle verzog das Gesicht. „Nein, keine Sorge, er fährt zu sich. Wir haben mein Haus für uns."

„Gut."

17

ALS SIE zum Hotel zurückkehrten, hielt Kyle in Sichtweite des Eingangs auf dem Parkplatz an und sagte: „Ich hole dich morgen gegen neun ab. Kannst du in der Lobby warten?"

„Klar."

Sie küssten sich lange. Auch wenn er Jesse am liebsten wieder auf die Rückbank gelockt hätte, beschloss Kyle, dass am folgenden Abend genug Zeit zum Kuscheln blieb – und für viele andere Dinge. Also begnügte er sich damit, Jesses Lippen zu genießen, bis dieser in seinen Mund keuchte. Es machte Kyle ziemlich an. Bald löste sich Jesse jedoch von ihm und Kyle ließ es zu.

„Gute Nacht", sagte Jesse.

„Nacht."

Mit einem schüchternen Lächeln und einem letzten kleinen Küsschen kletterte Jesse aus dem Wagen. Kyle schaute ihm hinterher, bis er sicher den Eingang erreicht hatte.

Es war keine leichte Entscheidung gewesen, Jesse für die Fahrt nach Concord einzuladen. Es war … unangemessen, um es vorsichtig auszudrücken, eine Zivilperson zu einer Befragung mitfahren zu lassen. Sein Vorgesetzter hätte es ganz sicher nicht für professionell gehalten. Kyle *wusste*, dass er sich nicht professionell verhielt. Doch er wusste auch, dass der Gedanke daran, Jesse nach Dover verschwinden zu sehen, wenn es zwischen ihnen gerade interessant wurde, Übelkeit in ihm auslöste. Jesse war seit Julies Tod die erste Person, die solche Gefühle in ihm auslöste. Jetzt fürchtete er, Jesse könnte nach Hause verschwinden und ihn bald wieder vergessen haben.

Andererseits … Wenn tatsächlich die Gefahr bestand, dass Jesse ihn vergessen würde, war es vielleicht besser, wenn er es gleich tat. Möglicherweise hatte er wirklich nur eine Vorliebe für ältere Männer und Kyle passte genau dazu. Dass er Polizist war, machte ihn dann wegen Jesses Begeisterung für Kriminalfälle noch anziehender. Falls Jesse wirklich nach Hause fuhr und ihn nie wieder anrief, konnte Kyle froh darüber sein, durch eine einstündige Fahrt von ihm getrennt zu sein. So war es unwahrscheinlicher, dass Kyle sich blamieren würde, indem er mitten in der Nacht zu ihm fuhr und ihn anflehte, „nur eine Minute" mit ihm zu reden.

Nein danke. Kyle war schon häufig genug zu nächtlichen Ruhestörungen dieser Art gerufen worden. Selbst wenn dabei nichts Ernstes passierte, hatten die Nachbarn selten Lust, einem so jämmerlichen Waschlappen lange zuzuhören.

Aber wenn Jesse der Richtige für ihn war? Vielleicht war er die Person, der man im Leben nur ein- oder zweimal begegnet. Kyle glaubte nicht an das Konzept der einen großen Liebe – dass es auf der Welt nur eine einzige Person gab, die zu einem passte. Was für ein trauriger Gedanke! Wenn diese Person starb, musste man dann den Rest seines Lebens allein verbringen? Julie war perfekt für ihn gewesen. Sie hatte ihn angebetet und er sie. Doch wenn er jetzt geglaubt hätte, nach ihr nie mehr Liebe finden zu können, hätte er seinem Leben vermutlich ein Ende gesetzt.

Jesse kam ihm wie eine zweite Chance vor. Es mochte nur daran liegen, dass er wunderschön war, sich für ihn interessierte und küssen konnte. Doch Kyle hatte vor, es in Ruhe herauszufinden.

KYLE STELLTE fest, dass er ziemlich lange dort gestanden hatte. Er musste sich endlich auf den Weg zu seinem eigenen Hotel machen, damit er schlafen konnte – für den nächsten Tag war eine lange Fahrt geplant. Er hatte gerade die Hand nach dem Schalthebel ausgestreckt, um zurückzusetzen, als er etwas sah, das ihn zögern ließ: Jemand schien sich in den Büschen am Rand des Parkplatzes zu befinden. Deutlich erkennen konnte er ihn in den Schatten nicht, doch er sah die Buchsbaumzweige beben, als sich jemand hindurchschob. Hatte er sich schon die ganze Zeit dort befunden? Hatte er gesehen, wie Jesse zum Hotel gegangen war? Wie er aus Kyles Auto gestiegen war?

Kyle ließ den Schalthebel los, um stattdessen möglichst leise die Tür zu öffnen, auszusteigen und in Richtung der Büsche zu schleichen. Als er sich weit genug genähert hatte, legte er eine Hand auf seine Waffe und rief: „Wer ist da?"

„Wo?", antwortete die Stimme eines jungen Mannes.

„In den Büschen."

„Das bin ich." Joel Owens stolperte hinter einem Buchsbaum hervor, wobei er ungeschickt den Reißverschluss seiner Hose schloss. „Joel."

Kyle nahm die Hand von seiner Waffe. „Aha. Und was machen Sie hier mitten in der Nacht, Joel?"

„Ich musste pinkeln." So wie er schwankte, war er eindeutig betrunken. Er musterte Kyle aus zusammengekniffenen Augen. „Oh, Sie sind es."

„Wo kommen Sie her?"

Joel hob den Arm und drehte sich im Kreis, um sich zu orientieren. Nach einem kurzen Stolpern deutete er schließlich auf den nahegelegenen Nordeingang des Hotels.

„Im Hotel gibt es Toiletten, Joel. Die Büsche sind keine."

„Verhaften Sie mich jetzt?", fragte Joel ängstlich und jammervoll.

Ein Bußgeld hätte er ihm sicherlich aufbrummen können, entschied sich dann aber dagegen. Der junge Mann hatte sich schließlich einen ziemlich versteckten Platz gesucht. „Warum laufen Sie betrunken hier draußen herum, Joel? Dafür sind Sie nicht richtig angezogen." Trotz der kalten Nacht trug Joel lediglich einen Pullover.

„Was solls", antwortete Joel. „Vielleicht erfriere ich ja. Es wäre besser."

„Besser als was?"

„Ohne ihn zu leben."

„Stuart?", fragte Kyle sanft.

Joel nickte, als sich sein Gesicht zu einer Maske des Schmerzes verzerrte und ihm Tränen in die Augen traten. Der Anblick traf Kyle wie ein Schlag in die Magengrube. Er fühlte sich an die Nächte nach Julies Tod erinnert, als zu viel Alkohol der einzige Ausweg aus dem Schmerz gewesen zu sein schien. Auch wenn er deshalb noch nicht von Joels Unschuld überzeugt war, wirkte die Trauer aufrichtig. Er ging auf ihn zu, um ihm eine tröstende Hand auf die Schulter zu legen, doch Joel warf sich ihm entgegen, sodass er plötzlich einen weinenden jungen Mann in den Armen hielt.

Er wartete geduldig, obwohl er sich unangenehm der Tatsache bewusst war, wie unprofessionell es auf einen Beobachter wirken musste. Glücklicherweise kam um diese Uhrzeit niemand vorbei. Als Joel sich endlich ausgeweint zu haben schien, sagte Kyle leise: „Kommen Sie mit rein, bevor Sie sich eine Lungenentzündung holen."

Joel erlaubte Kyle, ihn mit einer Hand auf seiner Schulter zum Eingang zu führen. Als sie endlich die warme Lobby betreten hatten, ließ Kyle ihn erleichtert los, woraufhin Joel jedoch gleich zur Seite driftete und auf eines der weichen Sofas sank.

Kyle seufzte, legte jedoch geduldig eine Hand an seinen Ellbogen, um ihm wieder hochzuhelfen. „Keine Chance, Kumpel. Hier ist nicht der richtige Ort, um einen Rausch auszuschlafen."

Da Joel in seinem Zustand nicht in der Lage zu sein schien, den Weg zu seinem Zimmer zu finden, ging Kyle mit ihm zum Aufzug. Während er innerlich betete, dass Joel sich nicht übergeben würde, bat er den älteren Mann, der den Aufzug bediente, sie in den dritten Stock zu bringen.

Der Mann zog die Augenbrauen hoch und lächelte, als er der Aufforderung nachkam.

Joel lehnte sich stark gegen Kyle, als sie nach oben fuhren. Plötzlich schaute er zu ihm auf und sagte: „Ich bin ziemlich gut darin, einen zu blasen." „Jeder braucht ein Hobby."

„Soll ich es Ihnen vorführen?"

Der Hotelmitarbeiter ignorierte die unangebrachte Unterhaltung professionell, was nichts daran änderte, wie unglaublich peinlich sie Kyle war. Er verzog das Gesicht und schüttelte den Kopf, während sich endlich die Aufzugtür öffnete. „Tut mir leid, aber ich bringe Sie jetzt in Ihr Zimmer, damit Sie schlafen können. Allein."

Kyle führte Joel entschlossen den Flur entlang, obwohl dieser wieder Tränen in den Augen hatte. Bald waren sie vor Joels und Todds Zimmer angelangt.

„Haben Sie Ihren Schlüssel?"

Joel zog umständlich die Schlüsselkarte aus seiner Jeanstasche und reichte sie Kyle, doch noch bevor der Detective aufschließen konnte, öffnete sich die Tür. Todd stand in seiner ganzen Pracht – oder zumindest dem größten Teil davon – vor ihnen, denn er trug nichts als Boxershorts. Kyle musste Jesse recht geben: Unbekleidet war Todd atemberaubend.

„Was ist hier los?", verlangte er zu wissen.

„Ihr Zimmergenosse ist im Augenblick ein wandelndes öffentliches Ärgernis", sagte Kyle trocken. *Und du bist nah an einem Sittlichkeitsvergehen*, dachte er. Kyle kannte die örtlichen Gesetze in dieser Hinsicht nicht bis ins kleinste Detail, wusste jedoch, dass einige Städte in New Hampshire es verboten, in nicht ausreichend bekleidetem Zustand die Tür zu öffnen. Allerdings gehörten Vorschriften wie diese nicht zu seinen Prioritäten und er war ohnehin nicht der Strengste.

Todd warf mit hochgezogenen Augenbrauen einen Blick auf Joel. „Er wollte für einen Drink in die Bar."

„Es war wohl mehr als einer."

Todd öffnete die Tür weiter und winkte Kyle hinein. Der Detective führte Joel ins Zimmer, um ihn auf dem Bett abzusetzen.

Kaum hatte Kyle ihn losgelassen, begann Joel sich auszuziehen, wobei er sich ein wenig in seinem Pullover und T-Shirt verheddderte. Ihm beim Ausziehen zu helfen, wäre allerdings wirklich zu weit gegangen. Glücklicherweise hatte Todd die Tür geschlossen und ging jetzt zum Bett hinüber, um das zu übernehmen.

„Ich gehe dann wohl besser", sagte Kyle hastig, als Joel den Knopf seiner Jeans öffnete. „Passen Sie nur auf, dass er wirklich schläft und nicht wieder …"

Zu spät. Joel schob sich Jeans und Unterwäsche von den Hüften und bis zu den Knien hinunter, um Kyle etwas zu präsentieren, das er nicht hatte sehen wollen.

„Meine Güte", brummte Todd, kniete sich jedoch hin, um sich Joels Schuhen zu widmen.

Joel ließ sich aufs Bett fallen, während er darauf wartete, dass Todd ihn fertig ausgezogen hatte. Als sein Blick auf Kyle fiel, zog er einen Schmollmund und spreizte die Beine so weit, wie es mit der Hose unter seinen Knien möglich war. „Wollen Sie mich wirklich nicht?"

Kyle war kein Heiliger. Er musste zugeben, dass Joel auf seine Weise ziemlich süß war und der Anblick des nackten jungen Mannes, der um Sex bettelte, ein Kribbeln zwischen seinen Beinen auslöste. Allerdings wartete am nächsten Abend etwas viel Besseres auf ihn. „Schlafen Sie sich aus, Joel. Hoffentlich geraten Sie mit Ihrem Verhalten nicht eines Tages in Schwierigkeiten."

Er nickte zum Abschied Todd zu, der die Augen rollte und ihm ausnahmsweise einmal zulächelte – oder zumindest frech grinste. Kyle verließ das Zimmer.

18

JESSE VERSPÜRTE leichte Schuldgefühle, als er am Morgen seine Sachen packte. Obwohl die Zeit im Hotel seinen Vater einen Haufen Geld gekostet hatte, konnte er danach nicht viel vorweisen. Außer natürlich einer möglichen Beziehung. Darüber freute er sich sehr und sein Vater würde es vermutlich auch tun – vor allem, weil der potenzielle Freund einen vernünftigen Beruf hatte und nicht im Keller seiner Eltern lebte.

Trotzdem konnte er nicht abstreiten, wie gern er das Verbrechen aufgedeckt hätte. Jetzt das Hotel zu verlassen, kam ihm wie eine Niederlage vor. Zwar hatte er die Verdächtigen kennengelernt und etwas mehr über sie erfahren, was sie jedoch lediglich wie ganz gewöhnliche Menschen wirken ließ. Corrie mochte er nicht besonders, weil sie oberflächlich und egozentrisch wirkte. Joel fand er dagegen ziemlich nett, wenn man von seinen ungeschickten Verführungsversuchen absah. Todd war in Ordnung, aber ein ziemliches Schwein, was ihn jedoch nicht gleich zum Mörder machte. Im ersten Semester hatte Jesse einen Mitbewohner von ganz ähnlicher Art gehabt. Topher hatte sich ebenfalls oft wie ein Schwein verhalten, wenn es um Mädchen ging, war allerdings nett zu Jesse gewesen und kein bisschen schüchtern, was Nacktheit oder Witze zum Thema Sex betraf. Obwohl er heterosexuell war, hatte er anziehend auf Jesse gewirkt, weil man bei so viel Offenheit nie wusste, wozu ein Mann nach ein paar Bieren bereit sein würde.

Jedenfalls hatte Joel recht gehabt. Stuart davon abzuhalten, sich an Corries Geld zu bereichern, oder ihn für die geplante Absage der Hochzeit zu bestrafen, schienen die einzigen Motive für den Mord zu sein. Für den ersten Fall wäre Mr. Lassiter der Hauptverdächtige gewesen, für den zweiten dagegen seine Tochter. Wenn Mr. Lassiter Stuart allerdings bestochen hatte, damit er die Hochzeit absagte, hätte er anschließend kaum einen Grund gehabt, ihn zu töten. Womit er wieder bei Corrie ankam. Aber war sie wirklich stark genug, um einen Mann wie Stuart zu packen und seinen Kopf gegen einen Felsen zu schlagen? Jesse kam es unwahrscheinlich vor. Natürlich war es möglich, dass sie jemanden dafür bezahlt hatte – oder mit ihrem Sex-Appeal dazu gebracht hatte. Vielleicht war irgendein Typ schon früher zu Fuß oder mit der Bahn auf dem Berg angekommen, um später Stuart umzubringen, weil er sich als Belohnung Corries Liebe erwartet hatte. Oder es war Corrie gelungen, die Brüder gegeneinander aufzuhetzen, sodass Todd in einem Moment der Eifersucht Stuart getötet hatte. Dann hätte *er* sie heiraten können.

Allerdings zeigte er daran kein großes Interesse. Und wenn man Joel Glauben schenkte, hätte er Corrie auch nach der Hochzeit jederzeit haben können. Stuart hätte keine Möglichkeit gehabt, es zu verhindern.

Kurz vor neun Uhr ging Jesse in die Lobby, wo Kyle bereits wartete. Offenbar machte er sich keine Sorgen mehr darum, dass Jesse mit ihm gesehen wurde, da dieser jetzt das Hotel verließ. Nachdem Jesse an der Rezeption ausgecheckt hatte, bestand Kyle darauf, Jesses Reisetasche durch die Hotelhalle zu tragen, während ihm nur sein Rucksack blieb. Es war irgendwie süß, aber auch irritierend. Jesse war kein schwaches junges Ding, das einen starken männlichen Beschützer brauchte. Er hatte bei Bergwanderungen einen Rucksack mit dem doppelten Gewicht der Reisetasche getragen. Da er den Tag allerdings nicht mit einem Streit beginnen wollte, ließ er Kyle den Macho spielen.

Nachdem sie sein Gepäck im Kofferraum verstaut hatten, fragte Kyle: „Hast du dein Auto hier geparkt?"

„Ja."

„Dann lass es dir bringen und fahr mir nach", sagte Kyle. „Du kannst es vor meinem Hotel stehen lassen, während wir in Dover sind."

KYLES PARTNER wartete mit einem kleinen Koffer vor dem Hotel, als sie ankamen. Kyle hielt neben ihm an und streckte den Arm aus dem Autofenster, um auf einen freien Parkplatz gegenüber von ihnen zu deuten. Nachdem Jesse sein Auto dort abgestellt hatte, schloss er es ab und gesellte sich zu den Polizisten.

Es überraschte ihn nicht, dass der andere Detective auf dem Beifahrersitz Platz genommen hatte. *Vielleicht hätte ich mich vorher dafür anmelden sollen*, dachte er, während er sich auf die Rückbank setzte.

„Jesse", sagte Kyle, „das ist mein Partner Detective Roberts."

„Hi", sagte Jesse. Roberts würdigte ihn kaum eines Blickes und antwortete mit einem vagen Brummen.

Dann eben nicht.

Der Detective holte ein gefaltetes Stück Papier aus seiner Tasche, das er Jesse vors Gesicht hielt. „Das musst du unterschreiben."

Kyle warf seinem Partner einen finsteren Blick zu, widersprach jedoch nicht. Jesse fragte: „Was ist das?" Die Überschrift „Begleitung eines

Streifenwagens – Einverständniserklärung" kam Jesse bekannt vor. „Habe ich das nicht schon unterschrieben?"

„Du brauchst ein neues", erklärte Kyle. „Zivilpersonen müssen eigentlich jedes Mal ein Formular ausfüllen, wenn sie bei unserer Arbeit zusehen wollen. Das erste gilt also nur für den Abend mit dem Mord. Und eigentlich hättest du es vorher ausfüllen müssen, aber ..."

„Aber das wäre ja nicht dilettantisch genug", brummte Roberts.

Jesse fischte einen Kugelschreiber aus seiner Jeanstasche – er trug ihn immer bei sich, falls er einmal spontan etwas schreiben wollte –, unterschrieb das Formular und reichte es Detective Roberts.

„Danke", sagte dieser widerwillig, als er es einsteckte.

Sie fuhren auf der Route 302 Richtung Conway, die, wie Jesse wusste, zum Highway Route 16 führte, den er auf dem Weg zu den White Mountains genommen hatte und der auf dem Weg nach Dover durch Rochester verlief.

Die ersten Meilen verbrachten sie in unbehaglicher Stille. Kyle versuchte einige Male, seinen Partner in ein Gespräch über die Pläne für den Nachmittag zu verwickeln, doch Roberts sagte nicht viel, während er Jesse hin und wieder Blicke zuwarf.

In Conway hielt Kyle zum Tanken an, sodass Jesse allein mit Roberts im Auto saß. Zu Jesses Überraschung drehte sich der Detective um, musterte ihn prüfend und sagte: „Also ... Kyle sagt, dass ihr zwei ... du weißt schon ..."

Dass sie ... zusammen waren? Dass sie miteinander schliefen? Dass sie eine Band gründen wollten? Er hasste es, wenn Leute sich nicht klar ausdrückten. „Hat er gesagt, dass wir miteinander ausgehen?"

„Ja."

„Das stimmt."

Roberts nickte, wirkte allerdings weiterhin misstrauisch, als hielte er Jesse für irgendeine Art von Schwindler, der Kyle ausnutzen oder sich an ihm bereichern wollte. Dabei hätte Jesse sich keinen Mann wie Kyle ausgesucht, wenn das wirklich seine Absicht gewesen wäre. Der Detective musste sicher nicht verhungern, aber reich war er deshalb noch lange nicht.

„Ich komme damit klar", sagte Roberts. „Leben und leben lassen."

„Danke", antwortete Jesse.

Falls Roberts den sarkastischen Unterton wahrnahm, merkte man es ihm nicht an. „Du weißt, dass er vor ein paar Jahren seine Frau verloren hat?"

„Ja, von Julie hat er mir erzählt."

„Er hat viel durchgemacht", fuhr Roberts fort. „Und du bist der erste Typ, für den er sich seitdem interessiert – die erste *Person*."

Gott, bitte hol mich hier raus. Es handelte sich um die „Wenn du ihm wehtust, bring ich dich um"-Ansprache. Es war ja irgendwie nett, dass Roberts sich so um Kyle sorgte, aber meinte er das wirklich ernst? Jesse gefiel es nicht, wie eine Art schwuler Casanova behandelt zu werden, der es auf den armen, unschuldigen Kyle abgesehen hatte.

„Detective Roberts", begann Jesse geduldig. „Ich habe nicht vor, Kyle zu verletzen. *Er* ist derjenige, der sich nicht sicher ist. Ich *weiß*, dass ich ihn mag. Ich weiß, dass ich nie zuvor einen so interessanten Mann kennengelernt habe. Also habe ich nicht vor, ihm das Herz zu brechen. Ich kann nur hoffen, dass er nicht meines bricht."

Roberts atmete geräuschvoll aus, während er finster aus dem Fenster schaute. Draußen verschloss Kyle den Tank. „Wesley", sagte Roberts.

„Was?"

„Wenn du dich schon mit meinem besten Freund triffst, kannst du mich von mir aus Wesley nennen. Nur nicht ... du weißt schon ... in der Öffentlichkeit."

Jesse unterdrückte ein Lachen und sagte: „Wesley."

WÄHREND DER verbleibenden Stunde der Fahrt waren Kyle und Wesley gesprächiger, auch wenn sie in seiner Anwesenheit nicht den Fall diskutierten. Die Detectives waren offensichtlich schon lange Freunde und hatten in Concord und Manchester einige Plätze, an denen sie Zeit verbrachten. Jesse wurde klar, dass er sich an Wesleys Anwesenheit gewöhnen musste, wenn er mit Kyle zusammen sein wollte.

Während sie noch fuhren, vibrierte sein Handy. Jesse holte es aus der Tasche und stellte fest, dass Joel ihm eine Nachricht geschickt hatte: *he! du hast einfach ausgecheckt!*

Jesse dachte darüber nach, sie zu ignorieren. Sollte er die ganze Sache nicht hinter sich lassen, nachdem er jetzt nicht mehr im Hotel war? Leider ließ es sich nicht mit seiner Erziehung vereinbaren, Menschen grundlos vor den Kopf zu stoßen, weshalb er antwortete: *konnte mir das hotel nich mehr leisten.*

wo bist du?

schlafe heute b. meinem freund

Eigentlich hätte er es dabei belassen sollen, gab jedoch dem Drang nach, hinzuzufügen: *morgen zurück*

ruf dann an?

ok

117

Dafür würde ihn Kyle vermutlich umbringen. Andererseits musste er sein Auto sowieso beim Lodge abholen. Die Gelegenheit für ein Essen oder Ähnliches mit Joel zu nutzen, würde die Ermittlungen nicht behindern, oder?

IHR WEG führte sie durch Rochester, bevor sie Dover erreichten. Zu Jesses Überraschung bog Kyle dort von der Hauptstraße ab. Nachdem sie einige Zeit durch Seitenstraßen gefahren waren, hielt er am Rand einer schmalen Straße mit heruntergekommenen Häusern an. Die meisten von ihnen schienen in mindestens zwei Wohnungen unterteilt worden zu sein und in den zugewachsenen Gärten waren zerbrochenes Spielzeug und billige, rostige Holzkohlengrills zu sehen.

„Ist hier die Wohnung von Stuart und Todd?", fragte Jesse, da ihm kein anderer Grund für ihren Besuch dieser Straße einfiel. Er wusste, dass sie in Rochester wohnten und sich vermutlich keine Wohnung in einer schönen Gegend leisten konnten.

Doch Kyle schüttelte den Kopf, während er an Wesley vorbei aus dem Beifahrerfenster blickte. Jesse drehte sich um und sah ein hässliches braunes Haus, das mit diesen furchtbaren Asphaltschindeln verkleidet war, die eine Zeit lang so beliebt gewesen waren, aber jetzt altersbedingte Auflösungserscheinungen zeigten. Ein Riss im Fenster war mit Isolierband verklebt worden. „Es ist nicht ihre – Todds – jetzige Wohnung. Sie haben hier in ihrer Jugend einige Jahre gelebt."

„Gehen wir rein?"

Nach einem bösen Blick von Wesley fügte er hastig hinzu: „Ich meine: Geht ihr rein?"

„Niemand geht rein", antwortete Kyle. „Hier wohnen jetzt andere Leute. Und die Nachbarn von damals sind auch nicht mehr da."

„Was machen wir dann hier?"

„Ich wollte es einfach sehen", sagte Kyle. Er wirkte kurz unentschlossen, bevor er fortfuhr: „Vielleicht hat es nichts mit Stuarts Tod zu tun, aber ihre Eltern sind gestorben, als die beiden noch Teenager waren. Auf ziemlich schreckliche Weise."

Jesse betrachtete erneut das Haus, als könnte es ihm mehr verraten. „Wie?"

Wesley richtete seinen bösen Blick auf Kyle.

Doch Kyle schüttelte nur den Kopf. „Warum denn nicht? Es ist lange vorbei und hat in den Zeitungen gestanden. Jesse könnte es in fünf Minuten aus öffentlichen Quellen herausfinden."

Und so kam es, dass Jesse die ganze Geschichte erfuhr.

19

ABGESEHEN VON morbider Neugier hatte Kyle keinen Grund, sich das alte Haus der Warrens anzusehen. Für den Aufenthalt in Rochester gab es allerdings noch einen anderen: Das von den Lassiters beauftragte Detektivbüro – Rochester Investigations, Inc. – befand sich nicht weit von der Hauptstraße entfernt. Als Kyle es am Vortag wegen des gefaxten Berichts kontaktiert hatte, war ihm gesagt worden, dass Richard Winchester, der Ermittler für die Lassiters, erst am heutigen Tag in die Stadt zurückkehren werde, ihm jedoch ab vier Uhr nachmittags zur Verfügung stehe.

Bis dahin waren es noch beinahe vier Stunden. Er hatte darauf bestanden, früh loszufahren, damit ihm genug Zeit blieb, um mit der Person zu reden, die sich vielleicht noch an die Ereignisse von vor sieben Jahren erinnerte – Estelle Moore, Todds und Stuarts Großmutter. So durchfuhr er Seitenstraßen, bis er das Büro gefunden hatte, um es sich für später zu merken, bevor er wieder den Weg Richtung Dover einschlug, das nur noch etwa zehn Meilen entfernt war.

Seit dem Tod ihres Mannes vor drei Jahren lebte Mrs. Moore in einer Einrichtung für betreutes Wohnen auf der Back River Road, die einem großen Hotel ähnelte.

„Du bleibst im Auto", befahl Wesley Jesse, sobald sie geparkt hatten.

Kyle verdrehte die Augen. „Es ist eiskalt hier draußen."

„Dann lass den Motor an."

Kyle hatte keine Ahnung, wie lange es dauern würde. Auch wenn er verstand, dass Wesley ihn beim offiziellen Teil der Ermittlung nicht dabeihaben wollte, musste es für Jesse einen besseren Ort zum Warten geben. „Hast du einen Kindle oder so was?"

„Nein, aber ein Buch."

„Dann kannst du in der Lobby warten, während wir unsere Arbeit machen."

Obwohl Wesley ihm einen bösen Blick zuwarf, widersprach er nicht. Die Autotür schlug er allerdings etwas heftiger zu als nötig.

Nachdem Jesse *Der Malteser Falke* aus seinem Rucksack hervorgekramt hatte, folgte er ihnen ins Gebäude. Sie betraten einen kleinen Eingangsbereich, der auf einer Seite zu einem wie ein Restaurant eingerichteten Speisesaal führte. Es sah nett aus. Kyle hoffte, dass er, falls es eines Tages nötig sein sollte, an einem

Ort wie diesem landen würde und nicht in einem der krankenhausähnlichen Altersheime wie das, in dem seine Großmutter gestorben war.

Die Rezeptionistin bat sie, Platz zu nehmen, während sie Mrs. Moore über ihr Eintreffen informierte. Wenige Minuten später trat eine überraschend kleine – wenn man die Körpergröße ihrer Enkel bedachte – ältere Frau aus dem Aufzug. Sie wirkte wie eine ganz normale Großmutter, lächelte freundlich und trug eine rosa Stoffhose zu einem flauschigen fliederfarbenen Pullover, während ihr weißes Haar zu einem ordentlichen Knoten zurückgebunden war. Da Kyle seinen Besuch telefonisch angekündigt hatte, war sie vom Auftauchen der uniformierten Polizisten nicht überrascht. Als sie sich ihnen näherte, standen sie auf, um sie zu begrüßen.

„Detective Dubois?"

Da sie ihm nicht die Hand reichte, nickte Kyle lediglich und sagte: „Guten Tag, Mrs. Moore." Jesse stand aus Höflichkeit ebenfalls auf, was man ihm nicht vorwerfen konnte, wodurch Kyle allerdings gezwungen war, ihn vorzustellen. „Das ist unser Freund, Jesse Morales. Wir fahren ihn nur nach Hause und er wird hier in der Lobby warten."

Jesse lächelte ihr zu.

„Ich habe veranlasst, dass uns einer der Aufenthaltsräume zur Verfügung steht", sagte Mrs. Moore.

„Ja", bestätigte die Rezeptionistin. „Estelle, setzt euch doch schon mal und ich schicke Marty mit Kaffee zu euch."

„Danke, Marie." Sie warf einen Blick auf Jesse, bevor sie Kyle fragte: „Gibt es einen Grund, aus dem Ihr Freund sich nicht für einen Kaffee zu uns setzen kann?"

„Es macht mir nichts aus, hier zu warten", sagte Jesse schnell. Wesley sah ihn so wütend an wie ein Pitbull.

Doch Mrs. Moore ließ sich nicht beirren. „Das geht doch nicht", sagte sie und wandte sich dem Speisesaal zu. „Hier entlang, bitte."

Kyle, Wesley und Jesse tauschten Blicke. Da Kyle nur mit den Schultern zuckte, folgte Jesse ihnen. Obwohl es nicht direkt verboten war, Jesse dem Gespräch beiwohnen zu lassen, hatte Wesley gute Gründe für seine Verärgerung. Ihr Vorgesetzter würde ganz sicher nicht erfreut darüber sein, dass sie im Dienst von einer Zivilperson begleitet wurden. Kyle hatte es für eine harmlose Idee gehalten, Jesse bei der langen Fahrt als Gesellschaft mitzunehmen. Mittlerweile war er nicht mehr so sicher.

Sie durchquerten den Speisesaal und gingen unter einer breiten Treppe hindurch, bis sie zu einer Ecke gelangten, in der sich ein Couchtisch mit Sofas und Sesseln befand. Genau genommen war es kein eigener Raum, doch es war genug für ein privates Gespräch.

Mrs. Moore wählte einen Sessel, während Wesley und Kyle sich jeweils auf einer der Couches niederließen. Jesse setzte sich neben ihn. Kyle war sich überdeutlich der Tatsache bewusst, dass bei dieser Befragung die Person neben ihm saß, mit der er ausging. Es war, gelinde gesagt, verunsichernd. Julie hatte ihn niemals bei Ermittlungen begleitet. Sie wären beide nicht einmal auf den Gedanken gekommen. Auch wenn er ziemlich sicher war, dass Jesse nichts Problematisches tun oder sagen würde, tat die Situation seinen Nerven nicht gut.

„Am Telefon haben Sie gesagt, Sie hätten Fragen zu den Ereignissen mit meiner Tochter und meinem Schwiegersohn vor sieben Jahren", begann Mrs. Moore.

„Das stimmt, Ma'am."

Sie strich mit der Hand über ihre Oberschenkel und runzelte die Stirn. „Ich wüsste nicht, warum man all das wieder ausgraben sollte. Es war … grauenhaft."

„Ja, das war es." Kyle rutschte ein wenig auf dem Sofa herum, bevor er hinzufügte: „Ich fürchte, wir haben schlechte Nachrichten für Sie. Einer Ihrer Enkel – Stuart – ist diese Woche bei einem Ausflug auf den Mount Washington ums Leben gekommen."

„Oh." Die alte Frau blinzelte und senkte den Blick zum Tischläufer, auf dem ein verschneites New England abgebildet war. „Der arme Junge."

Dann schwieg sie und Kyle gab ihr einen Moment, es zu verarbeiten. Während er noch wartete, brachte ein junger Mann ein Tablett mit einer Kaffeekanne, Tassen, Milch und Zucker. Er platzierte es auf dem Tisch und sagte: „Hier ist der Kaffee, Estelle. Brauchst du sonst noch etwas?"

„Nein, Marty, danke."

Nachdem der junge Mann sich entfernt hatte, goss Mrs. Moore ihnen Kaffee ein. „Bitte nehmen Sie sich Milch und Zucker."

„Danke", antwortete Kyle.

„Mir … tut das mit Stuart wirklich leid", äußerte sie sich endlich zu den Neuigkeiten. „Nur … nach sieben Jahren ohne ein Wort von ihm oder Todd haben wir uns nicht gerade nahegestanden. So traurig es auch ist … sie haben selbst dann nicht geantwortet, als ich ihnen geschrieben habe, dass Howard, ihr Großvater, gestorben ist."

„Ich kann Sie verstehen. Aber wir bemühen uns, die Umstände von Stuarts Tod zu klären. Ich hatte gehofft, Sie könnten uns behilflich sein."

„Ich wüsste nicht, wie, aber ich beantworte gern Ihre Fragen."

Kyle zog sein Notizbuch aus der Jackentasche und schlug eine leere Seite auf. „Ich habe den Bericht der Polizei aus Rochester gelesen, aber es wäre gut, wenn Sie mir noch einmal in Ihren eigenen Worten schildern könnten, was Sie über diese Nacht wissen und wie die Jungen zu Ihnen und Ihrem Mann kamen."

Sie schürzte die Lippen, als hätte sie etwas Unappetitliches gegessen. „Joe Warren, mein Schwiegersohn, war kein guter Mensch. Ein ziemlich schrecklicher, um genau zu sein. Selbst als junger Mann war er gehässig und zynisch. Wir haben Michelle vor ihm gewarnt, aber … nun, sie hatte ihren eigenen Kopf. Wir haben sie wohl zu sehr verwöhnt."

„Aus dem Bericht geht hervor, dass die Kinder körperlich misshandelt wurden."

Mrs. Moore trank einen Schluck Kaffee. Die Hand mit der Tasse zitterte leicht, als sie diese in ihren Schoß senkte. „Wir wussten es nicht. Nicht zu Beginn. Wir haben sie so selten gesehen – zu Weihnachten … manchmal auch Thanksgiving. Als das Jugendamt sie ihnen weggenommen hat … waren wir schockiert. Bitte glauben Sie mir das."

Sie warf Kyle einen flehenden Blick zu. Er war nicht sicher, ob er ihr glauben sollte. Menschen wollten Vorfälle dieser Art häufig nicht wahrhaben – vor allem, wenn es um die Familie ging. Hatten sie und ihr Mann jemals Blutergüsse gesehen und sie als typisch für lebhafte Teenager abgetan? Vielleicht wusste sie es zu diesem Zeitpunkt selbst nicht mehr. Es war so lange her und man konnte die Erinnerungen in seinem Kopf leicht manipulieren, um die Vergangenheit angenehmer zu machen.

Trotzdem nickte Kyle, um sie zu beruhigen, woraufhin sie fortfuhr: „Leider kann ich nicht behaupten, dass sich Michelle in der Elternrolle wesentlich vorbildlicher verhalten hat als Joe. Soweit ich weiß, hat sie die Kinder nie geschlagen, aber …" Sie atmete hörbar aus und schüttelte den Kopf. „Sie war gemein zu ihnen. Besonders zu Stuart. Ich weiß nicht, warum, aber sie schien jede Gelegenheit zu nutzen, ihn zu kritisieren. Wenn ich mit ihr darüber reden wollte, hat sie nur gesagt, dass er ein Unruhestifter wäre und sie wüsste, was sie täte …"

„War er das? Soweit Sie das beurteilen können?", erkundigte sich Kyle.

Sie zuckte seufzend die Schultern. „Er war ein Teenager. Das waren sie beide. Und sie wurden beim Ladendiebstahl und beim Vandalismus erwischt." Sie verzog das Gesicht. „Sie hatten ja nicht gerade gute Vorbilder."

Die Tatsache, dass Joe Warren Polizist gewesen war, ärgerte Kyle. Er wusste natürlich, dass Polizisten genauso wenig gegen Probleme in ihrem Privatleben immun waren wie jeder andere – Alkoholismus, Scheidungen und Selbstmorde waren in diesem Beruf keine Seltenheit. Aber Kinder zu schlagen, war schlicht und einfach verabscheuenswert. Und wenn ein Polizist, der geschworen hatte, Menschen zu schützen, es bei seinen eigenen Söhnen tat …

„Mrs. Moore." Kyle blätterte durch sein Notizbuch, um seine Aufzeichnungen zum Fall zu überprüfen. „Laut Polizeibericht hat Ihre Tochter die Scheidung eingereicht."

„Endlich!", rief die alte Frau. „Hätte sie es doch nur früher getan! Ich habe mich noch mit ihr darüber unterhalten, nur wenige Monate vor … dem Vorfall. Sie hat mich nach einer ihrer vielen Auseinandersetzungen angerufen und gefragt, ob sie zu uns kommen könnte, weil sie endgültig genug hatte. Joe hat wieder so viel getrunken wie vorher und sie hatten so oft Streit, dass er auf dem Sofa geschlafen hat."

„Aber sie ist nicht gekommen?"

Sie runzelte die Stirn. „Nein, obwohl ich es ihr angeboten habe – mit den Jungen. Eigentlich habe ich auch nicht ernsthaft damit gerechnet. Sie hatte schon mehrmals gedroht, ihn zu verlassen, es aber nie getan."

„Sie soll allein ausgegangen sein und mit anderen Männern geschlafen haben."

„Davon weiß ich nichts", antwortete Mrs. Moore knapp. Sie stellte ihre noch halb volle Kaffeetasse auf der Untertasse ab. „Aber es wäre ihr zuzutrauen gewesen. Sie hatte keine Angst vor ihm, trotz seiner Wutausbrüche. Ich glaube, es hat ihr sogar Spaß gemacht, ihn zu reizen."

Großartig. Als stäche man einen Bären mit einem spitzen Stock und wunderte sich dann, wenn er einem den Kopf abriss. „Und haben Sie Joe damals einen Mord zugetraut?"

„Ich habe wohl nicht gedacht, dass er so weit gehen würde", antwortete sie, wobei sie etwas in sich zusammensank. „Michelle war davon überzeugt, mit ihm fertigwerden zu können und ich wollte vielleicht einfach glauben, dass sie recht hatte."

Kyle beschloss, den Mord und Selbstmord zu überspringen. Sie hatte das Ganze nicht miterlebt und hätte dem Polizeibericht nichts hinzufügen können. „Die Jungen haben dann also bei Ihnen gewohnt."

„Ja."

„Und wie war das?"

Sie warf ihm einen fragenden Blick zu. „Was genau meinen Sie?"

„Haben Sie sich gut mit ihnen verstanden?"

„Ach so. Nein, nicht besonders." Sie zog die Augenbrauen hoch. „Todd war … nun ja, sehr wütend. Was wir natürlich verstanden haben. Aber er wollte einfach kein bisschen auf uns hören. Er war zu alt. Es war zu spät, um wiedergutzumachen, was sein Vater – und auch Michelle – ihm angetan hatten."

„Und Stuart?"

Ein seltsamer Ausdruck legte sich auf ihr Gesicht, als wären sie bei einem Thema angekommen, das sie verstörte – obwohl sie bereits über den Mord an ihrer Tochter gesprochen hatten.

„Stuart war ... komisch."

„Komisch?"

„Ihm schien ... alles egal zu sein. Er war höflich und nicht besonders ungehorsam – wenn Todd ihn nicht gerade zu etwas angestiftet hat. Oft war er sehr charmant, viel mehr als sein Bruder. Nur ... na ja, Todd hat bei der Beerdigung geweint und danach ein Loch in seine Schlafzimmerwand geschlagen." Mrs. Moore schüttelte den Kopf. „Begeistert waren wir davon natürlich nicht, aber zumindest war es eine normale, menschliche Reaktion."

„Wie hat Stuart reagiert?"

„Überhaupt nicht! Er hat kein bisschen traurig gewirkt. Während der Beerdigung war er gelangweilt und als wir nach Hause kamen, wollte er fernsehen, als wäre nichts gewesen."

20

OBWOHL JESSE faszinierend fand, was Mrs. Moore über die Warrens erzählte, war er nicht sicher, wie es bei den Mordermittlungen helfen sollte. Als sie wieder im Auto saßen und sich auf dem Weg nach Rochester befanden, stellte sich heraus, dass er mit dieser Meinung nicht allein war.

Wesley wirkte gereizt. Er saß mit vor der Brust verschränkten Armen auf dem Beifahrersitz und brummte: „Das hat ja viel gebracht."

Kyle runzelte die Stirn, sagte aber nichts.

Es war interessant, dass Stuarts Großeltern offenbar so schockiert über seinen Mangel an Gefühlen gewesen waren – in Mrs. Moores Beschreibung hatte es geklungen, als hätten sie ihn für einen Soziopathen gehalten –, dass sie nicht protestiert hatten, als Todd ihn bei sich wohnen lassen wollte, obwohl er noch minderjährig war. Interessant, aber nicht aufschlussreich. Wäre Todd das Mordopfer gewesen, hätte man vielleicht eine Verbindung zu Stuarts seltsamem Verhalten sehen und ihn für kaltblütig genug für einen Mord halten können. Da er allerdings das Opfer gewesen war, schienen Spekulationen über mögliche Soziopathie sinnlos.

Nach einem Zwischenstopp bei McDonald's, damit sie sich stärken konnten, fuhren sie weiter nach Rochester, wo Kyle das Auto vor dem Detektivbüro parkte. Auch diesmal trotzte Kyle Wesley, indem er Jesse erlaubte, sie zu begleiten. „Aber halte dich im Hintergrund."

„Meine Güte!", fauchte Wesley. „Warum kaufst du ihm nicht einfach eine Spielzeugdienstmarke? Vielleicht kriegt er dann bald seinen eigenen Schreibtisch auf dem Revier."

„Ich wollte ja warten", verteidigte sich Jesse. „Es war nicht meine Schuld, dass Mrs. Moore mich eingeladen hat."

„Du konntest nichts dafür", bestätigte ihm Kyle.

Doch Wesley ließ sich nicht so leicht besänftigen. „Du weißt ganz genau, dass es verdammt unprofessionell ist." Als Kyle lediglich schwieg, seufzte er. „Also gut. Aber nicht ein einziges Wort über Sparky, den Wunderjungen, landet in unseren Berichten, sonst erwürge ich dich."

Sparky? Jesse musste ein Grinsen unterdrücken. Nun, es war besser als „Jessica".

„Natürlich nicht", antwortete Kyle. „Ich bin nicht dämlich."

„Doch, das bist du. Und du denkst mit deinem Schwanz." Wesley drehte sich zu Jesse auf der Rückbank um. „Nichts für ungut."

„Schon okay."

Kyle schien etwas sagen zu wollen, doch Wesley stieg aus dem Auto und schlug die Tür zu. Kyle folgte ihm mit einem Knurren. Da ihm niemand andere Anweisungen gegeben hatte, stieg Jesse ebenfalls aus.

In dem kleinen Büro befanden sich drei Schreibtische, einige Stühle für Klienten und eine Nische mit einer Mikrowelle, einem Toaster und einer Kaffeemaschine. Die zwei anwesenden Männer stellten sich als Privatdetektive Taylor und Winchester vor. Offenbar war es Winchester, der ihnen weiterhelfen konnte, denn Taylor zog sich aus dem Büro zurück und ließ sie allein.

„Setzen Sie sich", sagte Winchester, während er sich hinter einem der Schreibtische niederließ. Nach einem Blick auf Jesse fragte er Kyle: „Wer ist der Junge?"

Kyle und Wesley nahmen sich Stühle, um sich an den Schreibtisch zu setzen, während Jesse sich einen Platz etwas abseits neben dem Wasserspender suchte. „Er ist ein Freund – Jesse Morales. Es stört Sie hoffentlich nicht, dass er mitgekommen ist. Aber er schreibt Kriminalromane und ist noch nie einem Privatdetektiv begegnet."

„Tatsächlich?" Winchester wirkte entzückt. „Dann beantworte ich natürlich gerne alle Fragen."

Jesse bedankte sich lächelnd für das Angebot, obwohl er wusste, dass Kyle und Wesley nicht begeistert gewesen wären, wenn er sich in das Gespräch eingemischt hätte.

Glücklicherweise lenkte Kyle die Unterhaltung gleich auf den Bericht, den er mitgebracht hatte. Der Inhalt war Jesse nicht bekannt gewesen. Wie er jetzt erfuhr, handelte es sich um eine von den Lassiters in Auftrag gegebene Überprüfung der Warrens, mit der sie sich offenbar davon hatten überzeugen wollen, dass ihre Tochter keinen Psychopathen heiratete. Leider hatten die Ergebnisse ihre Ängste eher bestätigt. Insgesamt erfuhr Jesse jedoch wenig Neues. Was er nicht bereits von Joel und Todd gehört hatte, war bei der Unterhaltung mit Mrs. Moore ans Licht gekommen.

Kyle schien sich von dem Detektiv Details erhofft zu haben, die nicht in den Bericht eingeflossen waren, wobei ihn der Mann allerdings enttäuschte. „Tut mir leid." Er breitete entschuldigend die Arme aus. „Mehr kann ich Ihnen nicht sagen. Die Jungs sind keine Engel und ich wäre nicht begeistert davon, einen von ihnen als Schwiegersohn zu haben. Aber etwas wirklich Schlimmes haben sie nicht getan. Nur Kleinigkeiten."

Kyle tippte einige Male mit dem Kugelschreiber auf sein Notizbuch, bevor er es zuschlug. „Ich weiß selbst nicht genau, was ich mir erhofft hatte. Trotzdem danke, dass Sie sich Zeit genommen haben."

„Gern geschehen." Winchester öffnete den Mund, als wollte er noch etwas hinzufügen. Nach einem zögerlichen Blick auf Jesse beugte er sich zu den Polizisten vor und sagte leise: „Es hilft Ihnen wahrscheinlich nicht weiter, wenn es Ihnen nur um die Warrens geht, aber ich habe eine Sache entdeckt, die ich auf Mr. Lassiters Wunsch aus dem Bericht streichen musste. Er war ziemlich wütend, dass ich es herausgefunden habe."

Das schien Kyles Interesse zu wecken. Er behielt das Notizbuch in der Hand, anstatt es in seine Jackentasche zu stecken. „Ja? Was war es denn?"

Winchester grinste. „Sagen Sie, dass Sie mit einem Beschlagnahmebeschluss wiederkommen, wenn ich es nicht ausspucke."

„Ich komme mit einem Beschlagnahmebeschluss wieder, wenn Sie es nicht ausspucken", wiederholte Kyle trocken.

Winchester hob in gespielter Kapitulation die Hände. „Tja, dann bleibt mir wohl keine Wahl." Er senkte die Hände. „Ihr Junge, Ryan. Er hat ein Jahr im Silver Hill Hospital in Connecticut verbracht."

„Ist das ein Krankenhaus?", fragte Wesley.

„Ein *psychiatrisches* Krankenhaus."

Kyle wirkte nachdenklich. „Weshalb war er dort?"

„Haben Sie seine Schwester gesehen? Corrie?"

„Ja …", antwortete Kyle abwartend.

„Sie ist der Hammer, finden Sie nicht?"

„Sie ist ein hübsches Mädchen."

„Tja", sagte Winchester. „Wie sich herausstellte, denkt Ryan das ebenfalls."

Jesse konnte nicht verhindern, dass er die Augen aufriss. Winchester sah es und lachte. „Allerdings." Er wandte sich wieder an Kyle. „Der kleine Widerling ist seit Jahren hinter ihr her. Anfangs nicht allzu auffällig – ein paar unangebrachte Bemerkungen, eine ‚versehentlich' offene Tür, wenn er sich umgezogen hat, eine relativ harmlose Berührung … Aber vor ungefähr einem Jahr hat er versucht, sie zu mehr zu zwingen. Daraufhin haben sie ihn für eine Weile fortgeschickt und niemand redet darüber. Er wurde gerade aus einer Einrichtung in Florida entlassen."

„Das klingt ja reizend", sagte Wesley finster.

„Nicht wahr? Wie gesagt, es hilft Ihnen wahrscheinlich nicht weiter, aber …"

„Doch", sagte Kyle. „Das … ist gut zu wissen. Können Sie einschätzen, was er von der Hochzeit gehalten hat?"

Winchester schnaubte. „Machen Sie Witze? Nach der Nachricht über die Verlobung ist er doch erst völlig durchgedreht."

21

NACH DEM Gespräch mit Winchester fuhr Kyle zum Polizeirevier in Concord, wo Wesley und er einiges zu erledigen hatten – unter anderem das Einreichen von Jesses Formularen. Er nahm Jesse mit hinein und besorgte ihm einen Besucherausweis, ließ ihn jedoch nicht aus den Augen. Auch wenn er Jesse nicht zutraute, sich unangemessen zu benehmen, konnte es schon zu lästigem Ärger führen, wenn er sich nur kurz allein in einem Raum oder Flur aufhielt. Wesley passte natürlich ebenfalls auf wie ein Schießhund. So konnte Jesse ihnen nicht entwischen, selbst wenn er gewollt hätte.

Glücklicherweise schien er nichts dagegen zu haben, Kyle zu folgen und still neben ihm zu sitzen, während Kyle einiges am Computer erledigte. Nur einmal sagte er kurz: „Am liebsten würde ich ein paar Fotos machen, um Vorlagen für meine Bücher zu haben!" Nach einem bösen Blick von Wesley fügte er hastig hinzu: „Aber ich mache natürlich keine."

Später aßen sie gemeinsam in einem Pub namens Barley House, bevor Kyle Wesley bei seiner Wohnung absetzte und seinen Wagen in die ruhige Gegend am Stadtrand lenkte, in der er lebte.

Er wohnte in einem kleinen, hellgrünen Farmhaus mit dunkelgrünen Fensterläden und einem winzigen Stück Wiese. Es war nett und niedlich und besaß sogar den klischeehaften Gartenzaun. Obwohl es ihm und Julie beim Kauf klein vorgekommen war, hatten sie es zu ihrem Heim gemacht. Jetzt konnte er sich nicht mehr vorstellen, woanders zu wohnen.

Jesse betrachtete es interessiert, bevor Kyle das Garagentor öffnete und in das beleuchtete Innere fuhr. Nachdem er sie mit der Fernbedienung geschlossen hatte, schaltete er den Motor aus und öffnete die Autotür.

„Willst du direkt ins Bett?", fragte er, als er Jesses müden Blick bemerkte. „Zum Schlafen, meine ich."

Jesse streckte sich. „Wie spät ist es?"

„Ungefähr neun."

„Oh mein Gott! So früh gehe ich nie ins Bett. Koch mir einfach einen Kaffee und ich bin wieder wach."

Kyle beugte sich lächelnd vor, um ihn kurz zu küssen. „Ein Kaffee, kommt sofort. Sobald wir deine Sachen reingebracht haben."

Sie holten Jesses Taschen aus dem Kofferraum und er trug sie, während Kyle die Haustür aufschloss.

Als er das Küchenlicht einschaltete, rief Jesse entzückt: „Es ist sauber!"
Das war es tatsächlich. Nicht makellos – in der Spüle standen Kaffeetassen und auf dem Tisch lag eine aufgeschlagene Zeitung neben einem Teller mit Krümeln. Aber der Ofen glänzte und die Arbeitsplatte war sauber und aufgeräumt.

Kyle zog eine Augenbraue hoch. „Was hast du denn erwartet?"

„Völliges Chaos", antwortete Jesse. „Vielleicht bin ich einfach schon zu lange Student. Jedes Mal, wenn ich mit einem Typen nach Hause gehe, ist seine Wohnung ekelhaft. Einer hat sogar in seine Spüle gepinkelt."

Kyle erschauderte. „Ich würde mich umbringen, wenn ich an so einem Ort leben müsste. Wo wir schon beim Thema sind: Würde es dir etwas ausmachen, deine Schuhe auszuziehen?"

„Kein Problem." Er streifte wie Kyle seine Schuhe ab.

„Tut mir leid. Das habe ich von Julie. Jetzt ist es zur Gewohnheit geworden."

„Es stört mich nicht."

„Wenn es dir nicht unangenehm ist, fremde Pantoffeln zu benutzen, kannst du ein Paar von meinen haben."

„Gerne."

Kyle öffnete einen Schrank, um zwei Paar Mokassins herauszuholen, von denen er eines Jesse reichte. Anschließend schaltete er die Kaffeemaschine ein.

„Wir können ins Wohnzimmer gehen", schlug Kyle vor, während sie auf den Kaffee warteten.

Das Wohnzimmer war, wie die Küche, klein und ordentlich. Auf einem beigen Teppichboden standen ein braunes Sofa und Sessel, während sich in Regalen Bücher und schnulzige Filme aneinanderreihten, die Julie und er sich so gern angesehen hatten. Abgesehen von dem großen HD-Fernseher, den Kyle sich zu Weihnachten gegönnt hatte, war der Raum seit Julies Tod beinahe unverändert.

Kyle durchquerte das Zimmer, um hastig ein gerahmtes Bild von einem kleinen Tisch zu nehmen. Er war gerade dabei, es in eine Schublade zu legen, als Jesse ihn stoppte. „Ist sie das?"

Kyle zögerte mit dem Bild in der Hand. „Ja", sagte er. Er konnte nicht einschätzen, wie geschmacklos es war, das Bild beim ersten Besuch seines neuen Freundes dort stehen zu haben. „Tut mir leid. Als ich das letzte Mal hier war, wusste ich noch nicht, dass ich … jemanden mitbringen würde."

„Darf ich es sehen?"

Kyle nickte, woraufhin Jesse sich näherte. „Sie ist entzückend", sagte Jesse mit einem Lächeln.

Das war sie wirklich gewesen. Vielleicht keine umwerfende Schönheit, aber mit ihren kurzen, hellbraunen Haaren und smaragdgrünen Augen hatte sie süß und bezaubernd ausgesehen. Als Kyle sie zum ersten Mal auf der Wiese vor ihrem Wohnheim gesehen hatte, war er überzeugt gewesen, dass man mit ihr eine Menge Spaß haben könnte. Und er hatte recht behalten.

„Du brauchst das Bild nicht zu verstecken", versicherte ihm Jesse.

Kyle legte es mit einem schüchternen Lächeln in die Schublade und schloss sie. „Danke. Aber ich glaube, ich muss es tun. Zumindest vorerst."

Während Jesse sich auf der Couch niederließ, ging er in die Küche und kehrte mit zwei Tassen Kaffee zurück, um es sich neben dem jungen Mann gemütlich zu machen. Jesse trank von seinem Kaffee und beugte sich vor, um die DVDs zu betrachten.

„Willst du dir etwas ansehen?", fragte Kyle.

„Nicht jetzt", antwortete Jesse. „Ich wollte nur wissen, was dir gefällt. Siehst du dir wirklich all diese Liebeskomödien an?"

Kurz zog er in Erwägung, es zu bestreiten. Wäre die Frage von Wesley gekommen, hätte er sich vermutlich herausgeredet und behauptet, es seien noch Julies und er habe sich nicht von ihnen trennen können. Jesse gab ihm jedoch nicht das Gefühl, es verheimlichen zu müssen. „Ehrlich gesagt schon. Sie heitern mich auf."

„Und Liebesromane!", rief Jesse, als sein Blick auf die Bücherregale fiel.

Die waren ihm noch peinlicher als die Filme. „Das … muss übrigens nicht jeder wissen."

Jesse lachte. „Du meinst, Wesley soll es nicht herausfinden."

„Ich würde es für den Rest meines Lebens zu hören bekommen."

„Dann verrate ich es ihm nicht." Jesse beugte sich vor, um Kyle zu küssen.

Seine warmen, weichen Lippen schmeckten nach Kaffee. Er unterbrach den Kuss, um noch einen letzten Schluck zu trinken, bevor er die Tasse auf dem Tisch abstellte. Dann zog er Kyle zu einem weiteren Kuss an sich, diesmal länger und leidenschaftlicher. Als sie sich auf dem Sofa bewegten, um ihre Körper dichter zusammenzubringen, presste sich bereits etwas Hartes gegen ihn.

Er löste sich von Jesse, um zu keuchen: „Wir müssen das nicht heute tun, wenn du zu müde bist."

„Machst du Witze? Darauf warte ich schon seit drei Tagen."

„Und mehr als drei Tage ohne Sex bringen dich um?"

„Das kann man nie wissen." Und schon küsste ihn Jesse wieder.

Nach einiger Zeit, als er bereits darüber nachdachte, Jesse das T-Shirt vom Körper zu reißen, kam Kyle langsam die Erkenntnis, dass sein Bett wesentlich gemütlicher war. Anstatt es lange zu erklären, stand er einfach auf und nahm Jesses Hand, woraufhin ihm dieser den kurzen Flur entlang zum Schlafzimmer folgte.

Doch als Jesse begann, sich auszuziehen, stoppte Kyle ihn. „Bitte lass mich das machen. Das klingt vielleicht ein bisschen komisch, aber … ich habe bisher nur mit Frauen geschlafen. Dein Körper ist etwas ganz Neues für mich."

„Du hast doch deinen eigenen", neckte Jesse.

„Der ist langweilig. Aber deinen möchte ich kennenlernen – alles davon. Und zwar in Ruhe."

„Ich gehöre ganz dir."

Gott, das klang gut.

Sie standen sich gegenüber, während Kyle Jesses Gesicht liebkoste und küsste. Er genoss das Gefühl seiner weichen Lippen, die sich kaum von denen einer Frau unterschieden, und das der rauen Stoppeln auf seinen Wangen, die so eindeutig männlich waren. Schließlich ließ er seine Hände unter Jesses Pullover und T-Shirt wandern und schob sie an seinen festen Bauchmuskeln hinauf, um die Kleidungsstücke abzustreifen. Nachdem er sie auf einen Stuhl geworfen hatte, widmete er sich Jesses Brust und Bauch. Seine Haut war erstaunlich weich, während sich darunter harte, kräftige Muskeln befanden. Er war kein Bodybuilder, aber durchtrainiert – und unglaublich sexy.

Kyle legte seine Arme um ihn und zog ihn an sich, um über eine Brustwarze lecken zu können. Jesse zischte leise und die Brustwarze stellte sich auf. Natürlich kannte er das bereits von Frauen, wobei Jesse allerdings besonders sensibel zu sein schien. Er wiederholte es bei der zweiten, um diese Theorie zu überprüfen. Sie stimmte: Jesse stöhnte vor Erregung, während er mit den Fingern durch Kyles Haar strich.

Obwohl er sich am liebsten gleich dem harten Schaft zwischen Jesses Beinen gewidmet und ihn aus Jeans und Unterwäsche befreit hätte, zwang er sich zur Geduld. Er wollte sich Zeit lassen. So kniete er sich vor Jesse, als wollte er ihn anbeten – wovon er im Grunde nicht weit entfernt war –, um seine Lippen auf den schmalen Streifen schwarzer Härchen zu legen, die von Jesses Nabel zu seinem Hosenbund führten. Mit den Händen streichelte er dabei über Jesses Rücken und seinen Hintern, wo er kurz verweilte, bis er sie weiter an seinen Beinen hinabwandern ließ.

„Setz dich", bat er sanft.

Jesse ließ sich auf der Bettkante nieder, damit Kyle ihm Sneaker und Socken ausziehen konnte. Auch wenn ihn Füße nicht besonders anmachten, streichelte er einmal kurz darüber und bedachte jeden von ihnen mit einem kleinen Küsschen. Als er sie auf dem Teppichboden abgestellt hatte und sich aufrichtete, befand sich sein Kopf erneut auf einer Höhe mit Jesses Schritt.

„Leg dich hin."

Nachdem Jesse der Aufforderung nachgekommen war, öffnete Kyle endlich den Knopf seiner Jeans und dann langsam den Reißverschluss, bevor er eine Hand hineinschob und sie auf den steifen Schaft legte, der sich gegen Jesses weiße Unterwäsche presste. Er drückte einmal sanft zu, woraufhin Jesse sich herrlich stöhnend auf dem Bett wand. Dennoch ließ er ihn widerstrebend los, um ihm die Hose ausziehen zu können.

Nachdem auch das erledigt war, ließ er seine Hände wieder an Jesses Beinen hinaufwandern. Diese waren *eindeutig* nicht weiblich. Die Beine und Arme des jungen Mannes waren muskulös und ziemlich haarig, wesentlich mehr als seine ziemlich glatte Brust. Bald war er wieder zwischen Jesses Beinen angekommen. Auch wenn sein Schwanz und seine Hoden noch durch seine Unterwäsche bedeckt wurden, verbarg der weiße Stoff nicht viel. Kyle konnte die Größe des Schafts erkennen und sah sogar, dass Jesse beschnitten war. Als er sich näherte, spürte er Wärme auf seinem Gesicht und nahm den männlichen Duft von Jesses Schweiß wahr.

Durch den Baumwollstoff hindurch streifte er die Spitze mit seinen Lippen. Jesse stieß einen wortlosen Laut aus und krallte seine Finger in die Laken. Kyle fühlte feuchten Stoff unter seinen Lippen und ihm wurde klar, dass er zum ersten Mal in seinem Leben den Lusttropfen eines Mannes schmeckte. Der beinahe süße Geschmack machte ihn wild. Er packte mit beiden Händen Jesses Unterwäsche, um sie herunterzuziehen. Jesses Schwanz sprang ihm entgegen und hinterließ einen feuchten Streifen auf seiner Wange.

Kyle hatte verdammt noch mal genug davon, zu warten. Er wollte diesen Schwanz in seinem Mund haben. Jesse keuchte, als er seine Lippen um die Eichel legte und den Mund öffnete, um sie über seine Zunge gleiten zu lassen. Darüber hatte er den ganzen Tag nachgedacht – wie es sich anfühlen würde, Jesse in den Mund zu nehmen. An diesem Punkt gab es keinen Zweifel mehr daran, dass er Sex mit einem Mann hatte. Er nahm einen Mann in sich auf, schmeckte Jesses salzigen Schweiß, spürte seine schwere Wärme auf seiner Zunge. Die drahtigen Haare an der Wurzel kitzelten seine Nase und erfüllten sie mit Jesses Duft. Jesses Schwanz war nicht ungewöhnlich groß, allerdings auch nicht klein. Er schien genau zu Jesses Körper zu passen. In Kyles Mund fühlte er sich dagegen gigantisch an.

Auch wenn er ihn am liebsten vollständig in den Mund genommen hätte, machte ihm sein Würgereflex einen Strich durch die Rechnung. Daher beschränkte er sich darauf, zu saugen und zu lecken, während er ihn mit seiner Zunge massierte, bis Jesse sagte: „Warte, ich will noch nicht kommen."

Ein Teil von Kyle wünschte es sich. Er wollte erleben, wie Jesse sich in seinen Mund ergoss, und zum ersten Mal das Sperma eines Mannes schmecken. Trotzdem gab er nach und löste seinen Mund von Jesses Schaft.

„Stört es dich, wenn ich mich selbst ausziehe?", fragte er Jesse, der einladend auf dem Bett lag.

„Kein bisschen! Beeil dich, bevor ich es nicht mehr aushalte."

Kyle befreite sich lachend von seiner Kleidung, während er im Stillen hoffte, Jesse mit seinem Anblick nicht zu enttäuschen. Jesses Gesichtsausdruck nach zu urteilen, als ihn dieser keuchend und steif anstarrte, gab es in dieser Hinsicht keine Probleme. Als er seine Unterwäsche abstreifte, war der Stoff seiner Boxershorts bereits ganz feucht.

„Willst du mich ficken?", fragte Jesse.

Die Worte lösten ein Ziehen in seinem Unterleib aus. Verdammt, und ob er das wollte. „Hast du das schon mal gemacht?"

„Ja. Ich liebe es."

„Hast du dafür was mit?" Kyle wurde nämlich klar, dass er peinlicherweise weder Kondome noch Gleitgel besorgt hatte. Trotz seiner Unerfahrenheit mit Männern hätte das selbstverständlich sein sollen.

Zum Glück war Jesse vernünftiger. Er rollte sich auf den Bauch, wobei er Kyle einen fantastischen Blick auf die helle Haut seines knackigen Hinterteils verschaffte, und beugte sich über die Bettkante, um eine Schachtel Kondome und eine kleine Flasche Gleitgel aus seinem Rucksack zu holen.

„Willst du das mit dem Gleitgel übernehmen?", fragte Jesse. „Oder ist es dir unangenehm, einem Mann deine Finger in den Arsch zu stecken?"

„Ich möchte es machen."

Und genau das tat er bald, während Jesse sich genüsslich auf dem Bett wand und dabei Kyles pochenden Schwanz streichelte, der bereits mit einem Kondom und Gleitgel vorbereitet war. Er kannte die Vorgehensweise aus seinen Liebesromanen. Erst ein Finger, dann ein zweiter, langsam und geduldig. Auch wenn ihm die Geduld nicht leichtfiel, schien Jesse das Ganze zu genießen, was Kyle ausreichend entschädigte.

Schon bald sagte Jesse: „Okay, ich bin so weit."

Er hob die Beine und wies Kyle an, sich zwischen sie zu knien. Selbst nach der Vorbereitung war es nicht leicht, in Jesse einzudringen und Jesse verzog das Gesicht auf eine Weise, die schwer zu interpretieren war. Verspürte er Lust oder Schmerzen? Glücklicherweise ermunterte Jesse ihn immer wieder leise murmelnd, sodass Kyle sich fester gegen ihn schob, bis sein Schaft plötzlich von weicher Wärme umfangen wurde, die ihn in sich aufnahm, bis sein Schamhaar gegen Jesses Hintern gepresst war.

„Oh, Scheiße!", keuchte er. „Das ist fantastisch." Er schaute zwischen Jesses Beinen hindurch und sah, dass der junge Mann ihn mit einem schläfrigen Lächeln betrachtete. „Alles in Ordnung?"

„Mehr als in Ordnung. Versuch, ob du dich ein bisschen vorbeugen kannst, ohne rauszurutschen."

Kyle gehorchte und lehnte sich gegen die Rückseite von Jesses Beinen. Jesse Hüfte kippte mit ihm, sodass er in ihm blieb. In der neuen Position berührten Jesses Beine beinahe seinen Kopf, was ihn jedoch nicht zu stören schien.

„Und jetzt fick mich", sagte er leise.

Obwohl Kyle ihn dabei gern geküsst hätte, war das in dieser Position nicht leicht. Hin und wieder gelang ihm ein kleines Küsschen, wenn Jesse den Kopf hob und ihm entgegenkam, doch die meiste Zeit schauten sie einander nur in die Augen, während Kyle sich in Jesse bewegte. Anfangs rutschte er einige Male heraus, bis er dahintergekommen war, wie weit er sich bewegen durfte, bevor Jesses Körper ihn von sich stieß, doch bald hatte er in einen natürlichen, angenehmen Rhythmus gefunden. Während er sich stetig dem Höhepunkt näherte, spürte er etwas, das er nach Julies Tod nie wieder erwartet hatte: ein Gefühl der Verbundenheit, als hätten sie sich durch ihre Körper auch auf höherer Ebene vereint, bis sein Bauch und seine Brust ganz und gar von einer lebendigen Wärme erfüllt zu sein schienen.

Es ist zu früh, dachte er. *Wir kennen uns kaum.* Die Anziehungskraft zwischen ihnen war überraschend heftig, das konnte er nicht abstreiten. Aber es war nur körperlich. Oder zumindest hauptsächlich. Vielleicht war da auch etwas mehr. Ganz sicher wusste er nur, dass es sich fantastisch anfühlte. Er ließ sich davon überwältigen, bis er sich tief in Jesses Körper ergoss, während er mit einer Hand an Jesses Schwanz dafür sorgte, dass der junge Mann ebenfalls zum Höhepunkt kam.

Sie blieben noch lange so liegen und schauten einander in die Augen, ohne ein Wort zu sagen.

22

AM LIEBSTEN wäre Jesse ewig so liegen geblieben, während sich Kyle tief in ihm befand und ihn anschaute, als könnte er in seine Seele blicken. Das lange Vorspiel, als Kyle streichelnd und leckend seinen Körper erkundet hatte, war etwas frustrierend gewesen, aber auch ziemlich heiß. Dass Kyle beim Sex Anweisungen gebraucht hatte, war ziemlich amüsant, wenn man den Altersunterschied bedachte. Analsex hatte bisher eindeutig nicht zu seinem Repertoire gehört. Als sie allerdings einmal richtig angefangen hatten …

Mann. Jesse hatte nie zuvor so guten Sex gehabt. Nicht, dass Kyle sich plötzlich in einen Pornostar verwandelt hatte – obwohl er ein toller Mann war –, aber Jesse hatte sich dabei das erste Mal jemandem so eng verbunden gefühlt. Auch wenn es mit anderen Männern durchaus gut gewesen war, hatte er diesmal eine Art Ziehen in der Brust verspürt, eine heftige Sehnsucht danach, ihre Körper so nah wie möglich zusammenzubringen, sie miteinander verschmelzen zu lassen.

Als Kyle sich danach aus ihm zurückzog, war es beinahe schmerzhaft, diese Verbindung zu verlieren. Er stieß einen heiseren Protestlaut aus, doch Kyle senkte sanft Jesses Beine, sodass er sich mit dem ganzen Körper an ihn schmiegen konnte. Trotz Kyles warmer und schweißnasser Haut war es ein angenehmes Gefühl, als Kyle ihn umarmte und zärtlich küsste.

„Das war fantastisch", flüsterte Kyle. „Wenn ich mies war, sag es mir bitte erst morgen früh. Mehr verlange ich nicht. Lass es mich nur ein bisschen genießen."

Jesse kicherte. „Hör auf, du warst nicht mies. Und du hast mir sogar einen geblasen …"

„Daran muss ich wohl noch arbeiten."

„Du wirst noch viel Gelegenheit zum Üben bekommen", versicherte ihm Jesse. „Ich habe nämlich jede Sekunde davon genossen und du darfst es gerne wieder tun. Sehr, sehr oft."

„Es ist fast drei Uhr morgens."

„Es muss ja nicht jetzt sein."

Kyle küsste lächelnd seine Nasenspitze. „Dann bist du dir also sicher? Dass du das hier wiederholen willst?"

„Absolut", antwortete Jesse ernst. Er wollte noch etwas hinzufügen, doch als er Kyle so ansah, fiel ihm nichts ein, das nicht zu aufdringlich oder rührselig geklungen hätte.

Kyle schien zu verstehen. „Es ist spät, Kleiner, und wir sind beide müde. Lass uns erst mal schlafen und morgen können wir darüber reden, wie es mit uns weitergehen soll."

Jesse hob eine Hand, um über die Stoppeln auf Kyles Wange zu streicheln, die nicht mehr glatt wie am Morgen war. „Okay."

ALS JESSE aufwachte, lag er in Kyles Armen. Der Detective hatte sich an seinen Rücken geschmiegt und Jesses Hintern befand sich in seinem Schoß, sodass sich Kyles morgendliche Erektion dagegenpresste. Er fühlte sich sicher und beschützt, was ihm gut gefiel. Er hoffte, sich in Zukunft häufiger so zu fühlen.

Jesse blieb dort liegen, so lange er konnte, ohne den Tag mit einer unschön nassen Matratze zu beginnen. Schließlich musste er jedoch aus Kyles Umarmung schlüpfen, um dem Badezimmer einen Besuch abzustatten. Als er zurückkehrte, war Kyle wach und schaute unter schweren Lidern zu ihm hoch.

„Du hast mich zu lange wach gehalten", brummte er.

„Du durftest mich flachlegen", erinnerte ihn Jesse.

Kyle streckte sich lächelnd, bevor er Jesses Körper mit lüsternem Blick musterte. „Ach ja, stimmt. Der Teil hat mir gefallen."

Jesse kletterte ins Bett, um sich unter die Decke zu kuscheln, woraufhin Kyle ihn gleich wieder an sich zog. Bei der unverwechselbaren festen Wärme eines Männerkörpers wurde Jesse augenblicklich steif, was dazu führte, dass sie sich aneinandergekuschelt zum Höhepunkt streichelten.

„Leider", sagte Kyle, als er danach seine Unterwäsche vom Boden aufhob, um sich den Bauch abzuwischen, „kann ich es mir nicht erlauben, den ganzen Tag im Bett zu bleiben und Zeit mit dem schönsten Mann zu verbringen, den ich je gesehen habe."

Das Kompliment brachte Jesse zum Erröten. „Warum nicht? Kannst du dich nicht krankmelden?"

„Wir ermitteln in einem Mordfall", antwortete Kyle. „Und ich kann nicht alle endlos lange im Hotel festhalten. Sie wollen Sonntag auschecken, woran ich sie ohne Grund nicht hindern kann."

„Einer von ihnen hat Stuart umgebracht. Ist das nicht Grund genug?"

Kyle schüttelte den Kopf. „Dafür müsste ich schon etwas Konkreteres vorweisen. Sie haben zugestimmt, wie geplant zu bleiben, aber ich kann sie nicht zwingen, die unverschämten Preise auch nur einen Tag länger zu zahlen."

Er lag auf dem Rücken, während Jesse sich neben ihm auf die Matratze gehockt hatte und ihm einen verführerischen Anblick bot. Kyle streckte träge einen Arm aus, um seine Hand unter Jesses Hoden zu schieben, die dabei von den Härchen an seinem Unterarm gekitzelt wurden. Einen Augenblick danach breitete sich ein Kribbeln in Jesses Körper aus, als Kyles Finger weiter nach hinten wanderten und über seinen Eingang streichelten.

„Findest du es ekelhaft, einem Mann den Arsch zu lecken?", erkundigte sich Kyle.

Jesse lachte. „Kein bisschen! Ich liebe es, wenn das ein Mann bei mir macht. Oder möchtest du, dass ich es bei dir tue?"

„Ich bei dir", antwortete Kyle mit einem schiefen Lächeln. „Obwohl ich auch nichts dagegen hätte, es umgekehrt auszuprobieren." Nach einem Blick auf den Wecker neben dem Bett seufzte er. „Aber dafür ist jetzt keine Zeit. Wir müssen frühstücken und uns auf den Weg zu Wesley machen."

OBWOHL JESSE eine Schüssel Frühstücksflocken und ein Kaffee völlig gereicht hätten – schließlich war er die letzten vier Jahre Student gewesen –, bestand Kyle darauf, ihnen Pfannkuchen mit Speck zu machen. Er war ein überraschend guter Koch. Die Pfannkuchen waren luftig, locker und perfekt gebräunt, der Speck knusprig, aber nicht verbrannt. Auch beim Kaffee machte er alles richtig.

Während sie aßen, fragte Jesse vorsichtig: „Also, was hat es mit dem Mord an Stuart zu tun – der Tod seiner Eltern, meine ich?"

Er rechnete halb damit, dass Kyle ihn ermahnen würde, sich nicht in die Ermittlungen einzumischen. Doch der Detective betrachtete ihn nachdenklich, während er einen Bissen seines Pfannkuchens kaute, und antwortete, nachdem er geschluckt hatte: „Es könnte Zufall sein. Manche Menschen haben ein tragisches Leben voller schrecklicher Vorfälle, ganz ohne Grund – sie haben einfach Pech."

„Du glaubst aber nicht, dass das Erlebnis mit seinen Eltern Todd zu einem gefährlichen Psychopathen gemacht hat, oder?"

Kyle schüttelte den Kopf. „Das ist Pop-Psychologie. Ich streite nicht ab, dass so ein Vorfall schwer zu verarbeiten ist, aber seine Eltern sterben zu sehen, macht einen noch lange nicht zum Mörder. Natürlich war ihre Kindheit allgemein nicht leicht, weil sie von ihren Eltern misshandelt wurden. Andererseits kenne ich so viele Menschen mit ähnlich schwerer Kindheit, die trotzdem nicht zu Mördern geworden sind."

„Und was ist mit dem gruseligen Ryan?"

Kyle stand auf, um einen Teller mit Pfannkuchen vom Ofen zu holen, wo er sie warm gehalten hatte. „Was ist mit ihm?"

„Abgesehen von der Sache mit seiner Schwester – die echt eklig ist … Hat er ein Motiv für den Mord?"

„Eifersucht?"

„Das hängt wohl davon ab, ob Stuart das Geld angenommen hat. Wäre das nicht der Fall gewesen, hätte Ryan vielleicht einen Grund für den Mord gehabt. Aber ich denke, er hat das Geld angenommen und Ryan wusste es."

Zurück am Tisch platzierte Kyle mit Hilfe eines Pfannenwenders drei weitere Pfannkuchen auf Jesses Teller und die zwei verbleibenden auf seinem eigenen. „Wie kommst du darauf?"

Jesse war nicht sicher, ob er drei weitere Pfannkuchen essen konnte, doch da er Kyle nicht kränken wollte, indem er sie ablehnte, bestrich er sie mit Ahornsirup. „Es gab für ihn keinen Grund, auf den Berg zu fahren und es zu verheimlichen, wenn er dort nicht etwas vorgehabt hätte."

„Zum Beispiel einen Mord?", fragte Kyle trocken. Nachdem er den leeren Teller auf dem Ofen abgestellt hatte, nahm er wieder am Tisch Platz.

Jesse war leicht genervt, nicht ernst genommen zu werden, beschloss jedoch, es für den Moment zu ignorieren. „Wahrscheinlich nicht. Ich glaube eher, dass er das Geld übergeben hat. Warum hätte er sonst dort sein sollen? Also muss er auch gewusst haben, ob Stuart das Geld angenommen hat."

Kyle ließ sich viel Zeit damit, ein Stück Pfannkuchen zu kauen. Als Jesse versuchte, ihm in die Augen zu schauen, senkte er den Blick zum Teller und goss mehr Sirup auf seinen Pfannkuchen.

„Ihr habt bei Stuart das Geld gefunden, stimmts?", fragte Jesse kühl.

„Warum denkst du das?"

„Weil dein Pfannkuchen gleich im Sirup ertrinkt", antwortete Jesse, „und du mich nicht ansiehst. Du verheimlichst mir etwas."

Kyle stieß knurrend seinen Teller von sich. „Gott, kannst du endlich aufhören? Ich darf den Fall nicht mit dir besprechen."

„Hättet ihr das Geld nicht gefunden, wüsstet ihr nicht, ob Stuart es abgelehnt oder sein Mörder es ihm abgenommen hat."

„Na schön!", fauchte Kyle. „Ja, wir haben das Geld bei ihm gefunden. Aber das behältst du für dich, verstanden? Ich weiß, dass du gestern im Auto jemandem geschrieben hast – vermutlich Joel oder Todd."

„Joel."

„Hast du dich schon mit ihm darüber unterhalten?"

„Nein, natürlich nicht."

Kyle legte seine Gabel auf den Teller und beugte sich mit einem Stirnrunzeln vor. „Planst du, dich mit ihm zu treffen, wenn wir wieder beim Hotel sind?"

„Ich soll ihn anrufen", gab Jesse zu. „Aber ich bin nicht an ihm interessiert, falls es das ist, was dich beunruhigt."

„Du weißt ganz genau, warum ich beunruhigt bin. Verdammt, Jesse! Einer von den Leuten dort ist ein Mörder. Selbst wenn es nicht Joel ist, begibst du dich in Gefahr, wenn du wieder hingehst. Verstehst du das nicht?"

Jetzt hatte er kein Problem damit, Jesse anzusehen, wohingegen Jesse seine ganze Willenskraft aufbringen musste, um seinem Blick nicht auszuweichen. „Verbietest du mir, mit ihm zu reden?"

Jesse wusste selbst nicht, warum er so fest entschlossen war, mit Joel in Kontakt zu bleiben. Vielleicht verhielt er sich nur so stur, weil Kyle es nicht wollte. Sie wussten beide, dass Kyle es ihm nicht wirklich verbieten konnte, aber allmählich schien das Thema ihn wütend zu machen. War Joel es wirklich wert, seinetwegen einen Streit mit Kyle anzufangen?

Glücklicherweise wurde das Gespräch in diesem Moment von Kyles Handy unterbrochen. Er stand knurrend auf, um es aus seiner Jackentasche zu holen. „Hi, Wes."

23

KYLE HATTE bereits gelernt, dass er Jesse nicht davon überzeugen konnte, sich von dem Fall fernzuhalten. Er schien einfach nicht zu begreifen, in welche Gefahr er sich dabei begab. Jesses Protesten zum Trotz war er sicher, dass sein junges Alter zumindest in dieser Hinsicht doch eine Rolle spielte. Oder zumindest sein Mangel an Erfahrung. Nach acht Jahren als Polizist wusste Kyle genau, dass einem Mörder ein zweiter Mord nicht schwerfiel.

Nach seinem Gespräch mit Wesley hielt er es allerdings nicht für sinnvoll, die Diskussion fortzusetzen. Jesse hörte ohnehin nicht auf ihn. Er konnte nur versuchen, ihn so gut wie möglich im Auge zu behalten.

Während Jesse noch seine Pfannkuchen aß, zog Kyle sich ins Badezimmer zurück, um zu duschen. Allerdings hatte er noch nicht lange unter dem Wasserstrahl gestanden, als sich die Badezimmertür öffnete.

„Ich bin's, Jesse. Bitte gerate nicht in Panik und töte mich mit bloßen Händen", kam er auf ihren alten Scherz zurück.

Kyle musste lachen. „Ich bemühe mich."

Gleich darauf wurde die geriffelte Glastür zur Seite geschoben und Jesse betrat die Dusche, vollkommen nackt und atemberaubend schön. Kyle war augenblicklich steif. „Mmm", murmelte er anerkennend, während er seifige Hände auf Jesses Hüften legte. „Mir fallen schönere Sachen ein, die ich mit bloßen Händen tun könnte."

„Wollen Sie mich durchsuchen, Officer?"

Kyle griff grinsend nach dem Stück Seife. Nachdem er es zwischen den Händen gerieben hatte, bis genug Schaum vorhanden war, legte er es zur Seite und ließ seine Hände über Jesses Oberkörper gleiten. Jesses Augen schlossen sich und er stöhnte, als Kyle jeden Zentimeter seiner feuchten Haut erkundete. Sein Schwanz war bereits steif, bevor Kyle eine Hand senkte, um ihn zu streicheln.

Hiervon werde ich niemals genug bekommen, dachte Kyle.

Er brachte Jesse zum Höhepunkt, bevor er ihm erlaubte, das Gleiche bei ihm zu tun. Obwohl ihnen zu mehr keine Zeit blieb, hatte Kyle beim Duschen schon sehr lange nicht mehr so viel Spaß gehabt.

ETWA EINE Stunde später holten sie Wesley ab. Als er Jesse auf dem Rücksitz sah, warf er ihm einen gereizten Blick aus zusammengekniffenen Augen zu. „Wie ich sehe, fährst du mit uns zurück."

„Das muss ich", antwortete Jesse. „Mein Auto steht vor eurem Hotel."

„Sei freundlich, Wesley", brummte Kyle.

Wesley hob abwehrend die Hände. „Ich frage mich nur, wo er heute Nacht schlafen will."

Darüber hatte Kyle ebenfalls nachgedacht. „Er kann sich im Lodge ein Zimmer suchen. Wenn es nur für ein oder zwei Nächte ist, bezahle ich es."

„Das musst du nicht", protestierte Jesse. „Ich kann es selbst bezahlen."

Auch wenn Kyle nicht genau wusste, über wie viel Geld Jesse verfügte, bezweifelte er, dass es sich um große Mengen handelte. Sollte er darauf bestehen, für ihn zu bezahlen? Oder hätte ihn das nur gekränkt?

Wesley schüttelte seufzend den Kopf. „Na ja, ich habe mir Gedanken darüber gemacht und … von mir aus kann Jesse in unserem Zimmer bleiben. Also solange ihr nichts anfangt, wenn ich dabei bin."

Kyle zog die Augenbrauen hoch und wartete auf Jesses Antwort. Er war nicht sicher, wie begeistert er von diesem Angebot sein würde. Doch Jesse lächelte und sagte: „Ich werde es gerade so schaffen, mich zurückzuhalten."

„Und niemand läuft nackt herum", warnte Wesley.

„Zu Befehl."

Kyle schaute auf die Straße und äußerte sich nicht dazu. Um ein paar hundert Dollar zu sparen, würde es sich wahrscheinlich lohnen.

Hoffentlich.

DER REST der Fahrt verlief ereignislos. Wesley weigerte sich, in Jesses Gegenwart über den Fall zu reden, womit er natürlich völlig recht hatte. Da es Kyle zunehmend schwerer fiel, daran zu denken, war es vermutlich gut, dass Wesley ihn daran erinnerte. Allerdings gab es davon abgesehen nicht viel, was sie drei gemeinsam hatten, weshalb Gespräche schnell verebbten, wenn es nicht gerade darum ging, wo sie zum Mittagessen anhalten sollten. Doch selbst das Thema war bald erledigt, nachdem sie sich darauf geeinigt hatten, dass es nicht nötig war, da sie bereits gegen ein Uhr in Bretton Woods ankommen würden und dort im Fabyan's einkehren konnten.

Während der Fahrt hörte er einmal Jesses Handy summen, woraufhin der junge Mann mit jemandem Nachrichten austauschte. Vermutlich Joel, wovon Kyle nicht begeistert war. Allerdings behielt er das für sich. Wesley wäre ausgeflippt, wenn er gehört hätte, dass Jesse mit einem der Verdächtigen kommunizierte und Kyle wollte nicht noch zu den Spannungen zwischen den beiden beitragen. Er würde später versuchen, mit Jesse allein darüber zu reden, was vor sich ging.

Dazu bekam er die Gelegenheit, als sie sich im Restaurant an den Tisch gesetzt hatten und Wesley sich entschuldigte und in Richtung Toilette verschwand. Kyle fragte eilig: „Du hast gerade Joel geschrieben, oder?"

„Ja", gab Jesse zu.

„Was plant ihr?"

„Er, Todd und Corrie treffen sich heute Abend für eine Art Abschiedsparty zu Stuarts Ehren", antwortete Jesse. „Schließlich reisen sie morgen ab, wenn du es nicht verbietest." Kyle wusste, dass ihm das nicht möglich war. Jesse fuhr fort: „Sie haben mich eingeladen, weil ich in den letzten paar Tagen so viel Zeit mit ihnen verbracht habe."

„Ich halte das für keine gute Idee", teilte Kyle ihm mit.

Jesse nickte. „Das war mir klar. Aber wenn alle zusammen sind, kann nicht viel passieren. Und sie werden trinken. Wenn also einer von ihnen unvorsichtig werden sollte, dann heute."

Kyle runzelte die Stirn, konnte allerdings nicht mehr antworten, da Wesley an den Tisch zurückkehrte. „Was ist los?", fragte er Kyle. „Warum siehst du so sauer aus?"

Kyle bemühte sich, eine neutrale Miene aufzusetzen. „Ich bin nicht sauer. Es ist alles in Ordnung."

NACH DEM Essen fuhren sie zum Hotel, damit Jesse „einziehen" konnte, was sich im Grunde darauf beschränkte, dass er seinen Rucksack und seine Reisetasche in eine Ecke warf. Anschließend streckte er sich in Jeans und einem dunkelgrünen T-Shirt auf Kyles großem Bett aus, um zu lesen. Kyle hätte ihm die Kleider am liebsten von seinem schlanken Körper gerissen und ihn verwöhnt. Leider befand sich Wesley im Raum und sah fern, weshalb Kyle sich stattdessen dazu zwang, in einem Bericht zusammenzufassen, was sie am Vortag von Mrs. Moore und dem Privatdetektiv erfahren hatten.

Frustrierenderweise hatten sie noch immer nicht genug herausgefunden, um jemandem den Mord anzuhängen. Es gab nur eine Reihe möglicher Motive – von denen Kyle keines besonders zusagte – und eine Reihe von Personen, die Gelegenheit gehabt hätten.

Todd hätte eifersüchtig auf Corrie gewesen sein können – eher unwahrscheinlich – oder er hatte von dem Geld gewusst und es für sich gewollt. Das mit dem Geld galt auch für Joel – was allerdings schwer vorstellbar war, wenn er Stuart wirklich geliebt hatte – oder er hatte möglicherweise befürchtet, dass Stuart sich doch zu der Hochzeit entschließen würde, und dann aus Eifersucht gehandelt oder weil er sich betrogen fühlte. Bei Ryan gab es die Möglichkeit, dass er daran gezweifelt hatte, Stuart wirklich allein mit dem Geld davon überzeugen zu können, die Hochzeit abzusagen. Vielleicht hatte er die einzige sichere Methode gewählt, Stuart von der Hochzeit abzuhalten. Aber auch das war nicht sehr wahrscheinlich.

Corrie kam in Frage, falls sie von Stuarts Plänen gewusst hatte, die Hochzeit platzen zu lassen. Es war durchaus denkbar, vor allem, wenn sie tatsächlich schwanger war – oder wenn man Joels Theorie akzeptierte, dass Corrie Stuart hatte an sich binden wollen, damit Todd in der Nähe blieb. Aber wäre sie körperlich in der Lage gewesen, einen Mann von Stuarts Größe zu packen und mit dem Kopf gegen einen Stein zu stoßen? Vielleicht wenn sie schnell genug war, aber Kyle konnte es sich nur schwer vorstellen.

Wie er es auch betrachtete, musste Kyle sich am Ende eingestehen, dass er weitere Informationen benötigte. Und Jesses Plan mit der Party schien ein Weg zu sein, sie zu bekommen. Nicht unbedingt ein *guter* Weg. Es war gefährlich und Kyle wollte Jesse eigentlich nicht noch weiter in den Fall verwickeln. Doch es schien ihm gelungen zu sein, ihr Vertrauen zu gewinnen, sodass einer von ihnen sich vielleicht etwas entlocken lassen würde, wenn sie entspannt und betrunken waren.

Oder vielleicht wird einer von ihnen gewalttätig.

Sein Gedankengang wurde von Wesley unterbrochen, der den Fernseher ausschaltete und aufstand, um sich zu strecken. „Mir reicht's. Ich langweile mich zu Tode. Wenn keiner von euch eine bessere Idee hat, gehe ich irgendwo ein Bier trinken." Er warf Kyle und Jesse einen vielsagenden Blick zu. „Ich bin eine Stunde weg, also macht, was ihr wollt. Aber ich erwarte, dass alle angezogen sind, wenn ich zurückkomme."

Kyle brummte: „Ja, Mutter", war jedoch entzückt darüber, dass Wesley ihm Zeit mit Jesse allein gab. Jesse sah ihn nur mit einem frechen Grinsen an.

Da Wesley in Boxershorts ferngesehen hatte, dauerte es einige Minuten, bis er seine abgelegten Kleider eingesammelt hatte und hineingeschlüpft war. Anschließend nahm er seinen Mantel und verließ das Zimmer.

„Viel Spaß, Jungs."

Als sich die Tür hinter ihm geschlossen hatte, fragte Jesse: „Soll ich ihm sagen, dass man seine Eier sieht, wenn er Boxershorts anhat?"

„Ich bin ziemlich sicher, dass er das weiß", antwortete Kyle und verzog das Gesicht, als er an den Anblick zurückdachte, „und es ihn einfach nie gestört hat, weil ich nur ein anderer Typ bin. Mir ist es lieber, wenn das so bleibt und er in meiner Gegenwart nicht plötzlich Hemmungen hat."

Jesse lachte. „Okay."

Kyle erhob sich und knöpfte sein Hemd auf, während er sich dem Bett näherte. „Er will nur nett sein."

„Und ich vermute, du möchtest sein großzügiges Angebot einer Stunde Fickzeit ausnutzen?" Jesse legte sein Buch auf den Nachttisch und kniete sich an den Rand der Matratze.

„Verdammt, ja. Bei mir steht schon alles bereit."

„Tatsächlich?", fragte Jesse unschuldig und beugte sich vor, um mit einer Hand über Kyles Bauch zu streicheln, bevor er sie in seinen Hosenbund schob. „Lass mich mal nachsehen." Da der Gürtel störte, löste Kyle ihn und genoss das angenehme Kitzeln, als Jesses Finger in seine Unterwäsche schlüpften und durch sein Schamhaar fuhren. Schließlich legten sich Jesses Finger um seinen steifen Schwanz und drückten zu. „Da ist er ja!"

Kyle stöhnte, während er den Kopf senkte, um an Jesses Ohrläppchen zu knabbern und die Hände unter sein T-Shirt zu schieben, damit er nackte Haut streicheln konnte. Er ließ die Hände nach hinten über Jesses Rückenmuskeln gleiten, bevor er sie in seine Jeans und Unterwäsche schob, um sie auf seinen Hintern zu legen. Jesse öffnete grinsend seine Jeans und schob sie bis zu den Knien hinunter.

„Warum legst du dich nicht hin?", flüsterte Kyle ihm ins Ohr.

Nachdem sie sich hastig von ihren Kleidern befreit und sie achtlos auf den Boden geworfen hatten, legte Jesse sich auf die Tagesdecke und präsentierte Kyle jeden Zentimeter seiner seidigen, goldenen Haut. Kyle kämpfte noch kurz mit seinen Hosenbeinen, in denen er sich in der Eile verheddert hatte, und kam sich wie ein Idiot vor, während er sie und die Socken von seinen Füßen löste. Endlich hatte er alles abgestreift und über einen Stuhl gehängt. Nackt und etwas verlegen näherte er sich mit einer bei jedem Schritt wippenden Erektion dem Bett. Jesse schien allerdings nichts Albernes an ihm zu finden. Sein Blick ruhte auf Kyles Schwanz und in seinem schönen Gesicht zeichnete sich Sehnsucht ab, als er ihn mit leicht geöffnetem Mund betrachtete und sich über die Lippen leckte.

Gott, er war so sexy.

Jesses Erektion ragte ebenfalls in die Luft und lockte Kyle, sie zu kosten. Er kletterte auf das Bett, machte allerdings kurz Halt, um die Innenseite von Jesses Schenkeln zu küssen, was ihn zum Erzittern brachte. Jesse stieß ein leises Stöhnen aus, als Kyles Lippen seine Hoden fanden und Kyles Zunge kurz über die salzige Haut leckte. Sie war natürlich sauber – Kyle roch noch das Duschgel des Hotels –, doch der Duft eines Mannes brauchte nicht lange, um sich wieder durchzusetzen, was Kyle sehr freute.

Da er feststellte, dass jeder Hoden etwas zuckte, wenn er darüberleckte, amüsierte er sich mit abwechselndem Lecken, bis das Spiel nicht mehr funktionierte, weil sie sich durch Jesses Erregung zu stark zusammengezogen hatten. Dann ließ er seine Zunge über die Unterseite von Jesses Schaft gleiten, was diesen ebenfalls herrlich zum Zucken brachte und Jesses Kehle ein schwaches Wimmern entlockte.

Als er ihn in den Mund nahm, ging es schon leichter als beim letzten Mal, auch wenn ihn sein Würgereflex erneut daran hinderte, ihn ganz in sich aufzunehmen. *Ich muss Jesse um Unterricht bitten*, dachte er. Dennoch schien es Jesse zu gefallen, denn er wand sich auf dem Bett und krallte sich in der Decke fest.

Kyle war hin- und hergerissen: Einerseits wollte er weitermachen, andererseits hätte er sich gern Jesses Oberkörper zugewandt oder ihn geküsst ... oder in die Tat umgesetzt, worüber er seit dem letzten Mal fantasierte. Als er daran dachte, durchzuckte ihn heftige Lust.

Damit ist es wohl entschieden.

Kyle ließ Jesses Schwanz aus seinem Mund rutschen, was ein weiteres Wimmern verursachte – *Gott, ich liebe das* –, und wanderte mit seiner Zunge weiter nach unten hinter Jesses Hoden. Wie nannte man das Stück noch? Perineum, genau. Kyle leckte über den straffen Muskel, musste jedoch frustriert feststellen, dass sich sein Ziel in dieser Position außer Reichweite befand. Also schob er die Arme unter Jesses Oberschenkel und hob sie hoch, damit Jesse die Beine anzog und seine Hüfte kippte, womit er Kyle sein wunderschönes, enges, kleines Loch präsentierte, das rosa zwischen seinen hellen Hinterbacken lag.

Kyle ließ probeweise seine Zunge darübergleiten, woraufhin er innehielt, um festzustellen, ob er den Geschmack unangenehm fand – doch das tat er nicht, kein bisschen. Vielleicht etwas anders als Jesses Hoden, mit einer stärkeren Moschusnote, aber nicht schlecht. Zum Glück, denn Kyle konnte sich kaum noch zurückhalten. Er versuchte es erneut und wurde mit einem heiseren Stöhnen belohnt. Als er weiterleckte, gab Jesse immer wieder kleine Geräusche von sich und zuckte in seinen Armen. Es machte Kyle ganz verrückt vor Lust, wie heftig Jesse auf ihn reagierte. Es ermunterte ihn, sich tiefer vorzuwagen, bis Jesse ihn plötzlich mit einem heftigen Zucken seiner Hüften und einem gekeuchten „Nein!" überraschte.

Da er fürchtete, ihm wehgetan zu haben, hob er den Kopf, nur um zu sehen, wie Jesse sich über seinen Bauch ergoss. *Oh, Mann!*

„Ja", stöhnte Kyle, als er sich vorbeugte, um etwas von dem dickflüssigen weißen Sperma aufzulecken, das noch aus Jesses Schwanz spritzte. Zum ersten Mal schmeckte er so etwas. Auch wenn es vielleicht nicht vernünftig war, das zu tun, konnte er sich einfach nicht zurückhalten. Es schmeckte so fantastisch und roch so verführerisch, dass er beinahe sein eigenes auf der Decke verteilt hätte. Als Jesse sich wieder beruhigt und Kyle alles aufgeleckt hatte, war sein Gesicht praktisch damit bedeckt.

„Tut mir leid", sagte Jesse atemlos. „Ich wollte nicht so schnell kommen."

„Es war verdammt noch mal großartig! So sehr habe ich nicht mehr die Kontrolle über mich verloren, seit ..." Kyle war nicht sicher, ob ihm das *überhaupt* je passiert war.

„Bist du gekommen?"

„Noch nicht."

„Dann dreh dich um", wies ihn Jesse an.

Er positionierte sie so auf dem Bett, dass Kyle noch ein wenig an Jesses nachlassender Erektion saugen und die letzten Tropfen seines Samens hervorlocken konnte, während Jesse Kyles schmerzhaft steifen Schwanz in den Mund nahm. Es dauerte nicht lange. Jesse stellte sich dabei wesentlich geschickter an als er und ließ Kyles Schaft bis in seine Kehle eindringen, während er ihn mit der Zunge massierte. Er ergoss sich heftig in Jesses Mund und der junge Mann schluckte jeden einzelnen Tropfen.

Kyle zögerte, ihn anschließend zu küssen, als ihm bewusst wurde, wo sein Mund gewesen war. Jesse schien es jedoch nicht zu stören. Er kroch an Kyles Körper hinauf, um seine Lippen auf Kyles zu legen, bis dieser nachgab und den Kuss erwiderte.

Nach einiger Zeit löste sich Kyle, um zu sagen: „Ich fange jetzt nur ungern damit an, aber hast du immer noch vor, dich nachher mit Joel und den anderen zu treffen?"

„Ich glaube schon", antwortete Jesse nachdenklich. „Ich könnte doch etwas Wichtiges erfahren, meinst du nicht?"

Kyle stimmte ihm nicht zu. Er wollte nicht klingen, als ob er es unterstützte oder billigte. „Mir wäre es lieber, wenn du es nicht tätest."

„Ich weiß", sagte Jesse. „Aber ich tue es trotzdem."

Kyle warf ihm einen finsteren Blick zu, bevor er mit einem langen, genervten Seufzer sagte: „Tja, dann solltest du lieber bald gehen. Wenn du wartest, bis Wesley zurück ist, wirst du dir einiges anhören müssen."

„Willst du was zum Mithören an mir verstecken?", fragte Jesse.

Obwohl Kyle wusste, dass Jesse scherzte, wäre es ihm wesentlich lieber gewesen. „Klar", sagte er. „Ich habe an dir ja gerade ein gutes Versteck gefunden." Als Jesse grinste, fügte er ernster hinzu: „Die Ausrüstung dazu haben wir in Concord und in der kurzen Zeit können wir keine holen." Er küsste Jesse auf die Stirn. „Nimm dein Handy mit und ruf an, wenn es Probleme gibt. Ich bin nur zwei Minuten entfernt."

24

JESSE SCHRIEB Joel eine Nachricht, bevor er in sein Auto stieg, und bekam die Antwort *komm in unserem zimmer*. So, wie er Joel kannte, war der zweideutige Grammatikfehler volle Absicht. Er ignorierte ihn.

Er legte die kurze Strecke über die Route 302 zurück und klopfte bereits wenige Minuten später an die Tür zu Joels und Todds Zimmer, durch die Musik drang – „Mexican Moon" von Concrete Blonde. Gleich darauf wurde die Tür von einem strahlenden Joel aufgerissen. Er lehnte sich gegen den Rahmen und schien bereits etwas betrunken zu sein. In einer Hand hielt er ein Glas, dessen Inhalt nach einem Screwdriver aussah. „Jesse! Der andere heiße Mann, der nicht mit mir schlafen will!"

„Versuch, ihn abzufüllen!", rief Todd aus dem Zimmer hinter ihm.

Als Joel ihn einließ, entdeckte Jesse, dass nicht nur sie drei dort waren. Corrie lag neben Todd auf seinem Bett – beide vollständig bekleidet – und zu Jesses Überraschung war auch Ryan anwesend. Er saß auf einem der altmodischen Polsterstühle und schien sich unwohl zu fühlen, hielt allerdings ein Bier in der Hand. Auf dem Tisch neben ihm befand sich eine Ansammlung von alkoholischen Getränken und anderen Zutaten – Bier, Wodka, Rum, Tequila, Cola, Orangensaft, Cranberrysaft und ein Kübel, der zur Hälfte mit Eis gefüllt war.

„Corrie kennst du ja schon", sagte Joel, während er die Tür hinter ihm schloss. Er deutete mit einer wegwerfenden Geste auf Ryan. „Und das ist *Ryan*." Der strafende Tonfall bei Ryans Namen machte seine Meinung über ihn deutlich klar.

Ryan warf ihm einen finsteren Blick zu. „Leck mich, Joel." Dann musterte er Jesse mit verwirrtem Blick, als überlegte er, wo er ihn schon einmal gesehen hatte. Es war ihr erstes Zusammentreffen seit der kurzen Begegnung auf dem Gipfel und Jesse wäre es lieber gewesen, wenn Ryan sich nicht an ihn erinnert hätte. Er bemühte sich, seinem Blick auszuweichen.

„Vertragt euch", sagte Corrie. „Wir wollten nicht streiten, sondern uns von Stuart verabschieden."

„Er konnte Stuart nicht mal leiden", beschwerte sich Joel, während er wie eine Parodie von Bette Davis mit seinem Glas wedelte und dabei etwas von seinem Getränk verschüttete. „Er war nur eifersüchtig auf ihn."

Während Ryan errötete und wütend auf den Teppich starrte, lachte Corrie lediglich und sagte: „Setz dich wieder hin, Joel."

Er ließ sich auf sein Bett sinken, wobei er beinahe erneut etwas verschüttete, und klopfte auf die Matratze neben sich. „Na los, Jesse. Hol dir was zu trinken und setz dich zu mir."

Jesse hatte nicht vor, sich in Anwesenheit der vier Hauptverdächtigen zu betrinken. Oder sich zu betrinken und mit Joel zu kuscheln. Da er auf Dauer allerdings auch nicht einfach dort stehen und alle anstarren konnte, nahm er sich ein Bier. Hoffentlich würde er es langsam trinken können und dabei nüchtern bleiben.

Als er sich neben Joel setzte, versuchte dieser gleich, sich an ihn zu lehnen. Jesse hob seine freie Hand und sagte sanft: „Nicht."

Mit einem Seufzer leerte Joel sein Glas.

JESSE FAND nicht, dass die „Party" viel von einer Party hatte. Die Stimmung war ziemlich melancholisch. Da es offenbar Corries Idee gewesen war, am Abend ihres geplanten Hochzeitstags auf Stuart zu trinken, schwelgte sie in Erinnerungen. Sie erzählte von ihrem ersten Treffen, wobei Joel widerstrebend Details hinzufügte, die sie vergessen hatte, und von ihrer ersten Begegnung mit Todd. Todds Beitrag beschränkte sich auf eine brummende Bestätigung, wie feindselig er sich ihr gegenüber verhalten hatte. Die Geschichten waren für Jesse interessant – er erfuhr gern etwas über das Leben anderer Menschen und Stuart interessierte ihn natürlich besonders –, aber davon abgesehen ziemlich gewöhnlich.

Die Männer beschränkten sich hauptsächlich aufs Trinken. Corrie versuchte, sich an Todd zu kuscheln, während sie erzählte, was er zuließ, ohne ihr besondere Beachtung zu schenken. Ryan warf ihnen immer wieder unauffällige Blicke zu, die Jesse beunruhigten. Allerdings traute er Todd zu, sich verteidigen zu können, falls Ryan im alkoholisierten Zustand gewalttätig werden sollte.

Joel drängte Jesse, sein Bier auszutrinken und sich stärkeren Sachen zuzuwenden – offenbar wollte er Todds Rat befolgen, ihn abzufüllen. Darum machte sich Jesse keine Sorgen. Er hatte schon häufiger Männer wie Joel abgewiesen.

Ihn störte eher, wie langweilig die Party war, denn er befürchtete, nichts Brauchbares zu erfahren. Doch als Ryan sein drittes Bier ausgetrunken hatte und mit einem Blick in Todds Richtung, der vermutlich Metall hätte schmelzen können, sagte: „Tja, das war ja nett, aber ...", wurde er von Corrie unterbrochen.

148

„Du kannst noch nicht gehen", protestierte sie. „Wir müssen doch noch in die *Katakomben*." Das letzte Wort sagte sie in einem albern „gruseligen" Tonfall, bei dem sich, wie sie es wahrscheinlich beabsichtigt hatte, alle zu ihr umdrehten.

Joel kicherte – er schien eingeweiht zu sein. Dagegen wirkten die anderen beiden Männer verwirrt.

„Katakomben?", erkundigte sich Todd.

„Welche Katakomben?", fragte auch Ryan ungeduldig. „Meinst du das Ding im Keller, *The Cave?*"

„Nein", antwortete Joel. „Die Katakomben da oben." Sein Finger zeigte zur Zimmerdecke, wobei ihm sämtliche Blicke folgten. Trotzdem wirkten Todd und Ryan weiterhin so verwirrt, wie auch Jesse sich fühlte. Hatte das Hotel einen Dachboden?

Corrie lachte und beugte sich mit vor Aufregung leuchtenden blauen Augen vor. „Er sagt, da oben ist es wie in einem Geisterhotel."

„Ein Geisterhotel?", fragte Todd. Er klang dabei weder begeistert noch unternehmungslustig.

Doch Joel stand etwas unsicher auf und nahm Jesses Hand. „Komm mit. Es wird dir gefallen." Er wandte sich den anderen zu. „Wir werden ein Spiel spielen!"

JE WEITER die Hoteluhr auf die Acht zukroch, desto weniger war Kyle von Jesses Plan überzeugt. Er hatte es Wesley erzählen müssen, als dieser zurückgekommen war. Er konnte nicht verbergen, dass Jesse fort war – und es gab nicht viele Orte, an die er hier gehen konnte.

Wesley war verständlicherweise wütend gewesen. „Verdammt, Kyle! Was hast du dir nur dabei gedacht? Er bringt sich noch um und *wir* werden dafür verantwortlich gemacht, weil *du* es zugelassen hast!"

„Eine Verwarnung vom Revier ist meine geringste Sorge", fauchte Kyle. „Ich mag ihn. Ich denke an eine Beziehung mit ihm. Und ich möchte ganz sicher nicht, dass ihm etwas passiert!"

„Warum hast du ihn dann nicht aufgehalten?"

„Weil es sein gutes Recht ist, sich mit Joel zu treffen und ich ihn nicht verhaften kann, weil er sich mit Mordverdächtigen anfreundet – so gern ich es auch getan hätte. Außerdem hat er sich in den Kopf gesetzt, dass sich vielleicht einer von ihnen verplappert, wenn sie trinken. Er könnte recht haben."

„Er könnte *tot sein*", knurrte Wesley, während er seine Jeans auszog und es sich auf dem Bett bequem machte. Als Kyle nicht antwortete, schaltete er den Fernseher ein.

Sie verfielen in unbehagliches Schweigen und sahen der blutigen Krimiserie zu, die Kyle nicht kannte und auch nicht unbedingt besser kennenlernen wollte. Wann hatten sich Fernsehserien in Horrorfilme verwandelt? Natürlich hatte er bei der Arbeit schlimme Dinge gesehen, aber hier wurden sie geradezu zelebriert. Es war abstoßend.

Irgendwann hielt er es nicht mehr aus. „Ich gehe rüber", verkündete er.

Wesley schaltete seufzend den Fernseher aus, bevor er ohne ein Wort aufstand und den Boden nach seiner Jeans absuchte.

Das hätte ich von Anfang an tun sollen, dachte Kyle. Falls Jesse in Schwierigkeiten geriet, musste er von hier aus erst den Weg zum Hotel zurücklegen. Dabei konnte er genauso gut im Wintergarten in der Lobby warten und Jesse im Notfall schneller zu Hilfe kommen.

Er warf einen Blick auf sein Handy. Jesse hatte sich natürlich nicht gemeldet.

Warum habe ich ihn nicht einfach ans Bett gefesselt?

SIE MUSSTEN den Alkohol unter ihren Jacken durchs Hotel schmuggeln, vor allem, als sie an dem freundlichen alten Mann am Aufzug vorbeikamen. Er nickte ihnen lächelnd zu. Joel führte sie um eine Ecke, wo sich ein weiterer Fahrstuhl befand, den Gäste selbst bedienen konnten.

Erst als sie alle eingestiegen waren und die Türen sich geschlossen hatten, erklärte Joel leise: „Als mir gestern langweilig war, habe ich das Hotel erkundet. Ich dachte, die oberste Etage wäre die protzigste von allen, aber ich habe mich geirrt."

Er drückte den Knopf, woraufhin der Aufzug zwei Stockwerke erklomm. Als sich die Tür öffnete, keuchte Corrie laut.

Was sie sahen, hätte in einen Horrorfilm gepasst.

In vielerlei Hinsicht ähnelte es den anderen Etagen – der Teppich war ebenfalls grün-golden gemustert und ein von Türen gesäumter Flur führte in beide Richtungen. Doch die Beleuchtung war trübe und hatte einen unheimlichen Blaustich. Jesse konnte überhaupt nur eine Lichtquelle entdecken, eine Wandlampe neben dem Aufzug, deren blaue Glühbirne nach oben zeigte. Das Gruseligste war allerdings die Wand vor ihnen, von der sich ein riesiges Stück Putz gelöst hatte, sodass zerbrochene Holzleisten zum Vorschein kamen. Der Teppich war mit Putz und Staub bedeckt.

Hier oben wohnten ganz sicher nicht die reichsten Gäste. Hier wohnte niemand. Das Stockwerk stand leer und war verfallen.

„Die ganze Etage sieht so aus", teilte ihnen Joel mit, als er den trostlosen Flur betrat. Jesse und die anderen folgten ihm. „In den Wänden und Böden sind Löcher und die meisten Räume haben keine Türen. Ich habe Leitern und Werkzeuge gesehen, also wird hier wohl gearbeitet."

„Angeblich wurde vor ein paar Jahren das ganze Hotel renoviert", sagte Corrie, die sich an Todds Arm festgeklammert hatte, als würde sie das vor Monstern beschützen, die hier möglicherweise hausten.

„Dann sind sie wohl noch nicht hier angekommen."

„Nur warum ist es dann nicht abgesperrt?"

Joel zuckte unbekümmert die Schultern. „Vielleicht halten sie ihre Kunden für zu kultiviert, um eindeutig nicht für die Öffentlichkeit bestimmte Bereiche zu betreten. Es hat wohl niemand mit den betrunkenen Burschen aus Rochester gerechnet."

Todd lachte und streckte die Hand aus, damit Joel einschlug.

„Mal im Ernst", sagte Ryan. „Ich glaube nicht, dass wir hier sein sollten." Obwohl Jesse seiner Meinung war, hatte er nicht vor, den kleinen Ausflug zu stoppen. Für seinen Plan wurde es gerade erst interessant.

Dennoch legte er die Finger um das Handy in seiner Jackentasche, um sich damit zu beruhigen, dass Kyle nicht weit weg war.

„Scheiß drauf!", sagte Todd. „Sehen wir's uns an."

Ohne auf die Zustimmung der anderen zu warten, ging er den Flur hinab. Corrie, die noch seinen Arm festhielt, ging mit ihm. Auch Ryan folgte ihnen nach einem theatralischen Seufzer.

„Das wird ein Spaß!", sagte Joel fröhlich, als er seine Hände auf Jesses Schultern legte, um ihn ebenfalls in den Flur zu schieben.

Tatsächlich waren die Zimmer ziemlich langweilig – alle leer und ähnlich stark heruntergekommen. In einigen bröckelte der Putz stärker und die Teppiche waren herausgerissen worden, während sie in anderen lediglich staubig und schimmlig aussahen.

„Geht leise", warnte Joel. „Und redet nicht so laut. Sonst kommt noch jemand hoch, weil er uns für Ratten hält."

„Sprechende Ratten?", brummte Ryan.

„Allerdings. Mit schlechten Manieren."

Ryan zeigte ihm den Mittelfinger, ohne sich zu ihm umzudrehen.

Als sie das Ende des Flurs erreicht hatten, schlug Joel vor: „Lasst uns einen guten Platz suchen, um unser Spiel zu spielen."

Von den zwei Zimmern, die sich in der Nähe befanden, wählten sie in stiller Übereinkunft das ohne Teppich. Auch, wenn es in der nicht beheizten Etage allmählich kühl wurde, sah der nackte Holzfußboden einladender aus als der Schimmel auf dem Teppich. In ihren warmen Jacken ließen sie sich auf dem

Holzboden nieder und bildeten einen Kreis, in dessen Mitte sie die Flaschen stellten. Da niemand Lust gehabt hatte, Saft oder die Cola mitzunehmen, mussten sie mit purem Wodka, Rum oder Tequila vorliebnehmen.

Aus seiner Jackentasche holte Joel eine dicke, klobige Kerze hervor, die er in einem der Souvenirshops gekauft zu haben schien – ein Bild des Mount Washington Hotel wand sich darum. Nachdem er sie in ihre Mitte gestellt hatte, zündete er sie mit einem Plastikfeuerzeug an.

„Erzählen wir uns jetzt Geistergeschichten?", fragte Corrie.

„Fast", antwortete Joel, während er sich mit einem vielsagenden Lächeln setzte. Die Kerze erhellte ihre Gesichter von unten, was Jesse an die kitschige Beleuchtung in vielen alten Horrorfilmen erinnerte. „Wir spielen Wahrheit oder Pflicht."

Ryan stöhnte. „Wie albern."

„Diese Version wird dir gefallen", sagte Joel. „Ich habe nämlich neue Regeln erfunden."

„Alle Kerle müssen sich ausziehen und dich ficken?", fragte Todd mit einem gehässigen Grinsen.

„Klingt gut", sagte Corrie. „Da schaue ich gerne zu."

„Nah dran!", antwortete Joel. Er blickte in die Runde, bevor er fortfuhr: „Keiner von uns hat es ausgesprochen ... aber wir sind nicht dumm. Wir kennen die Wahrheit."

Ryan seufzte ungeduldig. „Welche Wahrheit?"

„Dass Stuart da oben nicht einfach gestorben ist. Er wurde ermordet. Und die Wahrscheinlichkeit, dass es irgendein Wanderer war, ist praktisch gleich null."

Plötzlich schienen sich alle ziemlich unwohl zu fühlen. Jesse spürte die Spannung in der Luft, als wäre sie elektrisch geladen. Am liebsten hätte er Kyles Nummer gewählt, um den Detective mithören zu lassen. Leider hatte er vorher nicht daran gedacht, es mit ihm abzusprechen, weshalb Kyle sich bei einem Anruf gemeldet und ihn verraten hätte. Zwar war es mit Jesses Handy auch möglich, etwas aufzunehmen, doch auf diese Funktion konnte er nicht unauffällig zugreifen, ohne auf das Display zu schauen.

Corrie sagte: „Möglich ist es trotzdem. Vielleicht wollte ihn jemand ausrauben."

„Nein", widersprach Joel kopfschüttelnd. „Er kannte seinen Mörder. Das ist fast immer so. Stimmt's, Jesse?"

Trotz seiner Überraschung darüber, plötzlich ins Gespräch einbezogen zu werden, antwortete er hastig: „Ähm ... statistisch gesehen schon. Der Mörder kennt fast immer das Opfer."

„Und da ich ziemlich sicher bin, dass wir sowohl Mr. und Mrs. Lassiter als auch Lisa ausschließen können … muss der Mörder jetzt hier sitzen."

Ein Schauer schien alle zu durchlaufen, während sie den Blick zur Kerze senkten, als wollten sie niemandem damit beschuldigen. Da sagte Todd plötzlich wütend: „Warum sollten wir die Lassiters ausschließen? Sie haben ihn gehasst!"

„Das haben sie nicht!", verteidigte sie Corrie.

„Rede gefälligst nicht so über meine Eltern!", knurrte Ryan.

Joel legte eine Hand auf Todds Arm, weil dieser aussah, als wollte er sich auf Ryan stürzen. „Seid nicht so laut!", zischte er. „Und ich muss leider sagen … Todd hat recht, Corrie. Deine Eltern haben sich nur mit Stuart abgefunden, um dich glücklich zu machen. Aber wenn sie sich nicht unbemerkt den Berg hochgeschlichen haben, können sie es trotzdem nicht gewesen sein."

„Das gilt dann auch für mich", warf Ryan ein. „Ich war den ganzen Tag in Concord."

„Nein." Das Wort hallte durch den leeren Raum, bevor Jesse begriff, dass *er* es gesagt hatte. Auch wenn es vielleicht keine gute Idee war, fuhr er fort: „Du warst an dem Tag auf dem Gipfel. Ich habe dich auf der Aussichtsplattform gesehen."

Ryan starrte ihn an, erst verwirrt, dann verärgert. „Daher kenne ich dich", stellte er finster fest.

„Ryan?", fragte Corrie. „Wovon redet er?"

Ryan griff ruhig nach einer Flasche Tequila, schraubte sie auf und trank einen kräftigen Schluck, bevor er ihr antwortete: „Es stimmt. Ich war da."

Joel lachte hämisch. „Das ist fantastisch!"

„Was hast du da gemacht, Ryan?" Corries Stimme war leise und drohend.

„Ich habe ihn nicht umgebracht!"

„He, nein, noch nicht!", unterbrach ihn Joel. Er stützte sich mit den Händen rechts und links von der Kerze ab und beugte sich vor, sodass sein betrunkenes Grinsen grell erleuchtet wurde. „Wir müssen erst das Spiel spielen!"

„Welches Spiel?", knurrte Todd, ohne den Blick von Ryan abzuwenden.

„Als Erstes beantwortet jeder die Frage ,Hast du Stuart getötet?'. Wer nicht ja sagt – und ich bezweifle, dass jemand sofort gesteht –, muss einen Schluck trinken und eine Aufgabe erfüllen, die ich mir ausgedacht habe. Eine unanständige."

„Warum darfst du dir die Aufgaben ausdenken?", fragte Corrie.

„Weil es mein Spiel ist. Aber keine Sorge. In der nächsten Runde darf jeder eine Frage stellen. Alle Fragen müssen mit dem Mord zu tun haben. Und wer nicht antwortet, muss wieder trinken."

„Das ist doch dämlich", beschwerte sich Ryan.

„Bist du etwa zu feige?", fragte Todd.

Die zwei tauschten einen langen, herausfordernden Blick aus, bis Ryan schließlich antwortete: „Ganz bestimmt nicht."

„Und wenn jemand gesteht?", erkundigte sich Corrie bei Joel.

Joel trank einen Schluck Rum und verzog das Gesicht, als der Alkohol in seiner Kehle brannte. „Oh nein, das verstößt gegen die Regeln. Am Ende des Spiels verrate ich euch den Preis."

„Was ist mit Jesse?"

„Nein, er ist nicht der Preis."

Corrie lachte. „Ich meine, du glaubst doch nicht etwa, dass *er* es getan hat, oder?"

Joel richtete den Blick auf Jesse. Plötzlich wirkte sein Gesichtsausdruck kein bisschen betrunken, sondern kühl und berechnend. „Nein. Für Jesse habe ich ein paar ganz andere Fragen."

Scheiße. Jesse fragte sich, ob Joel ihm doch auf die Schliche gekommen war. Sollte er versuchen, sich zu entschuldigen und zu verschwinden? Würde Joel das zulassen?

Doch noch bevor er eine Entscheidung treffen konnte, sagte Todd: „Na gut. Dann lass uns anfangen."

Joel lachte wieder wie ein betrunkener Verrückter und von dem Augenblick der Klarheit war nichts mehr zu sehen. „Okay, okay! Die erste Frage." Er hielt Jesse die Flasche Rum hin. „Gehörst du zur Polizei?"

Jesse gefror vor Schreck das Blut in den Adern. Trotzdem antwortete er, ohne zu zögern: „Nein." Dass er „zur Polizei gehörte", konnte man schließlich wirklich nicht sagen.

„Natürlich nicht", sagte Joel mit sarkastischem Unterton. Er hielt ihm die Flasche hin. „Na los. Wer Nein sagt, muss trinken und etwas tun."

Jesse nahm die Flasche und trank. Als der Rum sich durch seine Speiseröhre brannte, fragte er sich, ob der Preis am Ende in gemeinsamem Übergeben in die Badewanne bestand. Natürlich wusste er, was Joel sich erhoffte. Mit genug Alkohol wurde man unvorsichtiger und der Mörder würde sich vielleicht verraten. Entweder das oder Joel war selbst der Mörder und wollte sie alle beseitigen, sobald sie sich bis zur Bewusstlosigkeit betrunken hatten. Jesse unterdrückte ein Schaudern.

„Und jetzt zu deiner Aufgabe", sagte Joel fröhlich. „Jeder bekommt die gleiche. Du musst jeden im Raum auf den Mund küssen."

„Du erwartest ernsthaft, dass ich mich von ihm küssen lasse?", fragte Ryan ungläubig. „Oder dass ich mich von *Todd* küssen lasse?"

„Schlappschwanz", sagte Todd. Dem Leuchten in seinen Augen nach zu urteilen, hätte er so ziemlich alles getan, wenn er dazu herausgefordert worden wäre.

„Ja", beantwortete Joel Ryans Frage. „Auf diese Weise darf jeder jemanden küssen, bei dem er es gern tun würde – Jesse hätte bestimmt nichts dagegen, mindestens einen der Kerle hier zu küssen." Beim letzten Teil klang er etwas bockig. „Und außerdem küsst dabei jeder … einen Mörder."

„Das ist doch krank", sagte Corrie, lächelte aber. Sie schien den Gedanken, einem Mörder so nahe zu kommen, aufregend zu finden – falls sie es nicht selbst war. Obwohl Joel sie damit dazu zwang, ihren perversen Bruder zu küssen.

Joel sah Jesse an. „Bist du zu feige?"

„Das habe ich nicht gesagt", antwortete Jesse. „Ich küsse jeden. Aber wenn du von mir verlangst, mit meinem Mund … andere Dinge zu machen, muss ich vielleicht passen. Wie du weißt, habe ich einen Freund."

„Keine Sorge", erwiderte Joel mit einem Lächeln. „Auf den Freund kommen wir noch früh genug zurück."

„Willst du einfach hochstürmen und ihn auffliegen lassen?"

Kyle sah sich in der Lobby des Mount Washington um, in der sich im Augenblick Gruppen von jungen Skifahrern lachend unterhielten, während sie die Wärme des Kamins genossen. Obwohl er nicht ernsthaft damit gerechnet hatte, war es enttäuschend, dass Jesse sich nicht unter ihnen befand. „Nein", antwortete er Wesley mit einem Blick auf sein Handy. „Nur wenn er anruft."

Doch das Handy hüllte sich weiterhin in stures Schweigen.

Wesley setzte sich seufzend in Bewegung und ging in Richtung Wintergarten. Kyle folgte ihm in der Hoffnung, vielleicht Jesse dort zu finden. Leider hatten sie auch dort kein Glück. Es waren lediglich weitere Skifahrer und ein älteres Paar am Fenster zu sehen, das sich bei einer Tasse Kaffee leise unterhielt und dem Mondaufgang zusah.

Eine Kellnerin näherte sich, um sie zu fragen: „Kann ich Ihnen etwas bringen?"

Kyle setzte zu einem Kopfschütteln an, als Wesley ihn unterbrach und der jungen Frau sagte: „Eine Cola für mich und ein Corona für meinen Freund."

„Ich sollte nicht trinken", protestierte Kyle.

Doch Wesley winkte ab und nickte der Kellnerin nachdrücklich zu, bevor er sich auf eines der schmalen Sofas in der Nähe des großen Fensters fallen ließ. „Es hilft dir, dich etwas zu beruhigen. Es ist nur ein Bier. Das wird dich nicht daran hindern, den Retter zu spielen – versprochen."

155

Kyle ließ sich neben ihm nieder. Glücklicherweise war das Sofa zumindest groß genug, um etwas Abstand zu halten. Auch wenn er Wesley mochte, musste er nicht gleich auf seinem Schoß sitzen. „Na gut, Mom." Da sie sich offiziell nicht im Dienst befanden, verstieß das Bier auch nicht gegen Vorschriften.

Das Handy platzierte Kyle auf dem Tisch, damit er sofort reagieren konnte, wenn es klingelte.

IN DER ersten Runde verneinte selbstverständlich jeder die Frage nach dem Mord, was zu vielen Küssen führte. Todd erwies sich überraschenderweise als fantastischer Küsser. Joels Kuss war betrunken und feucht gewesen und Corries sehr kurz, vermutlich aus Rücksicht darauf, dass Jesse nicht an Frauen interessiert war. Ryan berührte kaum seine Lippen und verzog anschließend das Gesicht – *Na, vielen Dank*. Dagegen zog Todd ihn an sich und legte sich richtig ins Zeug, benutzte sogar seine Zunge. Jesse musste zugeben, dass es sein Blut in Wallungen brachte, obwohl er vielleicht gerade einen Mörder küsste.

Als Todd endlich aufhörte, grinste er triumphierend, was Jesse jedoch nicht besonders beeindruckte. Allerdings war es ziemlich unterhaltsam, zuzusehen, wie Todd die anderen genauso behandelte. Joel wimmerte vor Sehnsucht und Ryan schien kurz vor einer Ohnmacht zu stehen.

„Dann kommen wir zur nächsten Runde", verkündete Joel. „Dieser Teil heißt: ‚Warum ich dich verdächtige'. Ich fange an, indem ich jemanden beschuldige. Wenn derjenige einen guten Grund dagegen vorbringen kann, muss ich einen Schluck trinken. Wenn nicht, muss der andere trinken. Dann darf er selbst jemanden beschuldigen."

„Nur weil jemandem kein guter Grund einfällt, hat er es noch lange nicht getan", wandte Corrie ein.

„Stimmt", gab Joel zu, „aber es ist nur ein Spiel. Oh! Und man darf nicht die Person nehmen, von der man gerade beschuldigt wurde."

„Du vergisst schon wieder Jesse."

„Den könnt ihr auch beschuldigen, wenn ihr wollt."

„Obwohl wir alle wissen, dass er es nicht war?", fragte Ryan ungeduldig.

„Er hat die Leiche gefunden", sagte Joel. „Es ist natürlich sehr unwahrscheinlich, aber theoretisch hätte er die Möglichkeit gehabt. Ihr müsst euch nur ein Motiv überlegen."

Als niemand weitere Einwände vorbrachte, hob Joel die fast leere Flasche Rum und sagte: „Okay, los geht's. Ryan …" Er zeigte mit dem Flaschenhals auf ihn. „… ich denke, du hast Stuart aus Eifersucht umgebracht, weil die

Hochzeit nicht absagen wollte! Jeder weiß, dass du Corrie für dich willst, du Perversling."

Ryan wirkte entsetzt, was wahrscheinlich weniger mit dem Mordvorwurf, als mit den offen ausgesprochenen Gefühlen für seine Schwester zu tun hatte. „Was zum … *Leck mich, Joel!*"

„Sei bitte nicht so laut."

„Was glaubst du eigentlich …"

„Oh, Ryan", unterbrach ihn Corrie mit einem Augenrollen. „Es wissen sowieso alle."

Ryan stand auf. Selbst im trüben Kerzenlicht sah sein Gesicht rot aus, entweder vor Verlegenheit oder Wut. „Das ist doch lächerlich. Ich gehe wieder runter."

Doch als er sich der Tür zuwandte, sprang Todd überraschend schnell auf und verstellte ihm den Weg. „Vergiss es. Wir haben uns alle auf das Spiel eingelassen. Also setz dich hin und beantworte die verdammte Frage."

„Welche Frage?" Obwohl Ryan jetzt eindeutig wütend wirkte, wich er vor Todds muskulöserem Körper zurück. „Ihr macht euch doch nur über mich lustig …"

„Machen wir das?", fragte Corrie. „Vielleicht wollen wir nur, dass du wenigstens dazu stehst, anstatt dich dauernd hinter deinen Ärzten zu verstecken."

Ryan drehte sich wütend zu ihr um. „Glaubst du, mir hat es da gefallen? Du kannst dir nicht vorstellen, wie …"

„Glaub ja nicht, dass ich Mitleid mit dir habe!", fauchte Corrie, deren hübsches Gesicht plötzlich wutverzerrt war. „Du kannst von Glück sagen, dass ich überhaupt noch mit dir rede, nachdem du mich vergewaltigen wolltest, du verdammter Freak!"

„Kinder, Kinder!", rief Joel fröhlich. „Streitet euch nicht. Wir haben noch so viel vor."

Ryan machte einen letzten Versuch, sich der Tür zu nähern, doch Todd ließ ihn nicht vorbei. „Setz dich hin, Ryan. Und sag uns, ob Joel recht hat."

„Natürlich nicht", sagte Ryan leise. „Ich habe deinen Bruder nicht getötet."

„Setz dich."

Mit mürrischem Blick nahm Ryan wieder zwischen ihnen Platz, ohne sie anzusehen. Stattdessen starrte er in die Kerzenflamme in ihrer Mitte.

„Das reicht nicht", sagte Joel. „Du musst auch erklären, warum du ihn nicht umgebracht hast, obwohl du einen Grund gehabt hättest."

„Das ist doch Unsinn", sagte Ryan bitter. „Nur weil man jemanden nicht leiden kann, bringt man ihn nicht gleich um. Außerdem hat er das Geld genommen."

Corrie richtete sich auf. „Geld? Welches Geld?"

„Dad hat ihm zwanzigtausend Dollar geboten, damit er die Hochzeit platzen lässt", erklärte Ryan. „Ich habe Stuart Dienstag gesagt, dass ich am nächsten Morgen in Concord das Geld abhebe und er hat vorgeschlagen, dass ich es ihm nachmittags auf dem Berg gebe. Ich war gegen Mittag aus Concord zurück und bin dann mit der Bahn hochgefahren, um auf ihn zu warten."

Corrie starrte ihn mit vor Überraschung offenem Mund an. „Ich kann nicht glauben, dass Daddy das tun würde!"

„Aber es ist wahr."

„Warum wollte Stuart die Übergabe auf dem Berg stattfinden lassen?", fragte Jesse.

Ryan warf einen Blick auf Todd, bevor er wieder in die Flamme schaute. „Weil sein Bruder nichts davon wissen sollte."

Todd musterte Ryan mit eisigem Blick, schwieg jedoch. Dagegen sagte Corrie finster: „Also hast du einen Haufen Geld auf den Berg gebracht, um meinen Verlobten dazu zu bewegen, mich sitzenzulassen. Und was ist dann passiert?"

Ryan zuckte mit den Schultern. „Er hat es genommen. Ich bin mit der nächsten Bahn nach unten gefahren."

„Unglaublich."

„Jetzt tu nicht so, als wärst du entsetzt darüber", knurrte Ryan. „Du hast ihn nicht geliebt."

„Leck mich, Ryan."

„Moment, Moment!", unterbrach sie Joel. „Es ist Ryans Runde. Und da er eine gute Antwort gegeben hat, muss ich wohl trinken." Er trank einen Schluck Rum und keuchte. „Jetzt darf Ryan jemanden beschuldigen."

„Gut!", sagte Ryan. Er zeigte auf seine Schwester. „Ich glaube, Corrie war es!"

EIN ANDERER Kellner kam, um Wesleys leeres Glas und Kyles leere Flasche mitzunehmen. Mittlerweile hatte Wesley den Versuch aufzugeben, Kyle in ein Gespräch zu verwickeln, und sich stattdessen seinem iPhone und *Angry Birds* zugewandt. Jetzt hob er den Kopf und sagte dem Kellner: „Noch eine Cola für mich. Und mein Freund braucht noch ein Corona."

„Nein", lehnte Kyle diesmal wirklich ab. „Für mich nichts mehr, danke."

Nachdem der Kellner sich entfernt hatte, warf Kyle einen Blick auf sein Handy, obwohl er wusste, wie sinnlos es war. Er hätte bemerkt, wenn eine Nachricht angekommen wäre.

Wesley schüttelte den Kopf. „Ich will mir lieber nicht vorstellen, wie du dich mit einer Teenagertochter verhalten würdest, die sich verabredet."

„Weil die sich bestimmt mit Mordverdächtigen verabreden würde?", fauchte Kyle.

„Wenn du dich weiterhin mit dem Jungen treffen willst, musst du lernen, ihn etwas zu zügeln. Er kann sich nicht dauernd in deine – in *unsere* – Fälle einmischen und Zeit mit Mördern verbringen. Es würde dich wahnsinnig machen."

Kyle warf ihm einen finsteren Blick zu, obwohl Wesley recht hatte. Dass Jesse sich in den Fall einmischte, war problematisch. Die Frage war, ob er es in Zukunft häufiger versuchen würde. Das konnte Kyle in Schwierigkeiten bringen – zusätzlich zur Belastung seiner Nerven. Schlimmer, es konnte für Jesse gefährlich werden. Vielleicht wäre es für sie beide sicherer, wenn Kyle die Sache zwischen ihnen beendete.

Im Augenblick hatte er allerdings wichtigere Sorgen. „Wenn ich in zehn Minuten nichts von ihm gehört habe, gehe ich hoch", teilte er Wesley mit.

„DU HAST rausgefunden, dass Stuart dich sitzenlassen wollte", warf Ryan Corrie vor. „Da bist du durchgedreht und hast ihn umgebracht."

Corrie warf ihm einen vernichtenden Blick zu. „Gerade hast du noch gesagt, ich hätte ihn nicht geliebt. Warum sollte es mich dann so wütend machen?"

„Weil du schwanger bist", zischte Ryan.

„Wie bitte?"

„Versuch nicht, es abzustreiten", sagte Joel. „Du hast es mir vor ein paar Wochen erzählt."

Sie neigte den Kopf und hob ihren Mittelfinger. „Na, vielen Dank, Joel. Weiß Ryan es von dir?"

„Also bitte! Als würde ich mich freiwillig mit dem Perversling unterhalten."

„Ich habe es gehört, als Mom wegen des Geldes ausgeflippt ist", erklärte Ryan seiner Schwester, ohne auf Joels Beleidigung einzugehen. „Es gab einen riesigen Streit. Mom hat sich furchtbar darüber aufgeregt, ihren Freunden erklären zu müssen, dass du ein Kind bekommst, ohne verheiratet zu sein. Dad wusste natürlich nichts davon."

„Ich habe es ihm nicht gesagt."

159

„Und jetzt hyperventiliert er bei dem Gedanken, was seine Kumpel im Golfclub hinter seinem Rücken sagen werden."

Corrie schüttelte nur mit zusammengekniffenen Lippen den Kopf, doch Todd fragte: „Du bist wirklich schwanger?"

„Ja." Sie griff nach der Wodkaflasche und schraubte sie auf.

„Vielleicht solltest du dann nicht trinken", sagte Joel mit einem spöttischen Lächeln.

Corrie warf ihm einen höhnischen Blick zu, bevor sie den Wodka hob und einen großen Schluck trank. Nachdem sie mit einem Keuchen die Flasche abgesetzt hatte, sagte sie: „Ich hätte ihn für die Sache mit der Hochzeit nicht getötet. Ich hätte ihm eine Weile das Leben schwer gemacht, aber ihn niemals ermordet."

„Auch nicht, wenn du dabei Todd verloren hättest?", fragte Ryan.

Corrie schien endgültig genug von ihrem Bruder zu haben. Sie holte mit der Faust aus und traf ihn kräftig am Oberarm. „Halt gefälligst den Mund!"

„Leise", ermahnte sie Joel.

Ryan rieb sich den Arm, während er seiner Schwester einen bösen Blick zuwarf. „Wir wissen alle, dass du beide gefickt hast. Wahrscheinlich weißt du überhaupt nicht, von wem du schwanger bist."

„Klar", zischte Corrie. „Ich habe Stuart gefickt und Todd und Joel und jetzt treibe ich's vielleicht noch mit Jesse, nur damit du weißt, dass du der einzige Typ auf der ganzen Welt bist, mit dem ich's *nicht* tue!"

Ryan errötete heftig, worauf allerdings kaum jemand achtete, da Joel plötzlich laut kicherte und umfiel. Jesse merkte seufzend an: „Gerade hast du noch gesagt, wir sollen leise sein."

„Steh auf", befahl Todd, während er ihn am Kragen seiner Jacke hochzog. Joel wehrte sich nicht dagegen, brauchte allerdings noch einige Sekunden, bis er das Kichern unterdrückt hatte.

„Okay", sagte er dann. „Irgendwie kann man daraus wohl einen vernünftigen Grund ableiten, warum du Stuart nicht ermordet hast. Zum Beispiel Desinteresse. Also muss Ryan jetzt trinken."

Ryan ließ sich nicht lange bitten. Er hielt noch die Tequilaflasche in der Hand, aus der er jetzt einen großen Schluck nahm. In der kurzen Stille knisterte die Kerzenflamme und Todd nahm Joel die Flasche Rum aus der Hand, um den Rest davon zu trinken.

„Ich bin die Nächste", verkündete Corrie. Sie richtete den Blick auf Todd. „Todd … Ich glaube, du hast deinen Bruder umgebracht, weil …" Sie schien erst darüber nachdenken zu müssen, als hätte sie sich bisher nicht damit beschäftigt. Jesse vermutete, dass es für sie nach wie vor ein Spiel war, wenn auch ein ziemlich bösartiges.

„Sag jetzt nicht, weil ich dich für mich allein wollte", warnte Todd verächtlich.

Mittlerweile wusste Jesse – und alle anderen vermutlich auch –, dass Todd sie trotz der Hochzeit hätte haben können. Obwohl Corrie verletzt wirkte, unternahm sie keinen Versuch, sich zu verteidigen. Letztendlich sagte sie gereizt: „Also gut. Du hast ihn umgebracht, weil er das Geld nicht mit dir teilen wollte."

„Ich wusste nichts von dem Geld", wandte Todd ein.

„Bestimmt hat er es dir erzählt", widersprach sie. „Er hat angeboten, es mit dir zu teilen, es am Ende aber doch behalten."

Todd schnaubte und nahm ihr die Wodkaflasche aus der Hand. Nachdem er einen Schluck getrunken und sich über den Mund gewischt hatte, antwortete er. „Jetzt rätst du doch nur. Stuart war mein Bruder. Wir haben alles geteilt. Er hätte mir *alles* gegeben. Ich hätte das Geld von ihm bekommen, ich habe *dich* bekommen und ich hätte auch Joel haben können, wenn ich gewollt hätte." Er schaute zu Joel hinüber, der ihn mit offenem Mund so verblüfft anstarrte, dass es beinahe komisch war. „Ja, ich wusste das mit euch beiden."

Joel schloss den Mund. „Er hätte es dir nicht erlaubt", sagte er so leise, wie er den ganzen Abend noch nicht gewesen war.

„Und ob er das getan hätte." Todd beugte sich zu ihm hinüber, bis Joel zusammenzuckte. Doch er wich ihm nicht aus, selbst als Todd mit seinen Lippen Joels Wange streifte – kein Kuss, aber verdammt nah dran. „Und du hättest es genossen."

Joel atmete zittrig aus. „Leck mich", sagte er ruhig.

„Du weißt, dass ich recht habe."

„Leck mich trotzdem."

Todd richtete sich wieder auf und trank einen Schluck Wodka, bevor er Corrie die Flasche hinhielt. „Ich habe gewonnen, also musst du jetzt trinken."

Corrie riss ihm trotzig die Flasche aus der Hand und trank den als Strafe vorgeschriebenen Schluck.

„Jetzt bin ich dran", fuhr Todd fort. Er lehnte sich wieder zu Joel hinüber, bis sich ihre Schultern berührten. Jesse war nicht sicher, was er davon halten sollte. War Todd so betrunken, dass er mit Joel flirtete? Oder versuchte er, ihn einzuschüchtern? „Ich glaube, *du* hast meinen Bruder ermordet, weil dir klar geworden ist, dass er dich genauso wenig geliebt hat wie Corrie …"

„Oder dich", warf Jesse ein. Alle starrten ihn an. Seine Stimme hatte ihn ebenso überrascht wie die anderen, doch nachdem er es einmal ausgesprochen hatte, wusste er, dass es stimmte.

Todd zog eine Augenbraue hoch. „Mich?"

„Er hat dich nicht geliebt", sagte Jesse. „Als Bruder, meine ich. Er hat niemanden geliebt, nicht wahr?"

Todd lachte und rieb seine Wange an Joels Schulter. „Nein. Das konnte er nicht. Etwas stimmte nicht mit ihm, schon immer. Ich glaube, er wurde einfach so geboren."

Joel wirkte entsetzt, als hätte er plötzlich bemerkt, dass sich eine Giftschlange an ihn kuschelte. Oder es lag an der plötzlichen Erkenntnis, dass Stuart nicht der gewesen war, für den er ihn gehalten hatte. „Wie meinst du das?"

Doch Todd sah nur Jesse an, als wäre es seine Aufgabe, alles zu erklären. Obwohl er damit ein großes Risiko einging, wollte Jesse sich nicht die Chance entgehen lassen, Todd mehr zu entlocken. „Ich habe im Internet einen Zeitungsartikel über euch gefunden", log er also. „Über die Sache mit euren Eltern …"

Todd atmete tief ein und langsam wieder aus. „Warum erzählst du nicht einfach allen, was passiert ist?"

„Es sah aus, als hätte euer Vater eure Mutter und dann sich selbst erschossen."

„Mein Gott!", keuchte Corrie. Ryan hatte die Augen aufgerissen. Jesses Vermutung, dass Mr. Lassiter die Details der Nachforschungen über die Warrens auch seinen Kindern anvertraut hatte, war offensichtlich falsch gewesen.

„So sah es aus", stimmte Todd zu.

„Aber wenn euer Vater betrunken auf dem Sofa eingeschlafen ist", fuhr Jesse fort, „wäre es nicht schwer gewesen, ihm eine Pistole in die Hand zu legen und sie auf eure Mutter zu richten, als sie reinkam. Und während euer Vater noch versucht hat, sich aus seiner Benommenheit zu befreien, hätte man die Waffe auf ihn richten und abdrücken können."

„Wer würde Mommy und Daddy denn so etwas antun?", fragte Todd, auf dessen Gesicht sich ein listiges Grinsen gelegt hatte.

„Nicht du", antwortete Jesse. „Du hast sie gehasst. Aber deinen Bruder hast du geliebt und du hättest alles getan, um ihn zu beschützen …"

„Warum soll ich es dann nicht getan haben?"

„Weil er es vor dir getan hat", sagte Jesse. Es war nur eine Vermutung – eine plötzliche Eingebung –, doch als er es aussprach, verriet es ihm Todds Gesicht: Er hatte recht.

Todds Lächeln verflog und er wandte sich ab, während sich sein Blick zu trüben schien, als er sich an die ferne Vergangenheit zurückerinnerte. „Obwohl er zu allem fähig gewesen wäre, hätte ich nie gedacht, dass er es wirklich tun würde. Auch wenn wir manchmal darüber geredet und es uns ausgemalt haben. Ich war im Bett, als ich die Schüsse hörte. Da bin ich runtergelaufen und habe ihn gesehen … voller Blut und … mit einem Grinsen im Gesicht, als wäre er ganz begeistert."

„Und trotzdem hast du ihn geschützt."

„Warum nicht?", fragte Todd trotzig. „Sie waren mir egal. Ich bin mit ihm hochgegangen, damit er sich das Blut abwaschen und einen Pullover anziehen konnte – er hat dabei keinen getragen, wohl um Spritzer zu vermeiden. Als wir gerade aus dem Fenster klettern und von der Veranda springen wollten, kam die Polizei. Wenn sie sich oben gründlich umgesehen hätten, wäre vielleicht etwas gefunden worden, zum Beispiel Blutspuren im Badezimmer – ich kann mir nicht vorstellen, dass wir keine übersehen hatten. Aber anscheinend hat es niemand für nötig gehalten. Die Polizei wusste vom Alkoholproblem unseres Vaters, den Männern unserer Mutter und den ständigen Auseinandersetzungen. Stuart und ich haben so getan, als hätten wir die Schüsse gehört und aus Angst versucht, zu entkommen. Niemand hat an der offensichtlichsten Erklärung gezweifelt."

Lange herrschte Schweigen, bis Corrie mit blassem Gesicht sagte: „Das hast du dir doch nur ausgedacht."

„Nein."

„Dann willst du mir wirklich sagen, ich hätte fast einen Psychopathen geheiratet?"

„Ich habe versucht, andere Leute von ihm fernzuhalten", sagte Todd. Er hatte die Augen geschlossen, als wäre er an Joels Schulter gelehnt eingeschlafen. „Ich hatte Angst, dass er wieder jemandem etwas antun würde, wenn er die Gelegenheit bekäme. Nur fanden ihn immer alle so verdammt charmant. Ich war das Arschloch, aber Stuart haben alle geliebt."

Natürlich, dachte Jesse. Bei Soziopathen war das häufig der Fall. Es ging ihnen nur um sich selbst. Andere Menschen waren ihnen im Grunde egal, doch sie wollten ihre Aufmerksamkeit und lernten, sie zu manipulieren, bis sie von allen vergöttert wurden.

„Mein Gott", sagte Ryan. Nach seiner Eifersucht auf Stuart hatte Jesse beinahe damit gerechnet, dass er behaupten würde, es gleich gewusst zu haben. Tatsächlich wirkte er jedoch so schockiert wie Corrie. Joel sah aus, als wäre ihm übel. Er zitterte.

Schließlich, als die Stille zu lange angedauert hatte, sprach Jesse die Frage aus, die sich zweifellos auch die anderen stellten. „Warum hast du ihn getötet, Todd? Um Corrie zu beschützen?"

Todds Augen flogen auf und seine Stimme war kalt. „Sie? Er wollte mit dem Geld abhauen. Ihr wäre nichts passiert."

Nach kurzem Zögern fragte Jesse: „Joel?"

Todd lächelte und tippte mit dem Finger auf seine Nasenspitze.

„Mich?", fragte Joel mit bebender Stimme.

Todd antwortete: „Stuart hat mir gesagt, er wollte eine Weile mit Joel nach Kanada. Ein bisschen Spaß haben. Und wenn es ihm zu langweilig geworden wäre, wollte er zurückkommen."

„Er hatte vor, mir den Laufpass zu geben?", fragte Joel.

„Nein … Ich glaube, er wollte dich auf … kreativere Art loswerden."

Joel starrte ins Leere, als wäre in seinem Verstand ein Kurzschluss verursacht worden. Dann schob er langsam eine zitternde Hand in seine Jackentasche. Da er dabei den Arm bewegte, an dem Todd lehnte, konnte er es nicht vor ihm verbergen. Todd packte ihn am Unterarm und zog die Hand aus der Tasche.

Da sie zur Faust geballt war, drehte Todd sie um und drückte gegen die Finger, bis Joel sie öffnete. Auf seiner Handfläche lagen zwei Gelatinekapseln.

„Ist das Spiel zu Ende?", fragte Todd.

„Ja", antwortete Joel leise.

Jesse musterte die Kapseln besorgt. „Was ist das, Joel?"

„In einer ist Rattengift", erklärte Joel. „In der anderen nur Speisestärke. Eine war für die Person bestimmt, die den Mord gesteht, und die andere für mich."

„Russisches Roulette mit Pillen", sagte Ryan verächtlich.

Corrie sah mit ängstlich aufgerissenen Augen die Kapseln an. „Joel … das ist doch verrückt."

„Wenn der Mörder damit davonkommen sollte", sagte Joel, während er langsam den Blick auf sie richtete, „wollte ich es nicht mehr erleben."

Todd streckte stumm die Hand aus, um die Kapseln zu nehmen, und schob sich eine in den Mund. Doch als Joel nach der anderen griff, schloss er die Hand und hielt sie außer Reichweite, bevor er sich mit nach dem vielen Alkohol überraschender Geschwindigkeit über Joels Schoß hinweg auf Jesse stürzte.

Todds Schulter traf ihn mit voller Wucht in die Brust. Er knallte heftig auf den Boden, als Todds Fäuste rechts und links von seinem Gesicht landeten. Todd hob den Kopf, um Jesse in die Augen zu sehen.

Als er sprach, roch Jesse den Wodka und Rum in seinem Atem. „Ich habe immer befürchtet, dass er irgendwann zu weit gehen würde. Dass ich eines Tages gezwungen sein würde, ihn zu stoppen, bevor er jemand Unschuldigem etwas antun konnte. Verstehst du? Auch wenn er das Einzige war, was ich geliebt habe, konnte ich ihn nicht Joel töten lassen. Joel mag ein Idiot sein, aber das hat er nicht verdient!"

„Ich weiß, Todd."

„Also werde ich Joel ganz sicher nicht die andere Kapsel schlucken lassen", fuhr Todd fort. „Nicht nach dem Preis, den ich für sein Leben bezahlen musste." Er hob eine Faust und hielt sie Jesse vors Gesicht. „Aber du hast uns von Anfang an belogen."

„Das ist doch lächerlich", sagte Wesley.

Sie standen am Ende des Flurs, der zu Todds und Joels Zimmer führte, da Kyle es nicht gewagt hatte, sich weiter zu nähern und das Risiko einzugehen, gehört zu werden.

Warum bin ich dann überhaupt gekommen? Will ich die ganze Nacht hier rumstehen?

„Warte hier", sagte er leise. „Und verhalte dich still."

Wesley schnaubte entrüstet und warf ihm einen gereizten Blick zu, verschränkte dann jedoch die Arme und deutete mit einer hochgezogenen Augenbraue an, dass er warten würde, während Kyle sich zum Idioten machte. Kyle ging leise und möglichst unauffällig den Flur entlang, bis er sich der Tür genähert hatte. Um nicht durch den Türspion gesehen zu werden, schlich er sich dicht an der Wand von der Seite an, wobei er nicht verhindern konnte, dass er verdächtig wirkte.

Als er die Tür erreicht hatte, blieb er stehen und lauschte angestrengt.

Nichts.

Er riskierte es, sich vorzubeugen und ein Ohr an die Tür zu pressen.

Trotzdem nichts. Niemand war im Zimmer, falls sie sich nicht zum Schlafen getroffen hatten. Sie befanden sich also entweder in einem anderen Raum oder hatten sogar das Hotel verlassen.

Scheiße.

„Todd!", schrie Joel, den seine Lautstärke nicht länger zu kümmern schien. „Lass ihn in Ruhe! Die zweite ist für *mich*, verdammt!"

Todds Beine lagen quer über Joels Schoß. Jesse sah, wie Joel versuchte, ihn von sich zu stoßen, doch Todd spreizte einfach die Beine und stützte sich mit seinen Sneakern auf dem Boden ab. Joel konnte nichts gegen den größeren Mann ausrichten.

Auch Jesses Bemühungen, ihn von sich zu schieben, blieben erfolglos – ihm war schwindlig vom Alkohol und Todd fühlte sich auf seiner Brust wie ein Bleigewicht an. Er schluckte nervös und starrte auf die Hand mit der Kapsel vor seinem Gesicht. „Worüber habe ich gelogen?"

„Du arbeitest vielleicht nicht für die Polizei", sagte Todd, „aber du bist mit einem Polizisten zusammen. Joel hat dich auf dem Parkplatz mit diesem Detective Dubois rummachen sehen."

165

Fuck.

„Das ist kein Grund, ihn umzubringen", schrie Corrie, die allerdings sonst nichts unternahm, um Todd aufzuhalten. Genauso wenig wie Ryan.

Während Jesse erneut versuchte, ihn von sich zu stoßen, schob sich Todd plötzlich die Kapsel zwischen die Lippen, packte Jesses Handgelenke und presste sie auf den Boden. Jesse sah entsetzt zu, wie sich Todds Lippen mit der Kapsel seinen näherten. Als er den Kopf abwenden wollte, klemmte Todd ihn zwischen seine Unterarme, um ihn daran zu hindern. Ihre Lippen trafen sich und Jesse spürte die Kapsel, die Todd mit der Zunge in seinen Mund schob.

Dann war sie verschwunden. Todd hatte sie in seinen Mund gesaugt und hinuntergeschluckt. Er hob den Kopf, um Jesse boshaft zuzugrinsen.

„Du Arschloch", keuchte Jesse.

Während Jesse ihn noch ansah, ließ das Lächeln nach und er runzelte die Stirn. „Ich glaube, die erste Kapsel hat sich gerade aufgelöst." Er atmete mehrmals hastig und flach ein, verzog vor Schmerzen das Gesicht.

„Großer Gott!", rief Jesse. „Wir brauchen einen Krankenwagen!" Sein Handy steckte in seiner Jackentasche und er war vermutlich die am wenigsten betrunkene Person im Raum, konnte allerdings seine Arme nicht bewegen – Todd hielt sie noch fest. „Lass mich endlich los, du Idiot!"

ALS KYLE und Wesley aus dem Aufzug traten, sahen sie einige Hotelmitarbeiter, die sich an der Rezeption versammelt hatten. Sie sprachen leise, wirkten allerdings angespannt. Die Rezeptionistin telefonierte und als sie sich näherten, hörte Kyle sie sagen: „Wir schicken gleich jemanden hoch, der es sich ansieht, Ma'am."

Der Hoteldirektor, der leise mit zwei Angestellten sprach, sah sie kommen. „Detective Dubois! Sind Sie außer Dienst?"

„Nun, in gewisser Weise", begann Kyle. Er wollte nicht von etwas abgelenkt werden, um das sich genauso gut ein Kollege im Dienst kümmern konnte. Nicht, während Jesse verschwunden war. „Handelt es sich um einen Notfall?"

„Ich hoffe nicht, aber … Die vierte Etage ist wegen Renovierungsarbeiten geschlossen. Allerdings hat sich soeben ein Gast darüber beschwert, dass sie über ihrer Suite Lärm und Stimmen hört. Und angeblich hat jemand nach einem Krankenwagen gerufen. Wir haben einen verständigt, aber …"

Mehr brauchte Kyle nicht zu hören. „Wir gehen hoch", unterbrach er den Mann, wobei es ihm dank seiner jahrelangen Erfahrung gelang, sich seine Panik nicht anmerken zu lassen. „Kann uns jemand den Weg zeigen?"

JESSE TELEFONIERTE mit der Notrufzentrale, als er laute Rufe hörte – Kyles Stimme –, die durch den Flur hallten. Er stürzte zur Tür und rief ins Halbdunkel: „Wir sind hier!"

Sekunden später sah er Kyle auf sich zulaufen, gefolgt von Wesley und zwei Hotelmitarbeitern. Als Kyle ihn erreichte, rechnete er im ersten Moment mit einer Umarmung – Kyle hatte ihm mit besorgtem und ängstlichem Gesicht eine Hand auf die Schulter gelegt und hob auch die andere –, doch Wesley sagte: „Ihr werdet beobachtet, Kinder."

Kyle erstarrte und senkte die Arme. „Was ist los?"

„Moment", bremste ihn Jesse, bevor er in sein Handy sagte: „Ich muss mit jemandem reden, aber ich bleibe in der Leitung." Dann teilte er Kyle mit: „Todd hat Rattengift geschluckt."

„Was? Wie kommt er auf die Idee?" Er und Wesley stürmten an Jesse vorbei, ohne eine Antwort abzuwarten. Im Zimmer lag Todd auf dem Boden und krümmte sich vor Schmerzen, während Joel sich schluchzend vor und zurück wiegte, zu betrunken, um viel mehr zu tun. Corrie und Ryan standen über Todd gebeugt da, waren ihm allerdings ebenfalls keine große Hilfe.

„Wie viel war es?", fragte Kyle, während er sich neben Todd kniete.

Jesse setzte dazu an, „Eine Gelatinekapsel voll" zu sagen, doch Joel kam ihm zuvor. „Zwei Gelatinekapseln", brachte er undeutlich hervor und versuchte, mit den Fingern ihre ungefähre Größe zu zeigen.

„Du hast gesagt, nur in einer war Gift", protestierte Jesse.

„Das war gelogen. Beide waren vergiftet."

Der dämliche Idiot. Jesse wurde klar, dass er sich in jedem Fall hatte umbringen wollen. „Okay", sagte er grimmig. „Dann vielleicht tausend Milligramm."

„Scheiße", murmelte Wesley. Er streckte die Hand aus. „Gib mir mal das Handy." Als Jesse es ihm gereicht hatte, hielt er es sich ans Ohr. „Hier spricht Detective Wesley Roberts. Wir haben einen Mann, der etwa tausend Milligramm Rattengift verschluckt hat, zusammen mit …"

Er warf einen Blick auf die Flaschen, woraufhin Jesse beisteuerte: „Rum und Wodka. Ich weiß nicht genau, wie viel …"

„Okay. Eine Menge Rum und Wodka. Der Krankenwagen ist hoffentlich bald da, aber wir müssen wissen, wie wir ihm bis dahin helfen können."

Jesse wusste aus Büchern, dass die meisten handelsüblichen Rattengifte Cumarine enthielten, die das Blut verdünnten, bis innere Blutungen verursacht wurden. Wenn sie Todd schnell in ein Krankenhaus bringen konnten, würde man ihm mit einer Bluttransfusion die nötigen Gerinnungsstoffe zuführen können. Es war noch möglich, ihn zu retten.

Kyle erhob sich und überließ Wesley, der weiter mit der Notrufzentrale sprach, den Platz neben Todd. Nachdem er kurz das ziemlich armselige Grüppchen betrunkener junger Leute gemustert hatte, wandte er sich an Joel. „Du hast ihm die Kapseln gegeben?"

„Ja."

„Warum?"

Joel antwortete nicht. Er schüttelte nur den Kopf und schien kurz davor zu stehen, wieder in Tränen auszubrechen.

„Joel hat sie ihm nicht gegeben", sagte Jesse. „Er hatte sie in der Hand und Todd hat sie ihm weggenommen. Dann hat er sie beide freiwillig geschluckt."

„Er wollte Selbstmord begehen?", fragte Wesley.

„Ich glaube schon."

„Warum?"

„Weil er gerade den Mord an Stuart gestanden hatte."

Kyle zog die Augenbrauen hoch und warf Todd einen überraschten Blick zu. Dann näherte er sich Jesse und beugte sich vor, um leise zu sagen: „Dir ist klar, dass ein Geständnis eines Betrunkenen und nicht in unserem Beisein vor Gericht nicht viel wert ist?"

„Ja", antwortete Jesse ebenso leise. „Aber er hat es getan. Willst du wissen, warum?"

Kyle schaute seufzend zu Todd hinüber. „Später. Nachdem wir dem Idioten das Leben gerettet haben."

WENIGE MINUTEN später trafen die Sanitäter ein und machten sich hastig an die Arbeit. Ihnen folgten zwei Polizisten aus der nahegelegenen Stadt Berlin, die sich von Kyle und Wesley auf den neuesten Stand bringen ließen, während sich die Sanitäter um Todd kümmerten. Da sie offiziell nicht im Dienst waren – Kyle hatte nicht einmal sein Notizbuch dabei –, überließen sie es anschließend den anderen beiden Polizisten, die Anwesenden zu befragen.

Alle waren etwas betrunken – abgesehen von Joel, der *sehr* betrunken war –, was zu Kyles Verärgerung auch auf Jesse zutraf. Obwohl er einsah, dass die anderen Jesse sonst nicht bei der „Party" geduldet hätten, war es unglaublich gefährlich gewesen, in dieser Situation zu trinken. Aus den Aussagen der jungen Lassiters und Joels recht zusammenhanglosen Erklärungen schloss Kyle, dass Jesse nicht weit davon entfernt gewesen war, an Todds Stelle dort zu liegen. Er musste sich sehr beherrschen, um ruhig zu bleiben, als sie beschrieben, wie Todd ihm beinahe die Kapsel in den Mund geschoben hatte. Alle waren davon überzeugt gewesen, Jesse hätte sie verschluckt, bevor er sich von Todd befreit und den Krankenwagen gerufen hatte.

„Sie hatten verdammt viel Glück", teilte einer der Polizisten Jesse mit. „Sind Sie sicher, dass Sie keine der Kapseln verschluckt haben?"

„Natürlich bin ich sicher", antwortete Jesse mit einem Stirnrunzeln. „Ich bin nicht so dumm, eine runterzuschlucken und es niemandem zu sagen."

Dem Gesichtsausdruck des Polizisten nach zu urteilen war er nicht von Jesses Intelligenz überzeugt – was Kyle im Augenblick gut verstehen konnte. Trotzdem fuhr er mit der Befragung fort. Leider half Jesses wesentlich detailliertere Bericht nicht, Kyles Ängste abzumildern. Im Gegenteil.

Während der Befragungen brachten die Sanitäter Todd auf einer Trage aus dem Zimmer, um mit ihm zum Androscoggin Valley Hospital in Berlin zu fahren, das nördlich von Gorham lag. Todd war noch bei Bewusstsein, schien sich jedoch in ernstem Zustand zu befinden.

Die Lassiters wurden nach der Befragung zur Suite ihrer Eltern geschickt, während die Polizisten vorhatten, Joel zu seinem Zimmer zu begleiten, wo sie das Rattengift und vielleicht auch die Vitaminpräparate beschlagnahmen wollten, deren Gelatinekapseln Joel benutzt hatte. Vermutlich würde er die Nacht auf der Wache verbringen. Kyle war nicht sicher, ob es für eine Anklage reichte. Auch wenn Joel niemanden gezwungen hatte, die Kapseln zu schlucken, hatte er die anderen durch sein Verhalten eindeutig gefährdet.

Wahrscheinlich war es gut für den Jungen, die nächsten vierundzwanzig Stunden unter Beobachtung zu stehen – er schien nämlich einem Zusammenbruch nahe zu sein. Zwischen seinen Schluchzern hatte er kaum ein verständliches Wort herausgebracht, das die Polizisten niederschreiben konnten.

Jesse erlaubten sie, zu gehen. Allerdings wollte ihn in seinem alkoholisierten Zustand niemand zum Hotel zurückfahren lassen, obwohl es nicht weit war.

„Ich bringe ihn hin", bot Kyle den Polizisten an. Auch wenn er in ihrer Anwesenheit seine enge Beziehung zu Jesse verheimlicht hatte, wollte er ihn nicht einfach zurücklassen. Außerdem war das Angebot an seine Kollegen, Jesse zum Hotel zu fahren, keineswegs fragwürdig.

Da die beiden Männer zustimmten, machte er sich mit Wesley und Jesse auf den Weg. Jesse schien ähnlich verärgert über Kyle zu sein wie Kyle über ihn – möglicherweise hatte er mit einer augenblicklichen Lobeshymne für das Lösen des Mordfalls gerechnet. Während der Fahrt führte das zwischen ihnen zu eisigem Schweigen, das nur von Wesley unterbrochen wurde, der darüber schimpfte, wie viel Ärger die Sache ihnen in Concord noch einbringen würde.

Zurück beim Hotel widerstand Kyle dem Drang, Jesse wie ein ungezogenes Kind am Arm die Treppe hinaufzuführen. Als sie das Zimmer betreten und die Tür geschlossen hatten, packte er ihn jedoch bei den Schultern und knurrte: „Er hätte dich umbringen können."

„Ich weiß, aber er wollte eigentlich …"

Jesse konnte den Satz nicht beenden, weil Kyle ihre Lippen für einen wütenden, besitzergreifenden Kuss zusammengepresst hatte. Nach kurzem Widerstand ließ er sich in Kyles Arme sinken.

Als Kyle den Kuss endlich unterbrechen musste, um Luft zu holen, sagte er: „Du hast mich zu Tode erschreckt, Kleiner."

Ein Räuspern ließ sie aufschauen. Wesley stand mit vor der Brust verschränkten Armen und hochgezogenen Augenbrauen im Türrahmen. „Denkt gar nicht erst an Versöhnungssex. Ich will nämlich schlafen."

25

TODD ÜBERLEBTE die Nacht nicht.

Jesse wurde morgens von Kyles Stimme geweckt, der in Unterwäsche und mit eingeschalteten Laptop am Tisch saß und leise telefonierte. Aus Wesleys Bett war noch gedämpftes Schnarchen zu hören.

Jesse konnte nicht verstehen, was Kyle sagte, doch nachdem der Detective das Gespräch beendet hatte und Jesses Blick bemerkte, kletterte er wieder zu ihm ins Bett. „Das war Officer Stanley aus Berlin", erklärte er leise. „Todd Warren hatte am frühen Morgen einen Herzstillstand. Man konnte nichts mehr für ihn tun."

Jesse wusste nicht, was er von dieser Neuigkeit halten sollte. In der kurzen Zeit mit ihm hatte Jesse ihn als ein sexistisches Schwein kennengelernt. Und doch hatte er Stuart getötet – ihn auf gewisse Weise geopfert –, um Joel zu retten. Und er hatte darauf verzichtet, Jesse umzubringen. Obwohl das nicht unbedingt zu den größten aller guten Taten gehörte, die ein Mensch vollbringen konnte, war Jesse dankbar. Und wenn man es genau betrachtete, hatte Todd bei allem – der Vertuschung des Vorfalls mit seinen Eltern, dem Mord an Stuart zu Joels Schutz und dem Hinunterschlucken der Kapseln, bevor Joel es tun konnte – aus Selbstlosigkeit gehandelt.

Letztendlich tat es Jesse leid, dass er gestorben war. Andererseits hatte er kein Leben im Gefängnis führen wollen – deshalb hatte er die Kapseln geschluckt. Oder vielleicht hatte er einfach nicht ohne Stuart leben wollen, die einzige Person, die ihm je wichtig gewesen war. Nun hatte sich dieser Wunsch erfüllt.

„Steckt Joel damit in größeren Schwierigkeiten?", wollte er wissen.

„Ja", antwortete Kyle. „Man wird sich bald entscheiden müssen, was ihm vorgeworfen wird, weil er sonst nicht länger festgehalten werden kann. Am Ende könnte er zum Beispiel wegen fahrlässiger Tötung angeklagt werden. Die Absicht hatte er, auch wenn er dann nicht danach gehandelt hat. Aber selbst wenn das passieren sollte, kann ich mir ehrlich gesagt nicht vorstellen, dass es zu einer Verurteilung kommt."

Er drehte sich auf die Seite, sodass er sich gegen Jesse pressen und ein Bein zwischen seine schieben konnte. Jesse spürte durch die Stoffschichten zwischen ihnen Kyles Erektion. Da Wesley allerdings wenige Meter von ihnen entfernt schlief, würde es wohl dabei bleiben müssen. Jesse streichelte unter der Decke über Kyles nackte Brust und seinen Bauch, genoss seine Wärme und atmete den männlichen Geruch von Schweiß und Old Spice ein. Obwohl er wusste, dass Kyle noch etwas verärgert war – ähnlich wie er selbst, wie er zugeben musste, nachdem Kyle seine durch eine zugegebenermaßen etwas riskante Methode herbeigeführte Lösung des Mordfalls nicht gewürdigt hatte –, konnte er sich keinen schöneren Ort vorstellen als hier in Kyles Armen.

„Viel gibt es hier nicht mehr für uns zu tun", sagte Kyle. „Wir müssen nur noch mit ein paar Leuten reden – den Lassiters, dem Krankenhaus und der Polizei in Berlin …"

Ein ungutes Gefühl breitete sich in Jesses Magen aus, als ihm klar wurde, worauf Kyle hinauswollte. „Du willst mir sagen, dass ich nach Hause fahren soll."

Kyle beugte sich vor, um ihn zu küssen, bevor er mit den Lippen über seine Wange zu seinem Ohrläppchen wanderte. „Ja, da hast du wohl recht. Du kannst nicht viel machen, außer im Hotel rumzusitzen. Ich werde nicht viel Zeit für dich haben und heute Abend checken wir sowieso aus."

„Na gut", sagte Jesse. „Aber was passiert, wenn ich wieder in Dover bin und du in Concord?"

Kyle warf einen Blick auf Wesley, offenbar um festzustellen, ob er noch schlief, bevor er sich auf Jesse schob. Jesse spreizte die Beine für ihn, sodass Kyles steifer Schwanz sich an Jesses rieb und sie dem Sex so nahe kamen, wie sie es sich in dieser Situation erlauben konnten. Jesse konnte nicht verhindern, dass er ein leises Keuchen ausstieß.

„Was wünschst du dir denn?"

„Ich weiß nicht …" Das war eine Lüge. Jesse wusste, was er wollte. Er hatte nur Angst, es auszusprechen und von Kyle abgewiesen zu werden. Doch es hatte keinen Sinn, noch länger zu warten. „Was hältst du davon, es mit einer Beziehung zu versuchen?"

Kyle blickte ihm lange in die Augen, bevor er antwortete: „Ich glaube, davon halte ich ziemlich viel."

Er war dabei, den Kopf für einen weiteren Kuss zu senken, als sie von Wesleys schläfriger Stimme unterbrochen wurden. „Verdammt … *treibt* ihr es etwa gerade? Wir hatten eine Abmachung!"

EPILOG

OBWOHL ES Freitagabend war, hatte Kyle noch immer nicht Jesse angerufen. Die erste Hälfte der Woche war zu chaotisch gewesen, da für den Abschluss des Falls viele Kleinigkeiten erledigt werden mussten. Kyle war jeden Abend nach Hause gekommen und praktisch direkt ins Bett gefallen. So übermüdet hatte er Jesse nicht anrufen wollen.

Doch je weiter die Woche fortschritt, desto nervöser wurde er. Die anfänglichen Zweifel in Bezug auf den Altersunterschied und Jesses gefährliche – wie der Vorfall im Hotel gezeigt hatte – Begeisterung für Kyles Beruf machten sich wieder bemerkbar. Immer wenn er darüber nachdachte, anzurufen, drückte er sich am Ende doch davor.

Wie zum Teufel soll das funktionieren?

Wenigstens mit Wesley lief alles gut. Er drängte Kyle nicht, was Jesse anging – weder dazu, die Sache mit ihm zu beenden, noch dazu, ihn anzurufen. Die Entscheidung überließ er Kyle. Das war das Gute an Wes. Er unterstützte einen, wenn man ihn brauchte, mischte sich aber sonst kein bisschen ein.

Doch jetzt war es so weit: neun Uhr am Freitagabend, ein umwerfender junger Mann wollte vermutlich mit ihm schlafen, aber Kyle kochte sich eine Tasse Kaffee und plante, sich einen Film anzusehen. Allein.

Verdammt, ich bin armselig.

Als er sein Handy summen hörte, stürzte er in seiner Eile, es in der Jackentasche zu erreichen, beinahe über einen Küchenstuhl. Beim Anblick von Jesses Namen auf dem Display schlug sein Herz höher, bevor ihm einfiel, dass er sich mies verhalten und sich die ganze Woche nicht gemeldet hatte. Wahrscheinlich dachte Jesse, Kyle hätte es sich anders überlegt.

Nervös wischte Kyle über das Display und hielt sich das Handy ans Ohr. „Hi, Kumpel", sagte er mit erzwungener Fröhlichkeit. „Wie geht's?"

„Mein Gott, Kyle, ich bin so froh, dass ich dich erreicht habe! Hier liegt eine Leiche und ich weiß nicht, wen ich sonst anrufen soll!"

„Eine Leiche?" *Verdammt.* Wie war Jesse in einen *weiteren* Mord geraten? „Wo bist du? Kennst du den Toten?"

„Ich weiß nicht, wer er ist", antwortete Jesse. „Ich bin gerade in der Küche über ihn gestolpert. Ich glaube, er wurde erschossen!"

„Warum hast du nicht die Polizei gerufen?", knurrte Kyle. „Du weißt es doch besser. Ich brauche eine Stunde bis zu dir."

„Das wäre doch sinnlos! Ich brauche jemanden, der den Fall lösen kann, bevor der Mörder verschwindet."

Was war nur mit ihm los? Er klang so unvernünftig. „Jesse, wo bist du?"

„Zu Hause."

Kyle hatte die Adresse. Doch als er nach seiner Jacke griff, zögerte er. „Jemand ist in *deiner* Küche erschossen worden?"

„Nun", sagte Jesse nachdenklich. „Er könnte auch erschlagen worden sein. Und vielleicht war es doch in der Bibliothek."

„Du hast eine Bibliothek?"

„Wer hat die nicht?"

„Und du hast keine Ahnung, in welchem Raum die Leiche liegt?"

„Noch nicht."

Kyle seufzte. „Jesse … spielst du gerade *Cluedo*?"

„Natürlich nicht", antwortete Jesse. „Dazu bräuchte ich Mitspieler und ich bin ganz allein. Und nackt."

„Du Fiesling."

„Habe ich das Popcorn erwähnt? Und den heißen Kakao? Und … ach ja: Ich bin nackt."

Kyle nahm lachend seine Jacke vom Haken. „Ich bin bald da, Kleiner."

JAMIE FESSENDEN begann seine Karriere als Schriftsteller bereits in der Schule. Er veröffentlichte einige kurze Werke im Literaturmagazin und gelangte bei einem landesweiten Wettbewerb mit einer Geschichte unter die besten hundert Teilnehmer. Wirklich ernsthaft widmete er sich allerdings erst dem Schreiben, als er beinahe zwanzig Jahre später seinen Partner Erich kennenlernte. Von ihm inspiriert und angestachelt verfasste Jamie mehrere Drehbücher und setzte einige davon als kleine Filmprojekte um, bevor er sich auf Romane konzentrierte und 2010 seine erste Erzählung veröffentlichte.

Nach neun gemeinsamen Jahren haben Jamie und Erich geheiratet und ein Haus im wilden Raymond in New Hampshire gekauft, wo es keine Straßenlaternen gibt, Truthähne und Rehe durch ihren Garten spazieren und Kojoten ihnen Schlaflieder singen. Vor Kurzem hat Jamie auch seinen bisherigen Hauptberuf im technischen Support aufgegeben, um sich ganz dem Schreiben zu widmen.

Besucht Jamie: jamiefessenden.wordpress.com
Facebook: www.facebook.com/pages/Jamie-Fessenden-Author/102004836534286
Twitter: twitter.com/JamieFessenden1

Von JAMIE FESSENDEN

Mord auf dem Berg

Veröffentlicht von DREAMSPINNER PRESS
www.dreamspinner-de.com

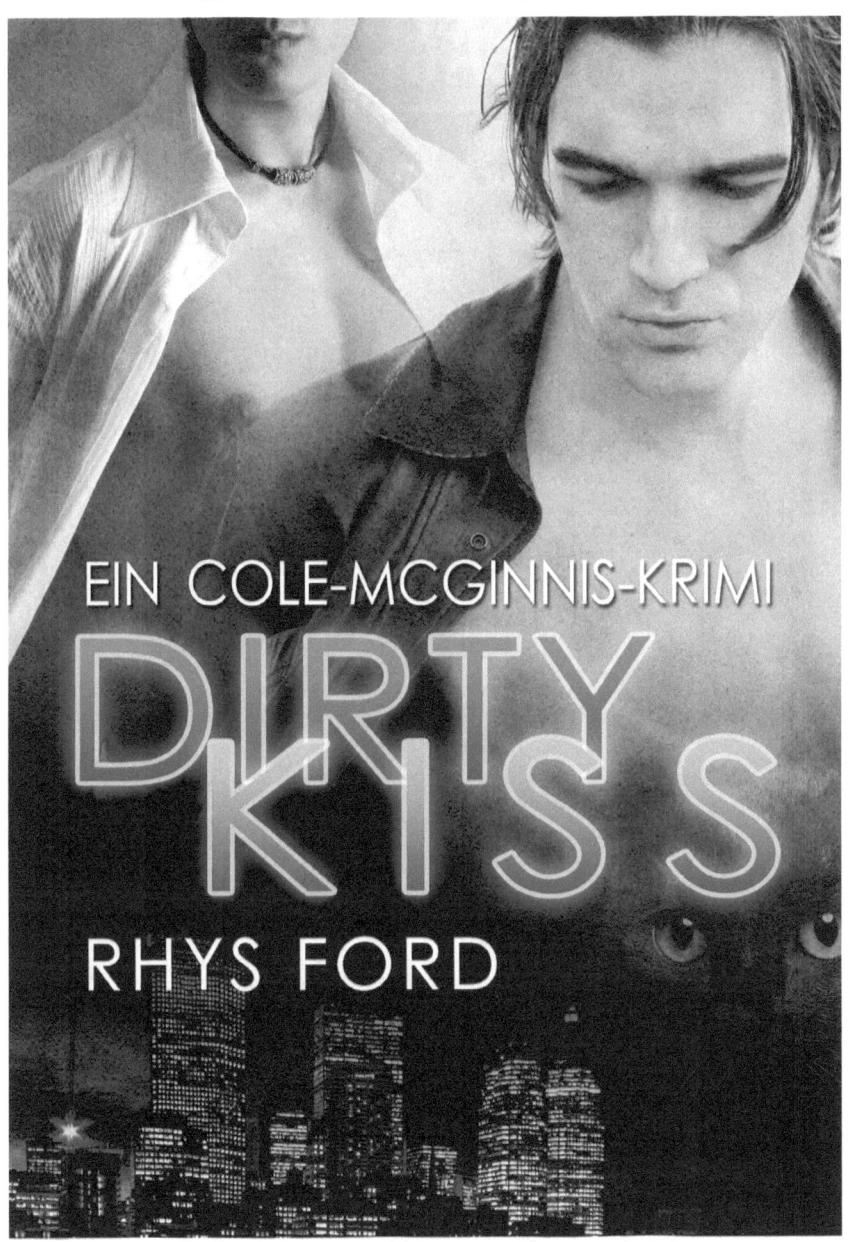

www.ingramcontent.com/pod-product-compliance
Lightning Source LLC
Chambersburg PA
CBHW022157240626
47153CB00007B/2708